U0596957

沙之书

The Book of Sand

石厉 —— 著

深圳出版社

图书在版编目（CIP）数据

沙之书 / 石厉著 . —— 深圳 : 深圳出版社 , 2023.9
ISBN 978-7-5507-3861-4

Ⅰ . ①沙… Ⅱ . ①石… Ⅲ . ①随笔—作品集—中国—
当代 Ⅳ . ① I267.1

中国国家版本馆 CIP 数据核字 (2023) 第 110603 号

沙之书
SHA ZHI SHU

出 品 人　聂雄前
责任编辑　陈　嫣
责任技编　梁立新
责任校对　万妮霞
封面设计　蒙丹广告

出版发行　深圳出版社
地　　址　深圳市彩田南路海天综合大厦（518033）
网　　址　www.htph.com.cn
订购电话　0755-83460239（邮购、团购）
设计制作　深圳市龙瀚文化传播有限公司 0755-33133493
印　　刷　深圳市华信图文印务有限公司
开　　本　889mm×1194mm 1/32
印　　张　8
字　　数　150 千
版　　次　2023 年 9 月第 1 版
印　　次　2023 年 9 月第 1 次
定　　价　40.00 元

马群 / 石厉

被一阵黑色的龙卷风包裹
所幸从它们身体里窜出的线条
勾勒了它们的轮廓
一匹马，成了另一匹马的赝品
马群，是对于所有马的否定
本来要行空而去，成为传说中的龙
但从地下升起的力量攫住了它们

骑手是注定的，人们将矿脉中
冷却后的铁，钉在呼啸的马蹄上
大地之上所有的幻影被踏碎
真实的江山，曾经是它们的赛场
两个阵营为什么厮杀
就仿佛风必须掠过排列整齐的鬣毛
马和马容易混淆，人和人终以群分
主人轮番被击中，从马背上翻下
在它们悲伤的嘶鸣中
新的江山，又会向它们迫近
一代又一代的马，希望被解放

如今的它们，终于闲了下来
无论在祁连山的草场，或蒙古高原
白云喂养了无尽的马群
自由的锈气，已飘散多日
隐蔽在众多轿车中的骑手
还在寻找那些更加可控的座驾

——谨以此诗作为《沙之书》的序篇

目　录

第一章　文学

　　诗歌的联想或跳跃要在散漫飞翔或冲击的状态中趋于准确和恰如其分，就像跳跃一条山涧，从此处到彼处一定要准确无误地跨越过去，而不是在非准确的状态下掉入山涧。此处到彼处就是从此意象到彼意象，也就是从此语意到彼语意，在如此飞跃的过程中也产生了诗歌的结构，结构的过程也是解构的过程。好的诗歌既在跨越又似静止，既是营造结构又是解构，最后潜入事物的深层，达到语言与事物的和解。语言与事物的和解，其实就是事物对能指范畴中语言所指的认可，这也是屈原所说的"指九天以为正兮"的现代别解。追求事物在"九天"的境界乃正义之所在，乃语意最有意义之所在。

　　语言与事物所达到的和解状态极为重要，这是所有语言艺术最理想的表现状态。《易大传》中也讲"保合太和"乃为知天的思想，也就是说那是一种身则的极致。这一点，德语国家的文哲们尤为典型，比如荷尔德林、卡夫卡、里尔克、策兰等人。

　　读里尔克《撒母耳在扫罗面前显灵》一诗，你不得不相信，国王扫罗的命运因为自己六神无主的原因，即使神力亦不能挽回，因为主宰万物者已对其丧失信心，他最后的境况，只能像一个在晚上耗尽气力后进食的仆人，嘴唇与残缺的牙齿还在蠕动，而身体却早已进入疲倦而无聊的梦魇。

前某日，遇到一位新潮理论家，满嘴只有一两个时髦的翻译词语，然后以此否定人类以往的文明史，可以说中西皆否，似乎读过一本翻译得半通不通的德里达的薄书，就可以匡扶天下了。诗歌界也如此，好的翻译太少，寥若晨星。因此千万不要靠读那些劣质的诗歌或劣质的译作去写诗，诗歌首先要洞明自己，然后才能烛照别人。自己都是黑洞，如何让自我的语言握住世界？

九叶诗派代表人、我的忘年交唐祈先生，曾是 20 世纪 50 年代《人民文学》杂志诗歌散文组组长，我在数年前问过《人民文学》的人，几乎无人知道曾有过这样一位先辈。也难怪，那个时代编文学杂志的基本都是文学大家，现在都是职业编辑。

暴虐既存在于大自然，也存在于社会，还存在于文字，亦存在于时间中。偶然翻开一本诗集，竟然是我故去二十多年的老友九叶诗派代表人唐祈先生那首著名的《游牧人》一诗横陈于眼前。他写的是 20 世纪 40 年代一位青海少女，一位像云彩、像洁白的绵羊一样的牧女，其羊群被抢走，人被驱逐。而唐先生，一位百折而不悲、心怀浪漫的绅士，在随心所欲而不逾矩的年龄，因阑尾炎手术被愚医误杀，死难瞑目。人世中的客体和主体，稍有不慎，就可互相伤害。

端午节作为特邀嘉宾在北师大文学院参加海子诗歌奖新闻发布会。某带头教授说，今天是诗歌涅槃的日子、诗歌成道的日子、诗歌日落的日子，在这样一个民间纪念屈原的日子，北师大文学院、北师大诗歌研究中心以海子命名的诗歌奖，无疑是对屈原精神的传承。听起来排比铺陈，慷慨激昂。但屈原与海子，虽都自杀，精神、时间与作品却差距甚远，吾不知如何才能从屈原跳到海子，其间的逻辑关系是什么？海子自杀，从其死前的迹象来看基本是自我精神的混乱，而屈原是为国难而殉节。不能随口乱说，要有学理依据，尤其面对那些正在成长与求知的学生。

诗人海子殊异于他所处的时代和人群。以前我认为有人炒作海子是真心同情海子的命运与诗歌，但现在看来，一些人炒作海子，已经变成了一种非常世故的利益衡量，表面上是炒作海子，其实是为了炒作自己，然后却百般戏弄那些试图祈求被理解的众多还活着的海子们。

自中国诗歌学会第一任会长艾青去世后，该会会长一职空缺十多年，大概当今诗坛确难找到一位能与艾青老相衡的人担当此任，后来诗人雷抒雁当仁不让，不到一年去世，再后来韩作荣继任，亦不到一年驾鹤西去。在两年多的不长时间，中国诗歌学会向天堂诗歌界贡献了两位会长，中国诗歌学会功高盖天。诗歌如此锋利和残酷。雷抒雁与韩作荣，他们从仰望星空到走向星空，前仆后继。一年多后，李小雨又相继故去。他们虽不是为诗歌而生，但绝对是在诗歌中死去，此不可谓不壮烈。雷抒雁化为雷电，韩作荣化为风雪，李小雨又紧随其后，他们留在人间的文字诗情与天空同在。

答中国屈原学会会长方铭教授：诗歌这种极端个体的创作

方式，天生就与炒作相对抗。如果当时像屈杜二子，到处去叫卖和朗诵自己的诗歌，那就是做戏，这样的人哪能创作出那样好的作品！真正的创作者知道，作品是对自己最隐秘部分的泄露，而他们都有羞耻之心，不会自己去叫卖自己的丑陋。除非由别人发自肺腑去朗诵你的作品，隔着距离去揶揄、嘲讽或者赞赏，那只能流水落花两由之。自己跑到台面上堂而皇之朗诵自己的诗歌，基本是混混们自我炒作。这事我也干过。与朗诵类似的，就是自选诗歌与编诗歌大系，试图让自己不朽，都属于无耻。当今无诗，亦无诗人。所谓诗与诗人，等百年后，由那些无功利的后人，自残存的精神垃圾中拣选出来。由时间和历史来拣选，此是唯一的选诗与采诗之道，亦与古制相合，其中自蕴深理。

独语

> 与其说我活着，不如说语言让我活着
> 我在神的语言中活着
> 我是语言的试金石
> 语言考验我，挖空心思试探我
> 想让我的坚韧成就它锋利无比的刀刃
> 让任何它能进入的地方，失去伤口
> 其实它不需要进入，是对象让它进入
> 当它尚未靠近前，世界就像新鲜的豆腐
> 自己裂开，即使没有刀刃，没有出手
> 它也能恶狠狠地咬住事物
> 事物以为被它咬住
> 事物就会叫出它后边的事物

事物会心甘情愿自己开口说话

语言是我眼中的大地上唯一生长的草木

所有的秘密都被语言长满了

所有的秘密都是语言中的秘密

语言什么也没有说，就是语言本身

它将自己冰封在沉默的池塘里

等待一个又一个前来寻找语言的人

　　梁小斌是国内优秀的诗人，散文随笔高手，一些所谓的权威文学杂志不识货，去年我推荐他的一组散文在《中国作家》杂志发表后，引起许多有识之士的惊叹。2013 年 11 月 11 日，他因脑梗面积扩散而送医院抢救，现在病情有所缓解。让人忧心的是，他已 59 岁，无职业，无医保，巨额的医疗费不知如何支付，只恨自己"安得广厦"，这样一位真正的贫寒高士如何可救？

　　前几日，梁小斌突然生病住院，他的女友打来电话，我立刻厚着脸皮去中华文学基金会向该会秘书长李晓惠求助，死磨硬缠拿到两万元，一万为支票，一万为现金，当天就送到小斌手中。今日下午，我与中国作协党组成员、书记处书记白庚胜博士去医院探视了生病的朦胧诗代表诗人梁小斌。社会各界对他的关爱让小斌非常感动。中国作协李冰书记、铁凝主席及中华文学基金会在小斌住院初期第一时间雪中送炭，进行资助，让梁小斌体会到了来自文学界领导层的关爱。这位当年写下名诗《中国，我的钥匙丢了》的诗人，当着白庚胜的面，迷惘的眼睛（因脑梗视力几乎丧失，正在恢复中）数次都充满了泪花。我开玩笑说："小斌，你应该再写一首诗，题目就叫：中国，我的钥匙找到了。"没想到小斌一下子兴奋起来，诡异地咯咯大笑。再加上老白渊博、有趣的谈吐，气氛欢乐祥和。

梁小斌近期身心状态恢复不错，前晚我、简宁、梁小斌及小斌家人在一起相聚。今晨外地朋友专程来探视，刚刚小斌与我通话，准备写俳句。

身负雾霾的包袱，从北京一路走来，乘夜深人静潜入杭州城，雨一滴一滴在下，每一滴雨都是一朵将要绽开的花朵，清香一丝一丝挤进我的身体，将我所有的混乱缠绕，越来越乱，也越来越痛，就像你从浑浊的人群中抬起头来，向我轻轻一瞥，大地随之颤动了一下，远处高跟鞋的声音隐隐约约，纸做的雨伞难以寻觅，昆曲中细细的女子一闪而过。西湖还有着西子的忧伤。

数次来杭州，都是匆匆而过，这一次必须要了一个心结，那就是继续追寻年轻时候的一个疑问，北宋至南宋间诗妇朱淑真曾住西湖边宝康巷，不知是否还有痕迹。想必全无，但是我似乎仍不甘心，还想寻觅。这位苦命的大美女大才女，李易安清照与她相比，已是太过奢华。但是宋代诗情，谁又能是出其右者？她几乎可与汉代沉于漠北但是教正了汉以后五言诗的李陵相比。说直白点，在宋代女诗人中，我喜欢朱淑真胜过李易安，淑真才貌出众，但形质朴素内敛，其词情真意切，句句是牵肠挂肚，字字是血和泪，一旦失衡，与世决绝；易安内外一致，皆风华招摇，其词句句生艳，字字起浪，浮情幻海，红尘万丈。不过此一家之言，一人之爱好，不可涵盖他人。

寻朱淑真踪迹未果

所有的等待
都是在等待中结束
尤其在旅途
她时淡时浓的面庞
覆盖了千万里
让今晚雨水中浸泡的杭州
充满了她冰雪的影子

文学中的华词丽句和虚浮的胡思乱想皆为佛学所不齿。佛学在言筌理论中曾对语言问题有过精深的阐述，所以汉传佛学在传译时基本秉持了这样的精神。而汉传佛学的言筌理论经西方传教士的传播曾影响了西方现代哲学及现代文学理论，这也是许多现当代人都不知的事。若干年以前，有人嘲笑我是复古和超前两个极端，对于前者，我是一种对已知的探源，对于后者，也只是一种对未知的求索，皆出于对生命的尊重和谨慎。

诗歌中的胡思乱想和颠三倒四的虚浮语词已不是我所喜欢的，国内许多写诗的人都在模仿翻译诗歌，而几乎百分之九十以上的汉语翻译诗歌都不成功。这可能是最滑稽的。

两个月前阎纲先生转给我一篇文章，是尔泰师今年夏天在美国国会图书馆的受邀演讲，从敦煌经变文学讲到莫言小说，依然是不可一世、轹古压今的气势，但近十年来我的思想已发生变化，我想如果我们见面，大概会有所论辩。辩者，乃经学时代或古典时代人类学术的基本状态，今人淡化了求真，当然也就淡化了论辩。

敏感、孤独、封闭、绝望贯穿了狄金森的生命，但语言的光芒攫住了她，让她在自己语言所呈现的世界无比光彩、灿烂和傲慢。她是我梦中的歌者。我之所以再次提及她，就是为了重新提及她与她的生活，以轻蔑那些诗歌界虚浮而吵闹的喧嚣。狄金森的诗歌具有玄学般的穿透力，她自比为上帝的侍女，但她又常常怀疑上帝，她的诗让人着迷。

由于看不到让我满意的狄金森诗歌译文，十多年前我只好自己动手翻译，最让我头痛的是，记忆力下降，常将德文与英文混淆，但最终，这并未影响我所一贯要求的精准。

爱米丽·狄金森第258首诗/石厉译

冬季的午后
必定会有一道斜光
让人压抑，其重量
就像来自教堂的乐声
我们遭受神圣的伤害
却找不到伤痕
但是内部的差别
所蕴含的真意
从来没有人能够讲清楚
这是密封着的绝望
庄严的折磨

自天而降
当它到来时，山水在谛听
暗影屏住了气息
当它离去时，与它之间
看起来就像是与死亡相隔

今早打开信箱，收到诗人吉狄马加兄从青海寄来他新写就的四百余行的长诗《雪豹》打印稿，供交流使用。他郑重邀请我为此诗撰写评论。刚读到"我思想的珍珠，凝聚成黎明的水滴"，我就爱不释手，欲罢不能，最后一口气读完。诗的命运几乎暗合了人的命运，自从他进入青藏高地，我就期待他能够写出与之匹配的杰作，现在看来他正在走向自我精神的雪极高地。吉狄马加原本是一位真正的诗人，而后做了官；不同的是，有人先做了官，然后成为文人，前后差距较大。吉狄马加属前者，但后者也可鼓励，毕竟文化是用来化人的，只是人文学术的本质远非鹦鹉学舌之辈所理解的那样功利与简单，需要一个人用真诚的生命付出才能到达胜境。吉狄马加兄正是如此，他的诗可以为证。

我基本赞同韩小蕙大姐在微信中反驳葛浩文在一篇文章中谈中国小说落后的原因。中国小说无法进步的原因，哪是因为对于成语的使用，这说法太皮毛了，我猜葛浩文这么说是因为对成语的翻译很难到位。中国小说不进步的根本原因或者说中国文学落后的根本原因还要深刻得多，比如创造性的问题、想象力的问题，多少年中国 13 亿人只会说文件上的几句话，民族的创造力、语言的创新根本就难以见到。两年前读法国小说

《刺猬的优雅》，作者39岁，哲学博士，她那本书里大量涉及宗教、哲学、艺术、心理学等各个方面的知识，对人性的思考是很深入的。而中国的文学作品，还简单地停留在讲故事阶段。即使从通俗小说《达·芬奇密码》中也可看出差距：丹·布朗起码写出了三个层次：第一，把一个侦破故事写得悬念环生，这种功力在中国作家里面已经是凤毛麟角。第二，书中大量涉及了数学、伦理学、心理学、星相学、物理学、化学、侦破学等各个领域的知识，目前看中国作家中已无人能达到。第三个层次就更达不到了，他运用了西方宗教发展史作为背景，把中世纪黑暗的宗教统治和宗教迫害，比如说对三百万女巫的杀戮作为小说大背景，这样就既广阔又深刻，中国的作家们就只有望其项背的分了。

关于顾城，大概由于我对他本能的厌恶，我一直认为他的大部分诗歌都未写成功，都是不值得阅读的，至少我不会推荐别人去阅读，可悲的是，竟然不断有人吹捧和阅读他的作品。自杀就算了，还杀死别人，不是极端变态就是内心太恶，但外表却用童话来掩饰，如此虚伪罪恶的灵魂，最好远离。

如果离开了人的内心折射、内心的印象，对事物直接的描述不知到底有多少意义？20世纪80年代以前的诗歌，几乎是一种平铺直叙的颂歌形式，那时候的诗歌话语平台上，几乎很少有这样的隐喻。但当一种新的隐喻方式占据了诗歌话语平台，新的诗歌公共话语体系就算形成了。朦胧诗之后，一批先锋派诗人出现了，他们希望诗歌语言要从那种潜藏于诗歌深处和附会于重大事件的隐喻中超越出来，用浅近的口语抒写那些日常而无聊的生活，试图远离错误，进入哪怕是无意义的琐碎的真实，这样的诗歌又几乎取代了朦胧诗的话语体系。其实真正的口语写作是不可能的，那也只是一种设想，很少有成功的作品；后来又有人以海子的自杀为契机，高举海子的旗帜，用海子那种后期浪漫主义的语言特质，来试图主导诗歌的话语体系，但是那种分裂而混乱的语言表述无法最终为诗歌欣赏者所接受。现在，应该算是进入到了诗歌公共话语真正的对话时期，没有什么人具有绝对的文学话语霸权，这是技术发展带来的语言民主，是社会总体文明的一大进步。自古至今，某种或某几种诗歌的语言修辞风格一旦被人们广泛地认可和接受，就会形成一种新的公共话语，新的公共话语是对于已有公共话语的替换或改造，因此那些主导性的诗人获得了公共话语权，当话语权演化成一种话语霸权时，这个话语平台又提供了一个被另外的话语体系取代的可能。文学的话语平台一直是一个趋于开放的平台，尤其诗性的话语是以美感为原则的，应该与真无关，当然与虚假的炒作也无关，它所表现出的节奏、隐喻、意象和象征以其感性及或然性来感染人。苏格拉底说美是难的，美是第一次，这话依然是准确的。当一种话语系统了无新意时，必然就会发展到需要了结的时候，就会有更可感的诗的话语方式出现，给人以崭新的感受和愉悦。犹如杜甫知天命之年发自肺腑的话："为人性僻耽佳句，语不惊人死不休。"那些甘心孤独、埋头写作的极少数人，得到的公共话语认可就多，少就是多，这可能也是诗歌公共话语系统的生死更替之道。

　　越来越表明，写白话文、作新诗，不需要读书求知，认识你自己就已经足够。几十年以前的山药蛋及工农兵文艺到今日的花粥，谁读过几天书？即便是获诺奖的莫言，也就是一个一手捧着马尔克斯的小说，一手在临摹的初中生。文艺，历来都是供大众消遣的东西，刘勰讲的"文以载道"之文，可不是指文艺之文，那是特指魏晋那些喜欢谈玄的学者写的文章，里边当然承载着玄之又玄的道。我看这次座谈会上，有人发言时借这句话大谈文艺之道，实在让人觉得文艺家确无学问。在《汉书·艺文志》中，认为小说乃引车卖浆者流，应该是准确的。想到这里，谁还有什么不平之处不能平复？

老舍需要研究吗？有朋友发布一篇介绍某学者的文章，说她是王瑶的弟子、钱理群的学姐，最关键说她是老舍研究专家，一生致力于老舍的作品研究。本人不才，甚为这位当年的燕园才女惋惜。老舍作品需要研究吗？谁喜欢，谁去读就行了。什么叫白话？明白如话也。如果谁读不懂如此浅近的白话小说，靠专家的研究做导引，那专家就会带你去看万花筒或迷宫，我怕你会越来越糊涂，最后连任何话都听个一知半解，任何书都看不明白了。连老舍都不需要研究，现在仍健在的某些人还需要研究吗？最后我也怕那些如坠云雾的研究，将研究者自身都糟践了。

看了几集《平凡的世界》，发现路遥笔下的陕西农民个个都是勾心斗角的好手。

我看有人在评论长篇小说创作时，批判了非虚构化的现实主义，这一点是对的，因为非虚构更多意味着对庸俗肮脏现实的摹写与认同，但同时倡导"有理想的现实主义"，似乎并不精准。什么是有理想？说到底，某些所谓有理想的人，基本上都是精致的利己主义者（钱理群语），这样的人我见得多了，在现实与小说中比比皆是。

有人与我谈情色小说。我说，不管是我国的还是西方的，因为情色是人类的本色，所以技巧越传统越好。像《金瓶梅》抑或《洛莉塔》《查泰莱夫人的情人》等，花招一多，就冲淡了趣味。那什么是趣味呢？这位朋友又问。我说，《金瓶梅》最有趣的情结也就两种：一是偷情，二是偷窥。至于西方人的小说，就赶不上《金瓶梅》了，只有偷情，没有偷窥，少了一种情结，就少了一个视觉，因此也少了一种趣味。无限春光，需要多少桃红补偿。余本老夫子，所知甚少，请诸位看官莫笑我孤陋寡闻。

汪精卫，在清政府时搞暴动与刺杀，在抗日的关键时刻，又卖主投敌，恶劣本性难易，是中华民族的头号恶奸。如今又被一些女史诸如叶嘉莹、章诒和等捧为民国才情第一、诗词第一，她们如果被其俊朗金玉的外表迷倒情有可原，如果论其败絮一样的才智，将那些装腔作势的口号式诗词看作天下第一，中国词人皆无地自容。

诗歌界混混太多，许多诗歌基本上都是胡言乱语，所以我以公开谈诗为耻辱。

陈平原文章《诗歌乃大学之精魂》标题不严谨。好的诗歌可能是大学之精魂，现在这么多的滥诗，几乎是精神的垃圾，清理都清理不过来，怎么能是精魂？要判定精神的垃圾是一件非常困难的事，你如果在"瘾君子"面前说这毒品是垃圾，他会跟你玩命；同样，在那些沉溺于鹦鹉学舌或神经间歇症发作的写作者面前，你说类似的诗歌是垃圾，他也很可能与你玩命。于是乎许多理论家，混迹于垃圾之中，摇唇鼓舌，只为打造自己的权威而四处卖好，操弄一个个的文学江湖。很少有人远离文学闹局，以局外的冷静，做一个清晰的了断，看来只能寄希望于来者。《周易·说卦》曰："数往者顺，知来者逆。"可知这一切只能是一种愿望。

今日在微信中读到一篇文章，说文学最重要的是"诗性"，而大学文学教育却追求文学知识，认为这是失败的。虽然中国教育问题太多，但就诗性与知识的问题来说，本来不太成问题，但过分在意这个问题，也确实成了一个问题。诗性确实重要，不过诗性对于一个没有太多知识的人来说，也绝难领悟和把握，对文学知识的了解是领悟文学性或诗性的重要途径，故孔子有学与思之辨，因此在学习阶段，没有必要将文学知识与诗性对立起来。诗性如云中龙爪，不好把握，无人能将其说明白，只能是修养不同，便有不同的领悟，而这个修养，就是对于知识的沉淀与积累。知识是一切文明的基础，勿要将其看轻，甚至也可以说，对知识的追求可能比对诗性的追求还要重要，至少无须非此即彼。孔子还有"诗教"之说，就是强调学习诗歌知识的重要，司马迁写《史记》，创作其无韵之离骚，依然强调："托之空言，不如载之行事之深切著明也。"

常常看到一些动不动说要为诗歌辩护、要张扬诗歌的文章，让人感到好生奇怪。好像他们生来就是为诗歌而生，死也要为诗歌而死，好像诗歌认识他们，他们自然也认识诗歌。我告诉你们，真正的诗歌翻脸不认人，诗歌谁都不认识。我同意博尔赫斯的观点：当我沉默的时候，我似乎知道诗歌是什么，当我试图要描述诗歌是什么的时候，我根本不知道诗歌是什么。呵呵，没必要死乞白赖为诗歌辩护，除非你想空享诗歌的名誉，

那另当别论。好诗永远是少数，但生命力极其强大，且异常孤傲，不需谁为其辩护。而烂诗太多，只能等待自然消亡。辩护，可能只能让烂诗多存留一些时日而已。

诗歌不需要世俗意义上的辩护，所谓辩护，会让人产生许多罪该万死的邪念。从有文字记载以来，诗歌一直具有不可遮掩的光辉，无文体可比拟。在六经中，诗经为首。关于屈原《离骚》，司马迁在《太史公记》中的评价是：虽与日月争光可也。唐诗宋词更不用说，中国其他方面可能不行，但完全可以以诗歌大国自傲。西方世界，无论从古希腊还是古犹太教义的线索来看，诗歌无疑都是其文化的灵魂与本质，这一点西方世界无人不晓，哪还需要你们为诗歌辩护。为诗歌辩护，只能让人一头雾水，越来越让人生疑，不知诗歌是什么，你们究竟想拿诗歌干什么？呵呵。就此打住，无聊无聊。

诗歌的象征可以超越它自身。

作家与作品天生就是要被批评的，没有批评的文学界只能是一潭死水，只能是平庸。而平庸就是死亡，因此许多作品一出世就已死亡。真正的文学宁可偏颇也不要四平八稳，越是极端的或极致的文学越容易带来风雷激荡。怕批评别人与怕被人批评，那只能说明你还没有完备的人格与精神，没有自信。人家指点与批评你是高抬你，当今文坛许多人不懂这个道理。

将文学单一说成是谎言，犹如将爱情简单说成是两性关系；人老了，眼睛里只有生与死，就像老虎盯着你，你在它的眼睛里只是多少骨头与多少肉。随着时间的流逝，世界的可悲，就在于越来越简单，而不是越来越复杂。——有感于王安忆"写作是编造谎言"

偶读 20 世纪英国大诗人奥登的手迹，让我莫名地感慨，那种语句表述的典雅从容，与我们许多人搜索枯肠的牵强挖掘相比，一个是高贵的，后者无论怎样故作高深，都是卑琐的，此其一。其二，英语书法不比汉字书法逊色，那种用心的书写，仍然意蕴无穷。

今日捧读《二十世纪俄罗斯流亡诗选》（汪剑钊译），被布罗茨基的一首描写绝望的诗惹笑了，当然是残忍的无可奈何的苦笑。一个人忍受过多大的痛苦，才能够蔑视一个时代，当然同时作为平等的人，也蔑视自己关于这个时代的诗歌与思想："我是二流时代的公民，我骄傲地 / 承认，我最好的思想全是二流的 / 我把它们呈现给未来的岁月 / 作为与窒息进行斗争的经验 / 我坐在黑暗中。这室内的黑暗 / 并不比室外的黑暗更糟。"

我喜欢俄国的小说，那不断追述的文字，能将民族和个人的苦难化解开来，有一种在文字的春天中冰雪消融的感觉，一种流动的悲壮。但我最不喜欢俄国人的诗歌，尤其害怕读曼捷施塔姆的诗歌，他那些像钳子一样压抑阴暗而又不安的诗句，总能揭开我早都抚平的伤疤，让人的内心重新流血。可是，今夜，我翻看华东师大智量老先生的文集，在其译文集中又一次与曼捷施塔姆相遇，那种将天空踩在脚下的痛苦又得重新忍受。

这位阿克梅派，这位白银时代最重要的诗人，他像横亘于你眼前的巨石，你怎能绕过他？抄几句他 1921 年的诗："星星在大水桶里融化，如同细盐／凛冽刺骨的水更加黑暗／死亡却更纯洁，苦难的味道更咸／而大地更加真实也更为吓人。"他不仅将星星化为水桶中的盐，他还将你的绝望和伤口也泡在诅咒的盐水里。这是一个已被恐惧和苦难扭曲为魔鬼的诗人。他背后的阴影，究竟距离我们有多远？他在追赶我们和恐吓我们。

昨晚夜深，将这首匆匆写就的"纪传体诗歌"（自称）发在朋友圈。没有想着要将它写到多高的难度，那是自愚而愚人。只是想将天上的写到地上，将远古的写给现代，无限地去接近事件在民间口传中的线索。这大概是我所意指的"纪传体诗歌"要达到的目的。感谢诸多朋友点赞，其中微友南北萍女士读后留言：悲壮凄美的诗篇，令人在瞬间体会了四季，血脉随着叙事忽然欢畅又忽然凝绝的感觉。《蜀道难》中的"蚕丛及鱼凫，开国何茫然"后面原来有这般故事。惊艳震撼的阅读。值得点360 个赞。

前晚聚会，参加者有几位经济学界顶级教授，还有几位文艺界精英。推杯换盏间，一位多日不见的文艺界朋友悄声告诉我，有一部《北京折叠》的科幻小说，预言将来的社会如何如何，到那时，极少数的人享有绝大多数财富，过着悠闲豪华的生活，而绝大多数人却被折叠在另一个世界，过着极为低等的生活，那些高等人连剥削你的愿望都没有。我看他既有一种短暂的兴奋，又很快就转化为一种不安和焦虑。我大概知道他复杂的心理，这是这个社会精英们普遍的心理，确实既有满足眼前利益所得，又有对未来命运不测的担忧。席间，几位经济学家一直侃侃而谈，几乎一致认为，社会必须要追求国民住房、医疗、养老、教育四大基本福利的均等，不然社会就难以平稳发展，有可能在许多问题上最后无解以致崩盘。他们说得当然有道理，学理上无懈可击。不仅是现在，未来的人类，社会利益分配中的平等，应该是社会共同努力的方向。

而"北京折叠"是什么东西？不可能像你设想的那样，未来的社会中，少部分人高高在上，另一部分人被他们奴役，过着地狱般的生活。这不是文明社会的发展方向。人类社会将会越来越均衡地发展，至少，这样的努力应该成为一种固执不变的发展方向。像你那种胡编乱造的空想，也叫科幻？一个是装嫩的童话，一个是卖弄的科幻，真叫人不堪卒读。

技术虽然一直在促进人类社会的发展，但技术不可能以独立的方式垄断与统治人类，技术永远是人类手中的工具。不可能像某些胡编乱造的科幻所鼓吹的那样，人类追求简洁明快的生活将会被技术搅乱与折叠。工具这东西，既有建设性的工具也有破坏性的工具，而破坏性的工具常常容易向社会上处于劣势者倾斜或扩散。当建设性的一面使社会推进到一定阶段的时候，极少数的优越者集中和攫取了社会的绝大部分财富，社会发展失衡，社会上处于劣势的多数人将会利用技术或工具中破坏性的一面，使已有的社会文明解体，社会因此发生新的契约或倒退。所以，社会的发展既是技术的，也是人文的，甚至从总体上来看，最终是人文精神来平衡与规范人类社会，而不是什么技术决定社会走向。

一些幼稚的科幻狂，根本对人类社会曲折的发展史不了解，对人类科技的发展史也不了解，试图用技术来构建未来人类的状态。如果只是对技术自身的幻象与描述，那完全是个人自由，愿意怎样设想，都可能有趣，但如果在其预言中涉及对大多数人进行轻蔑与鄙视，那就不仅是轻狂，更是非人道的。一个非人道的社会，在人类未来的构想中，不可能存在，也不会让它存在。如果那一天真的到来，少部分人在"折叠的北京"里高高在上，大多数人都被少数人奴役，过着地狱般的生活，这个世界也就到了毁灭的时候。

　　动不动"新诗百年"如何如何，听着刺耳。"百年"一词，基本指一生终了或死亡之义，比如东坡诗："百年人事知几变，直恐荒废成空破。"此"百年"，大概指一生了结之义；再比如陆机言："今乃伤心百年之际，兴哀无情之地。"此处此词一定是指死亡之义。所谓"新诗百年"，那也就是说新诗快完蛋了，或者说新诗已经完蛋。多么不吉利的词！其实新诗至今哪止一百年，新诗也并非从胡适当年那个毛孩子开始，新诗应更早。以讹传讹，流毒太深，许多人借此之际，想将自己写进诗歌史大概是真。

　　以前一段有关新诗的议论，权且作为刚才札记的补充：清末，社会处于崩溃的境地，人心浮躁而混乱，无数的社会混混、流氓无赖、妓女为附庸风雅，竟然都能赋诗填词，互相唱和，那些虚浮的淫词滥语漫溢了中国社会。一时间诗词界成了藏污纳垢之地，由此也促成了像黄遵宪等人首先竖起"新诗"的大纛，试图用白话诗摆脱诗坛的污泥浊水，另求一种更为真实的内心书写方式。但白话诗发展了一百多年后，依然再现了一百多年前丑陋的状态，依然是流氓无赖骗子们涌入其中，既无孔子所谓"天文""人文"积淀，亦无人类共同倾心的基本知识良善，其门槛甚至低于格律诗。

米沃什说：我为我是一个诗人感到羞耻。颇有同感。真诚的写作者，是在裸露灵魂与肉体，当然感到羞耻，只有那些胡言乱语、装神弄鬼的写作者才不知羞耻，因为他自己都不知道在干什么。尤其是诗歌，垃圾写作者与炒作者太多。

俄罗斯著名诗人叶甫图申科去世，根据先前北大谢冕在记叙与叶甫图申科来京会晤的文章中说，叶甫图申科强调诗人关于死亡是先知、预言家，在诗里不能写死亡，尤其关于死亡的方式，写了就应验。而在《娘子谷》一诗中，他大量描写"枪杀"，但他自己并未应验，而是前几日高龄离世。其实人对死亡的恐惧，让人无处躲藏。在死亡面前，不仅是诗人，任何一个人，哪怕是一个白痴，也都是先知。

发在群里一首《卖玉的女人》的诗作，竟得到北京玉厂师傅的高度评价，这位师傅由衷地说："您写得真好。"这让我感到高兴。语言在任何一首诗歌中铺就的道路，必须是无碍与通畅的，除非他自己对于自己的写作都是茫然的，连自己都不知道自己在写什么。一首成功的诗歌，对于试图阅读它的读者，也是圆满而成功的，其间不存在不可穿越的隔阂。这也是白居易当年要将自己的有关作品，朗诵给周围百姓以测试其表达是否准确的根本缘由。

会中文的德国人顾彬大谈中国当代文学中人，认为中国当代文学作品对人的理解不深刻。这种笼而统之的批评水平也不高。人到底是什么，西方人文学界探讨了几千年，到现在也说不清。无人能说得清。我都说不清，顾彬胡说八道更说不清。

哈哈，一笑了之。

这两天一直在琢磨，我为什么一读俄罗斯小说就发抖，就像小时候大人将我关在黑屋子里，让我做功课。除了一长串人名让我难以记住外，其他的，一言难尽。唉，这个俄罗斯，与我们相似的地方太多，就像我难以卒读我国当代作家的作品，左躲右闪，又臭又长，还说辞颇多。

诗歌的抒情，并不会因为简单而失去更多。譬如：The hills are like shouts of children who raise their arms, trying to catch stars.（泰戈尔：群山好像欢叫的孩子们举起他们的双手，要去抓住星星。）如果没有更加精彩的递进，就无须赘加废话，就这样两句，戛然而止，反而成为一首具有完美抒情的短诗，其句式让我学习英文时记住不忘。

一位写白话诗的朋友说，自己的诗比杜甫的诗要写得好。这其实无可比性。诗歌是语言的艺术，诗歌离开了语言的特质，就像血液离开了水，只能是满目的伤疤和血痂。古代汉语诗歌与现代汉语诗歌的语境完全是两个世界，几乎无法通融。如果让一流的现代汉语诗人以现代汉语的表述方式写古诗词，写出来的东西永远超不过打油的水平，所以现代许多人创作的所谓古诗词，基本上不是故作不通，就是顺口溜假大空或政治口号，俗称老干体。不常读古书，又时过境迁，对于古代汉语的表达方式完全陌生了，根本就不能自由运用古代汉语，只能是生搬硬套和填鸭，怎么可能创作出优秀的古代汉语诗词，嗯？

一位弟兄说，英国诗人奥登的诗不行，其实不见得。还是语言造成的隔阂，还是翻译得不行。现在通行的译本太差，译者要么是英文水平太差，要么是诗歌修养太差。查良铮早年翻译过奥登诗，就可读；袁可嘉后来也译过，也可读。但他们没敢翻译太多，能选译好一部分就不错了。之前有人托人送我一套全译本，翻了一天，越读越糊涂，拿来原文，对照了几首诗，发现简直翻译得南辕北辙，人家最精彩最有生命力的地方全部被他的无知和浅薄给消耗掉了，这书就只好搁置了。

马雅科夫斯基的诗，从语言的技艺上，之所以后来整个苏俄没有人能超越，来源于他血液中那种无拘无束的盲流习气。那首著名的《穿裤子的云》最为典型：如果能让贵妇们快乐，他愿意做一朵穿裤子的云，在她们的身体上，到处游走。大概如此。这位无产阶级的最高诗人，用他最彻底的语言，嘲弄了这个等级森严的世界。

所谓历史小说，就是在历史的碎片中重建一个历史的时空，必须恢复它本应所是的规模——我极不习惯胡编乱造——因此，它也是历史本身，它自然将回流到历史中。

文学评论，不在于语言上耍点小聪明，而在于鉴赏者品质的高下。在诸多的批评者中，我觉得林贤治不媚俗，至少不胡说。虽然我只读过他零星的几篇批评文章。

我以前不这样

我以前，不是这样的
随着时间越往里边行走

我越来越坚硬

越来越要和不知的东西抗争

常常我被自己羞辱

因为我越来越靠近自己的本质

越来越坚硬

一阵轻风

就能让自己感到漫无边际的痛

我以前，归根结底是柔弱的

用一个虚假的词汇

将自己包装在这个繁华的春天

所有的过程

都被断定为非真实

　　请原谅，一个成熟的小说家几乎不谈小说，就像一个成熟的诗人几乎对诗歌无话可说，因为所有最精彩的感觉都在作品之中呈现，只有不自信的创作者对于创作总有着说不完的问题。而我是一个不太自信的现实主义者，我因此在生活中常常夕惕若厉、如履薄冰，所以关于现实，我总是喋喋不休。

　　我看一篇文章的题目是：伟大的诗人应该怎样伟大。仆以为，既然已经伟大了，为什么还要探索怎样才能伟大呢？看来是太想伟大，以至于连逻辑都不讲了。嗨，张口伟大、闭口伟大，看似人性化，其实还是将自己、将诗歌凌驾于人性之上。以为只要自己能说出"伟大"一词，仿佛自己也伟大了。仆认为，究其原因，若不是"文革"语言深入骨髓的缘故，就是伟哥吃多了。

翻阅托翁短篇，感触颇深。俄国文学中最高贵和最伟大的精神来源于 19 世纪初，是十二月党人高贵、悲壮、辽阔精神的蔓延，越往后，越凋敝，到了 20 世纪的大部分时间里，俄国文学与中国当代文学一样，语义折中含混猥琐，没有多少值得一读的作品。一个了不起的民族和伟大的民族精神，最后变成终日被伏特加灌醉的北极熊形象，难道不让人惋惜？当然俄毛子越蜕变，越有利于其南部黄金地带的神州大地。而吾民族，崇尚西南大熊猫，以之为国宝，整日睡眼惺忪，但愿是一头未睡醒的东方雄狮，而非其他。

文学批评大概无学院或非学院之分。"学院"这个词莫名其妙，我想该词可能套自中世纪欧洲政教合一时代的"经院哲学"，当时其也是主流学派。如果真是这样，"学院派批评"这种说法在中国当代文坛没有存在的合理性，中国当代文学的批评基本是散乱的，没有体系，也不容许在引导体系之外再设体系，所以根本没有流派之分，更无学院与非学院之分，只有高下之分。

有人曾问我，哪部长篇小说是伟大的？年轻时随口解答，并非难题，现在回想起来，却难以回答。当下我只能说，越是长篇，越是一种失败的写作。对长篇的厌倦由来已久，写一部长篇，常常还不如写一篇短文，更能让人心怀宽敞。有时候对诗也厌倦，盯着一花一草一木死磕，直至将植物也染上人的毛病。但我学会了在不同文体之间的转换写作，就像换着吃药，抵抗情绪的侵害。一次又一次回归细节与缠绕，除了叙述的干柴，还需要抒情的火焰，大概才可以让人在一个与泥土相连的界面上，温暖而明亮地活着。你说，北方农民没有热炕，漫漫寒冬里，如何能在山野的茅屋中度过？

多年以前，一位资深老文人告诉我，那些有着杰出文学成就、声名显赫的大作家，生前从没搞过专门的作品研讨和报刊专版评论，而一些文学混混脸皮真厚，给自己花钱拉关系开研讨会、在大报搞专版评论。想想也真是如此。现在这位忘年交早已离世，这种事已经见怪不怪了，更有甚者，一些人还活着，就给自己树碑立传，把自己当成活死人，权当盖棺论定，甚至给自己建立研究所，我不知道谁吃饱了撑的，能研究他什么？研究他，能当饭吃吗？他有研究的价值吗？

文学研究就是撩动文学嫖客的神经，文学评论更不值得一提，"文学评论"一词已烂，文学评论就是给文学婊子立贞节牌坊。曾受人嘱托，要我研读某人的长篇，写一篇捧场文章，我问他："我有那么无聊吗？"那些烂作品值得我去研读吗？值得我去议论吗？每次不得已翻看那些无聊的东西，我就感到人过得嘴里要淡出鸟味，那才叫真正的扯淡。

写匠不需要太高的智商，甚至常常越傻、越偏执越好，但需要文字上的轻车熟路。记住，只有轻车熟路，才有风格和境界。因故，我与我的父辈们一样，坚决反对自己的孩子读小说与写作，在一个亲历者来看，这是人生自我堕落与自我放逐的开始。

　　有一天，一位文学中人在看完一篇优秀作品后，发表看法说，这篇作品叙述方式传统而陈旧，很少能让他产生共鸣。我认为，即使整个地球或宇宙放置在他的眼前，也很难让他产生共鸣，但送他一个苹果或送他一张小小的贺卡，都会让他高兴得内心颤动或喊叫。明显不只是作品的问题，可能绝大部分是他自己的问题。因此，止于自我的认知靠不住，认知必然要伸向他在与彼岸。肤浅的欣赏，让作品几乎没有出路。所以新媒体将产生新的文学样式。

　　近日，有几个重要作者的名字总是想不起来。但对他们那些特殊的作品却记忆犹新。这分明标志被时间撕开的口子张得越来越大。以前看过书，将作者记得很清楚，作品看完却必忘，不然生怕自己的写作重复别人的内容；现在看书，作者根本想不起来，但作品却记得很清楚，不管是好的还是不好的，因为时间浪费得太多，很想让别人的经历变成自己的经验。越来越麻木和简单的时候，越需要复杂和艰难来喂养。

　　我对"越是地方的文学，越是世界的"这种说法一直反感。所以从来不读那些充满方言的拉杂文字。阎先生是陕西文人中的翘楚，但阎先生早已超越了地域，读阎先生的文章，流水一般自然、舒适、亲切、儒雅和干净。他的老家礼泉以前叫醴泉，那个"醴"是甜酒义，醴泉意思是如甜酒一样的泉水，语义多好！后来改成"礼泉"半通不通。所以我一直认为他是陕西醴泉人，而非陕西礼泉人。虽有半年未与阎先生通话了，但见文如见人。

想象一场大雪

诗人们不好好说话
农民工也不会忠实于土地
一旦成群结伙
就东倒西歪

老天也不好好下雪
周围都下雪了
却绕开我所在的城市

就像语言的大雪
必然要躲开妄想最密集的头脑

好几年前的一篇拙作，是对百年诗歌的一个大致反思。但最有意义的地方在于驳斥了亨廷顿的人类不同民族的冲突是文化冲突的论断。文化不会引起冲突，文化会加深理解，只有反文化的部分才会引起冲突。

今日写东西，稍一用脑，就头痛得不行。看来老天正在蔑视我们干别的事，他仿佛问道：在这样的雾霾中，你们，还能蹦跶几天？

讳莫如深：我讨厌那些为写诗而写的诗，亦如为写字而写的字，因其故作而丑陋，所以我几乎不愿意去谈诗，也不愿意去谈书写，但今日我却想谈谈雾霾，却又感到无奈，更不知从何谈起。那些矫翰龙云者我不羡慕，那些栖神豹雾者我也没有见过，在如此令人几乎窒息的喘息中，那些依然揪着头发拔高自己的人，让人发笑；那些妄想伟大而试图凌驾于所有人之上的人近乎小丑；那些匍匐在地，甘愿为奴，靠做帮凶耀武扬威的人，让人发笑；那些正在苛刻地从民众身上搜刮脂膏，做自己一枕黄粱美梦的人何其可笑。在这样兽毛一样密集而肆虐的雾霾中，活着不易。

中国人用汉语雅言写诗作文数千年，使用口语写作其实未满百年。在几千年的漫长岁月中，用汉语雅言写就的诗歌，俨然是一座口语所无法企及的须弥山。如今，那些有语言和学术素养的人，依然坚持使用雅言，其人数难以估量。而古今两体诗文对比，口语（现代汉语）诗歌容易失之肤浅，从而堕入脑筋急转弯式的小聪明，而雅言（古代汉语）诗歌容易顽固不化、生搬硬套，但对于真正的好作品，无论运用口语或雅言写作，天不变，道亦不变，体物写志，从己而出，一直是有深度的写作者心摹手追的常态。

一位微友说"鸡汤比诗好"，并非没有可比性，因为严格地说，好的心灵鸡汤，确实比不好的诗歌要好，那个汪国真就是一个例子，当年写诗的人都嘲笑他，其实他写的东西更接近心灵鸡汤，只是采用诗的分行，但人家当时广受中学生的喜爱，现在那些中学生早都博士毕业，都成了大学教授，汪国真已盖棺论定，不可更改。想入非非是长久的，鸡汤实用耶。

我不喜欢号称伟大的诗人和号称伟大的诗歌，当我少年时代，第一次坐飞机升到高空的时候，从窗外往地上看，那些所谓伟大的东西，其实都很渺小。从那以后，仆就有恐高症。

　　这个时代，可能最需要保持警觉的是写实，有人将其称作"非虚构写作"。我曾出于好奇，集中读过一些标榜为写实的作品，但发现那些所谓的写实，其实是在真实幌子下的主观导引与虚构，比那些平常所说的虚构作品距离真实还要远。好的虚构作品其实是更高层次的真实，而那些低层次的写实反而是高成分的虚假。文字就这样喜欢以悖论的方式捉弄人。但其实局部的写实与局部的虚构都不是问题，作品的细节推演阶段，每一个阶段铸造结构，结构无法矗立，整个作品只能失败。此事哪关风和月。

　　我不反感分析与推演的文字，但我决不阅读那些吹捧的文字。尤其那些乐于享受吹捧的姿态，更是违反人伦与天理。所以也必须警觉所谓的文学评论，在一个唯利是图的环境中，评论就是广告，评论家扮演的角色最不光彩。

　　我从来不认为模仿别人的诗歌是能成功的，除非人们都真假不分。那些邯郸学步、鹦鹉学舌般的造句，人妖混迹，虚假到黑白颠倒，日月不分。要这样脂粉般的句子有何用？我喜欢看到的是铁一般的力量，至少是青铜般的思绪，哪怕那些排列错乱的器皿上长满了铁锈，我也会因为那些时间的锈痕而感动。

　　现在主要的问题是，一些人将写作变成了一种混世的道具，这个很可笑。我觉得这至少在人生的筹划中是失败的。与其在此虚耗生命，还不如去经商与做官。我曾在十多年以前作协高层征求意见会上直言：作协就不是衙门，所谓的正部级，如果不真正掌握文学，恐怕连个正处级都不是，哪有什么权力？所谓的权力也就是对文学的一点话语权，如果连这一点权力都失去了，那作协的存在就没有任何意义。如今，我还是这种看法，希望作协同仁要有自知之明，回归文学，知道什么是真正的文学，这是第一要务。

年少时，我喜欢的诗歌可能需要更高的纯粹度，就像过去时代的人喜欢黄金；但是现在，我更想找到一种诗歌语言中的合金，哪怕蹚遍污泥浊水，下到暗无天日的地下矿脉，偶然发现一缕亮光，都会让我感叹与惊奇。正如鲍勃·迪伦的歌词，他沙哑的沧桑追问都能让我再一次产生倾听的愿望。

别看许多人混文学界，懂文学的人还是少数，敝人有时候知道文学是怎么回事，有时候干脆不知道文学是什么，更不知道文学能干什么。——与诸文学大佬饮罢归来

许多所谓的文学家，写着写着就忘了文学，而拐到了哲学，比如卡夫卡、萨特、加缪诸位；有些哲学家，弄不好就变成了文学家，如柏格森、海德格尔、福柯等。还有一些诗人最后沦为神学的仆从，像纪德与博尔赫斯。至于福克纳、海明威、马尔克斯等人，几乎都是杂交品种，最后几乎多产到了转基因的时代。

随着评奖热潮，人们又一次关注长篇小说，试问当下情景，哪有史诗般的长篇巨制？诸位知道谁有，请为我推荐。无修远之心，哪来的修远之文？看一次所谓的长篇，就后悔一次。编故事，废字如垃圾堆积，越长越臭，试问哪部长篇小说，能像一栋文字的大厦，坚持矗立一段时间而不倒？可能这都是一种

妄想，随着一阵抱团热炒过后，马上消散殆尽，因为其中没有根植于人性和苦难的钢筋水泥，坍塌是必然的。但我相信，真正伟大的作品一定会在这片被煎熬已久的土地上产生，不是现在，而是未来，玉树琪花待醒醐，时间也不会太久。

有人可能以为，诗要让人读得懂，所以诗应该是写给大众的。如果相比文章来说，诗是写给小众的，诗有时候只写给个人，文章却是写给大众的。

再读叶文福这首诗，其最大的特点是勇敢面向现实，质问真诚朴实，诗情庄严正义。我不得不感叹，这三十多年的当代诗歌史，诗歌的走向与其说是矫揉造作，避重就轻，不如说是鹦鹉学舌，凿空自我。

我三十多年前细读过卡夫卡的《城堡》和《审判》，带给我的只是绝望和苦痛，几乎没有阅读的快乐，大都是形而上的感受。尤其是那个在法的大门前徘徊的细节，让我对所有的门庭都有一种畏难的情绪。后来几乎不敢轻易触碰他的作品，但近日重新翻阅，有一种冲动的影子，总是从他的叙述语言中冒出来，抖落灰尘，试图与我重归于好。

评某诗人：来自十三朝古都长安的歌者，将自己炽烈的激情与梦幻，用典雅的语言装点得如此美轮美奂，貌似严密地隐藏于深宫的帐幔之后，让人听到的只是起于金戈之末的丝竹之声。

有一天，读娄自良译茨维塔耶娃诗选，那来自流放地的绝望并没有被遥远与寒冷埋没，我心中的苦主却如烂漫的霞光，瞬间将我照亮。

各种文学技巧和语言的花招，我已领教了三十多年，早已没有新鲜感了，我喜欢看到铁一样的事实，即使是虚幻的事实，就像天平中的砝码，不多也不少，那才是恰如其分地填补了我和文字之间的距离。

突然让一篇作品结尾，犹如妇女清晨挽好自己的长发，尤其是那完美的金钗一别，在空气中闪闪发亮，这一天才刚刚开始。

今所购书中，有一部《弗罗斯特诗选》，看了半天，感到无尽的遗憾。翻译这东西，能将一首诗意无限的诗整成流水账。这不知要枉费译者多少精力，才能达到这样糟糕的地步。

20 世纪 80 年代初中期，南京《青春》这本刊物是个好刊物。当时我看韩东等人都在上边发诗，所以将自己的诗歌也寄给《青春》。现在的作家焉知，那个年代，整天批判自由化，要在正式出版的报刊发表一篇像样的东西太难。而《青春》在三十年以前就给我发过诗，编辑叫吴野，给我发的较长的一首诗叫《海明威》，那时我二十岁。

我有一首写于去年的诗，名叫《老虎，老虎》，那可是兽中之王呵，前不久又知道伟大的彝语将老虎叫"拉且"，多么轻描淡写的一个发声！因为他们比老虎更加彪悍，或者他们自己就是拉且，并且还知道拉且打盹的时候是趴着的。

非要将托翁与巴尔扎克比个高低吗？喜马拉雅高，大海低，但比高低无意义。

文字的河沙，亦即恒河之沙，坚硬、密集而虚无。我的建造，亦如梦幻。

有位先生文章写得好。我非常钦佩他。他前几日在南方讲杜甫，题目是《万古江河鸟飞回》，到处转载。题目语言逻辑不通，且不合律，如果改为"万古江河任鸟飞"是通的。鸟一直在"万古江河"间飞来飞去，何曾离开过？"江河"非一地一时所指，此处乃是"山川河流"乃至"天地间"的代名词。他所用标题应化自杜甫诗"风急天高猿啸哀，渚清沙白鸟飞回"。杜甫诗是对的，"渚清沙白"是清渚白沙的倒装，鸟飞去飞回，非常自然。

看许多人读《金瓶梅》，都没有把崇祯版弄珠客的序体会到位：他说其书的价值在于"盖为世戒，非为世劝也"。接着又曰："读《金瓶梅》而生怜悯心者，菩萨也；生畏惧心者，君子也；生欢喜心者，小人也；生效法心者，乃禽兽耳。"

米沃什说的有道理，但他也是英美文学的受益者，还是掩饰不住小国文化的尴尬与自卑。现当代东欧，只有与俄苏对抗时，其文字才有了意义，而不是与英美。诗人的迷失方向与声东击西，不仅是天生的幻想与错觉所致，也常常是特殊环境中的恐惧与习性使然。

第二章　学术

以前读《淮南子》记得有一句话说，在明月之光中，不可以观细书但可以远望；而在朝雾之中，却可以观细书但不能远眺。余无意于远眺，却牵挂着能观细书。今早五点起床，翻阅吉林文史版的影明《汉魏丛书》，我发现，经文下那些注疏的细书，戴着眼镜根本看不清楚，摘掉眼镜，眼睛贴到书前，才勉强可以看清。可悲啊，余才过知天命之年，视力竟如此差。古时曾有人自夸，吾八十可观细书。羡慕嫉妒恨。看来以后做学问这条路，于我渐已式微。

判定孔子为杀人犯是学术上的无知

一个自号为"狂徒"的名叫黎鸣的人，在"博客中国"上撰写了一篇耸人听闻的文章：《中国人为什么把杀人犯奉为圣人？》。这篇文章一方面将孔子判定为杀人犯，一方面又嘲笑将孔子奉为"圣人"的两千多年来的中国人是多么的愚蠢，而西方人又是多么的圣明。他洋奴十足的一面不需要我来驳斥他，不管是西方文化还是东方文化都是一个漫长而复杂的体系，哪能凭这样一个"狂徒"简单的几句话就能为之定性，就能说东短西长？

先让我们重点看看能不能将孔子判定为杀人犯。

　　"狂徒"（以其自号来尊称他）说孔子应被"宣判死刑"，"至少也必须判处终身监禁"。理由是杀人者偿命。他说："孔子究竟杀了谁？少正卯。少正卯何许人也？是与孔丘同时代的一位中国早期的法家学者，而且与孔丘一样是个开办私学的先驱，并与孔丘同在一地进行民办教育的竞争。有理由认为，在这场竞争中，少正卯其实是一个优胜者……"等等，你就听这样一个自称学理科出身的人却不遵循科学的逻辑来理所当然地推断和演绎历史吧。我发现"狂徒"的这篇文章，在为孔子定罪时从来不说明他的道听途说出于何处，至于能不能成立更不是他所关心的。

　　所谓孔子杀少正卯一事最早源于《荀子》一书中的《宥坐》篇，该篇曰："孔子为鲁摄相，朝七日而诛少正卯。"在该篇中又说孔子曾列举了少正卯的五大罪过等。

　　荀子，名况，又称荀卿或孙卿，是战国后期赵国人，生卒年月无考，大概活动于公元前298年至公元前238年，而孔子大概生于公元前551年，卒于公元前479年，两人前后相差近250年。

　　《荀子》是由荀子自己的著述再加上他弟子们的辑录而成的一部义理著述，其中涉及200多年前的历史事件，应当要有荀子之前的其他文献予以记载才可称为信史，这种考据上的要求也是最起码的学术常识。但奇怪的是，关于孔子杀少正卯这样的大事竟然在这200多年间的文献中无任何蛛丝马迹的记载。这就不得不让学术界怀疑了。早在宋代，学术权威朱熹就断然否定此事，朱熹说："少正卯之事，《论语》所不载，子思、孟子所不言，虽以左氏亦不道也。独荀况言之，是必齐鲁诸儒，愤圣人失职，故为此说，以夸其权耳。"（见《朱子全书》）在这200多年间人间根本就不知道孔子杀少正卯的事，即使与孔子同时代的偏于纪事的左氏都不知道有这么一回事，《论语》不载，子思、孟子这些最熟知孔子事迹的后学都不知晓，但是200多年以后的荀子却带着炫耀的口气，宣扬孔子当时是何等威风，竟杀了鼓吹异端邪说的少正卯。所以朱熹认为这是孔子的徒孙荀子为了炫耀孔子当时的政绩而假造的历史事件。朱熹的说法以后成了学术上的定论，只是后来到了四人帮"批林批孔"的时候，为了编造儒法斗争史，丑化中华民族的至圣先师孔子，愚弄中国人民，又一次大搅浑水，使沉渣泛起，黑白颠倒。

孔子摄行鲁国宰相的职务在公元前497年。季康子曾向孔子问政："如杀无道，以就有道，何如？"孔子对曰："子为政，焉用杀？子欲善而民善矣。君子之德风，小人之德草，草上之风必偃。"（见《论语·颜渊》）孔子坚决反对在治理国家时杀那些持不同政见者，他认为只要当政者带好头，国家自然就会好起来。这也是孔子一贯的思想，我想孔子这样的人在这些重大问题上绝不会出尔反尔。从孔子的主观上也可以看出，孔子绝不可能下令杀一个持不同政见的人。

大家由此也可明白，拿一件子虚乌有的事情，来判定一个普通人的死罪都是不允许的，何况要判处两千多年来中华民族公认的精神导师死刑，更是有失狂妄。同样的道理，咱们试想一下，如果在200多年后，突然有一个人指责说你杀过人，可此前关于你杀人的事情没有任何证据，借此有人在200多年后或2000多年后还要荒诞地判你的死刑，你会不会觉得这个审判者有很大的问题呢？

此"狂徒"试图借此不值得一提的伪历史来否定中华民族的文明史，这就不能不让我为此费点口舌教训他一下了。

天将降大任于儒家思想

　　要总体上把握儒家思想，不能不谈论《周易》，《周易》乃儒家思想的渊薮。《周易》中，乾、坤二卦既是进入六十四卦的大门，也是由众卦筑造的八卦大厦的穹顶。而乾又是统领这个神秘大门的主要框架，是形成这个漫天穹顶的龙骨。《周易》的思想中乾为尊、坤为卑，乾为主导，坤为辅从。乾道变化，万物性命方能各正。乾为阳、坤为阴，只有阴阳辩证的思想还远远不够，纯粹的阴阳辩证那是诡辩，阴阳中，阳无疑是道夫先路者。广阔无边的天永远是儒家追寻的最高目标，然而孔子却如子贡所言："夫子之文章，可得而闻也；夫子之言性与天道，不可得而闻也。"既然是这样，让我来揣摩圣意，继续谈天。在大地上，因为生存而奔波的人类，发现自己精神的家园、自己的希望总是指向上方。上方为天，天行健，君子以自强不息。那遥远不可测的上天，就是没有希望的人类的希望。这是人类对自己精神的最后救赎，不是用物质与大地，而是用至上与天空。屈原说："指九天以为正兮，夫唯灵修之故也。"灵魂高贵的人，必然将九天作为自己的寄托和方向。这种深刻的指向在懦弱的屈原那里让他魂追九天、身丧汨罗，在孔子那里却演化出了"未知生，焉知死"的现实主义精神。老庄之徒，却是歪门邪道，崇阴尊卑，委琐无形，将民众导向消极、虚无与下作。自古至今，中国学术思想的正宗一直囿于儒家一脉，这一点自远古至汉毫不含糊。儒家思想一直是积极的、向上的、有为的。没有孔儒，两千多年前中国人的精神天空一片黑暗，孔圣的出现，中国人的精神中才有了一片亮光，中国才有了精神文化的合力。不然，在东亚这片土地上，中国不会久存，代之而起的依然是春秋战国时代分崩离析的若干小国而已，不可能存在一个至今尚可算完整和统一的中国。儒家思想的博大与融合能力不是轻浮浅薄之辈所能想象到的。儒家思想到了现在依然是中国人心灵中的根。千年以来,中国人一直被外来粗鲁暴烈的文化和思想所摧残和改造,然野火烧不尽,春风吹又生,说明这种文化的再生与造化能力强大到不能被颠覆和毁弃。中国未来的文化思想中,她依然是具有造血功能的重要细胞。儒家思想是中国文化能够得以健康成长的优良沃野,更是中国文化的天空,正如子贡称赞孔子:"夫子之不可及也,犹天不可阶而升也。"

经学系辞

尧舜以华木昌民主,政风仁和,为万世所宗;殷周奉天心承国运,肇始明德,揭橥千秋。贼盗称霸,诸子纷争,仲尼独步天下,与道为偶,或游于六艺,或明于危微。叹圣王之学,竟遭秦焚。

有汉以来,今文传经,师法律承。《诗》《书》《礼》《易》各有门户,《春秋》分传公羊、穀梁。比及经世致用,田何《易》衍化施、孟、梁丘,唯焦、京二氏,推术数直溯易源,自疏于正统之外。伏胜《书》之欧阳、大小夏侯,《礼》立大戴、小戴,齐《诗》风雅于翼奉。黄老刑名,万象混杂。迨公羊董仲舒独尊儒术,公卿大夫士吏,彬彬多文学矣。孔孟之学,于是兴焉,虽启愚化众,为天地立心,继往圣绝学,然终成御用凶器。

后汉古文,起学案之风云,毛《诗》、孔《书》、费《易》、桓公《礼》、左《春秋》,呈经学波澜。郑康成抟风弄潮,合和今古。《尔雅》自邈古训世,许慎自《说文》解经,后学不妄生圭角。

然大道多歧亡羊。

魏晋玄学，众妙无门。王弼敏学扫象，遂撰《易注》，何晏慎独，著作《论语集解》。当时经生治经，北人宗郑，南人宗王。

南北朝以降，士林品格缘起佛学而卓然世外，然茫茫苦海，回头无岸。

大唐转而官修经籍，孔颖达正义群经，李鼎祚提挈易学。五代乱世，斯文复扫于地。

后儒道释融会于禅，一时巫云弥漫，隐现高古宋风。周、邵参验乎易理而同归乎象数，关、洛发蒙于性命而殊途于理气，朱熹格物致知、穷理尽性，儒者得以苟且偷生。

及至心物互印，王阳明乃得为一代理学宗传。

清初复古，顾亭林远王近朱，戴东原博通考证，风尚朴学。览观一代汉学，精粹于小学而粗疏于道理。

今在一旧书店，对一本中华书局版的《六朝史考实》发生了兴趣，原因有二：其一，作者是中国社科院历史所原副所长，一行政干部，他一边做管理，一边读书做学问，最后成就如此硕果；其二,六朝史疑难最多，通故者除陈寅恪、唐长孺、汤用彤（汤一介父亲）外，我不知还有他人，而此公用马列主义为指导，独辟蹊径，这让我觉得好奇。读完其有关"九品中正制"论述，觉得还真有些道理。历史关键是还原，与什么主义倒关系不大，至于历史学家附加的那些时髦观念，我一向不大理睬。对历史试图额外说点什么的人，都有些多余。

今年是中法文化交流年，今日下午应邀参加三联书店与华润集团主办的一个读书会，清史专家阎崇年、中国散文学会会长王巨才、石厉（敝人）三人对谈中法历史与文学。刚刚睡起，厘清思路：比如在法国大革命前，那些法国的思想家接受了孟子"民为重、社稷次之、君为轻"的思想，为法国人的民主思想推波助澜，中国让法国受益匪浅，这源于传教士。从此切入，文化的纠缠与开始，才可迎刃而解。中国明显受法国文化的影响只能是"五四"以后，也非常微弱。

现在有些所谓学者的文章，逻辑起点就是荒谬无知的，比如前几日《中华读书报》一篇信口雌黄、有关"皇权不下县"的长文，根本对中国政治历史缺乏起码的考察深究，我在微信札记中曾加驳斥。如果像陈寅恪那样的学人还在，绝不会容许如此谬误流传于世。竟然认为"皇权不下县"，还有这样的奇葩认识，这就是学者不好好读书的例证。从费孝通到温铁军与秦晖皆对中国政治历史一知半解。他们的说法不值得一驳。魏晋时吏治中的九品中正制及崇尚世家豪门规则皆从乡村开始，传统中国就无现代意义上的城市，皇权延伸的目的无疑是乡村，正所谓，普天之下莫非王土，率土之滨莫非王臣。

基本同意牟宗三，但又不尽然。东西方思想源流完全是不同的脉络，并没有可比性，也无须可比。在终极的意义上无法论及孰短孰长，因为不同地域的文化对自己的命指有不同的认知，如果没有近现代以来的信息传播，互相之间的沟通也无可能。只是这种沟通加剧了一种居高临下的判断，而这种判断不免有凌空之感。如果以实用为目的，来判定两种思想的高下，那东方的思想确实无法与西方的思想相比拟。儒家思想虽然经世致用，但那是在黑暗现实中对尧舜远古民主思想的一种向往，其实它在本质上也不具有真正的现实意义，遑论道家与其他百家。至于后来的玄学、理学及心学，皆受佛的鎏金，有了理性上的极端精进，但更是玄而又玄，终不得脱逃。虽如此，东方学术也有其自足的胜景，完全与西方理性精神是两种话语体系，永远不可能互知。而五四新文化运动以后用西方破坏东方，却成为一种时髦和习惯。比如胡适拿着西方的概念，开创多种中国学科，几乎皆空，学术被他宰杀得一地鸡毛，冯友兰比他稍好，但也好不到哪里去。

路过王府井，专逛王府井书店港台图书展区，有幸访得一部已故台大历史系教授逯耀东著《魏晋史学及其他》，也算小有收获。魏晋文化为我国继春秋战国后又一自觉高峰，一直为余艳羡不已。而台大历史系为大历史学家傅斯年移驾台北所建，曾经人才济济，应为 20 世纪 50 年代后至 20 世纪末中国境内社科第一系。

燕卜逊这位英国诗人，在西南联大授课期间，大概重点讲授艾略特及奥登，另外他极为推崇当时尚年轻的超现实主义诗人狄兰·托马斯，当时穆旦等应为忠实的学生。受此影响，以穆旦为首，波及几年后入学的哲学系学生郑敏以及从西北联大转来的唐祈等人，形成了后来所说的九叶诗派雏形。大概九叶诗派应该是中国新诗史上真正的现代派。其中唐祈先生早在 20 世纪 80 年代初就与我是忘年之交，1988 年深秋受他之托，专门去清华园一教职工公寓拜访了他的好友郑敏女士。燕卜逊本身就是奥登的学生，英国当时的著名诗人。关于燕卜逊在西南联大授课的情况，大部分是唐祈先生告诉我的，留待以后写文章时再详述。

晚上回家，又路过一街边书摊，30多块钱竟买了一堆旧书，其中上海古籍1979年版竖排繁体《高适集校注》这部书，让我有点感触。首先这部书的原藏书者是"清华大学图书馆"，为保护书籍，藏书者还为这本书重新装订了硬书壳，但让人奇怪的是又盖上了图书"注销"的红印，既然如此重视和保护这部书，最后又为何要注销和清理这部书呢？再看这部书原封未动的"借记卡"，从图书入库再到被剔除这30多年间，清华大学竟然没有一人借阅过此书。我还收藏有其他几所大学被清理的图书，基本也是如此情况。也就是说，许多书，从出生到发黄衰老竟无人问津。可悲！图书的命运与人的命运几乎类似。唐诗人高适，经史贯通，文采斐然，早年入仕无门，曾闲居宋梁（今开封、商丘一带），与李白、杜甫皆有过同游唱和。安史之乱后，因运走捷径，曾为征讨永王叛逆的主帅，而翰林待诏李白作为永王的幕僚，被高适部俘获，发配夜郎，后又遇赦放还，"两岸猿声啼不住，轻舟已过万重山"大概说的就是李白遇赦大喜的心情。我曾看过史料，据说高适根本六亲不认，秉公执法，反倒是其他人在肃宗面前说好话，帮了李白的忙，李白才未被高适处斩，后又遇赦。而历史又像开玩笑一样，这位高官大诗人高适，不管当时他在李白面前多么不可一世，可后来，读李白诗的人，却不一定读过他的诗。

有些人为什么要将这样的书扔掉？嫌歌德太老太陈旧？而那些所谓时髦的创造，可能远远没有过去被遗忘的作品所蕴藏的秘密多。还有可能后代装修房子，嫌前代人的烂书有碍空间与观瞻？昨日路过一街边书摊，发现了这套在冷风中瑟瑟发抖的书。我本来有一套钱春绮译、20世纪80年代初出版的《歌德诗集》，但我不愿意让它继续流落街头，被风尘污染，便买下它，回来擦拭干净，然后摆在自己的书房。

班固在《两都赋序》中说："赋者，古诗之流也。"辞赋首先是诗，但不一定是歌，可不讲究音律。故《汉书》中说"不歌而诵为之赋"。赋本来是古诗中最为自由的诗体，它字数不要求严整，可以长短句，也不要求严格的韵脚，言行无拘无束，比如楚辞、屈原赋是也。屈原赋那是古汉语诗歌的巅峰，没有第二选。你不能不承认，到了今天，如果再用辞赋排斥汉语新诗，那就是学理不通。我希望辞赋在未来能彻底沟通汉语新诗与汉语旧体诗。

一百年来，汉语新体诗与旧体诗互不兼容，新诗有新诗的话语系统，旧体诗有旧体诗的话语系统。所以新诗距离传统越来越远，口水诗泛滥，不知道收敛与行止等语言修辞节奏；而旧体诗，依然遮面裹脚，抱残守缺，越来越成为行尸走肉，内容空洞成一张张兽皮，没有多少生命力可言。而新诗写作者与旧体诗写作者互不往来，各自为政，严重影响了传统与现代的交融。如果让二者有一个交流的平台，能促进它们互相学习，互相借鉴，也未尝不可。

话说端午

（感谢社科院张聪明教授为我费心整理）

端午将临，话说端午的人又多了起来。

中国虽然历史悠久，文明源远，但中国人对自己的节日似乎就没有说清楚过。前不久说清明、寒食节与上巳日，就说得一塌糊涂。这一次，或者说每一年重说一次端午，也是越说越糊涂，没见能说清的。

究其原因，还是历史太久远，民俗问题容易被正史忽略，没有准确记载，后人各说各的，自然是不管怎么说，总是说不清。但以下几点是可以肯定的。一、端午节本来与屈原自溺无关，屈原只是选择了于端午这一天自尽，以表示自己刚正不阿。二、端午节起源与百越民族龙舟竞渡和吃粽子也无关，只能说，因为有了端午节，南方百越民族才在这一天龙舟竞渡和吃粽子，但是别忘了，我古秦民族，在端午节这一天吃的是"甜醅子"，其香甜只应天上才有。三、端午节无法用后来所有的十二月历解释清楚，并且越解释越糊涂。四、端午节应来源于夏历十月历法的传统。汉以后，废除周历与秦历，官方倡导夏历，即以十大天干纪月，一年三百六十日分为十个月。如《黄帝内经·素问·六节藏象论》所说"甲六复而终岁，三百六十日法也"。

《内经·素问》篇中所讲的就是十月历法。关于夏历十月历法，近现代人已经模糊。查《史记·历书》："黄帝考定星历，以立五行。"但到底是考定"星历"在前，还是立"五行"在前，上古文献一直含混。《管子·五行》曰："黄帝作立五行，以正天时。"尤其从《周易》来看，"五"为天数，乃为中天之数，所以只要爻行之五，皆以中天之位断义。尤其在十大天干纪月的十月历法中，"五"为中天之数，十月历中的五月当然是一年中太阳运行至"中天"的位置。如果套用周历中的十二地支纪月，夏历是建寅月为正月，夏历的五月也正好是地支中的"午"月，所以民间误传为端午，其实应是端戊。近期流行解释"端午"的文章，将"端"都解释为初始，我不知他们都有何根据。"端"在上古或本义中，就是正的意思，端者，正也。"端午"就是端正的五月，是指一年十个月中，五月这个端正的一月。所以在端正的五月，并且在五月五日两个五重叠之日，屈原选择了结束自己的生命，其刚正不阿，正如司马迁所说，其与日月争光可也。

所有的天文星占时刻大器皆以这一月为中月。这个五月，可以想象，在夏历中多么重要，它是"允执厥中"之五，与其数相重的五日必定按照惯例，因其加持与隆重，成为庙堂与百姓共同看重的节日。

日月经天，四季兴替，五五相叠，至正佳期，浩然之气，殊可嘉许也。故曰，端午者，天地正气加持、嘉许、发扬光大之节日矣。

新中国成立后，旧体诗基本废掉，但能微弱传灯者大概也能找出几人。学人中旧体诗写得好的当然是陈寅恪，用典深沉，完全承续江西诗派风格。有人说江西诗派自黄山谷始，终于寅恪父陈三立，我看这延续了上千年的诗歌流派应由陈寅恪殿后。另外还有一文人聂绀弩，其诗虽语言流俗，但能抒情达意，尤其在苦难中的诗歌，以吟当哭，让人掩卷后仍然欲罢不能。常读古书，抒情写意就容易喜欢旧体诗。常有编辑向我约旧体诗，我说我很少写旧体，因我厌烦格律，尤其脑子里搞不准四声，几乎不分平仄，所以有时别人让我写对联，还要查《韵府》或字典。

二十多年以前我曾从德语翻译过一点荷尔德林的诗歌，国内对荷尔德林的兴趣多少年来基本局限于思想学术界，对荷尔德林的译介太少。当然也源于他心灵与诗歌都太艰涩的缘故。近日发现了一本王佐良的译本，也不敢确信他能译好，放在书案十多天，也未翻看，但今早随手披阅，发现他对荷诗的理解也不像有人指责的那样不堪，这几句诗就翻译得流畅浅近：

　　无所不及的快乐

　　从善良的诸侯手中

　　缓缓流出

我未对照原文，但这样的句子，可以比较合适地进入人的内心，而不故作，不让人恶心。

西人对于中国的称呼中，"支那""桃花石"似乎有据可解，但"契丹"的说法，可能并非来自那个契丹王朝，而是别有隐情。此文中的有关考据，应该是敝人 2015 年在中西交通史或蒙元学术史方面的一次重要收获。

此中天意固难明，某年丝绸之路文学论坛在某地召开，大部分人发完言后，一大学文学院教授发言，说这个会既然是文学论坛，就必须紧扣主题谈文学。然后他就大谈现当代文学，除了列数自己读了多少现当代西部小说之外，再就是花言巧语胡绕一番。可惜的是，那些乱七八糟的小说还值得一谈吗？丝绸之路此范畴离开了历史，可能就没有横空出世的现当代文学。事实上他的谈话提醒我当时想了两个问题。一、关于现当代文学的研究，当下可能尚无法步入学术的殿堂。二、以往的学术史，尤其是比较成熟的古典学术时代，文学一直未成独立的体系，在西方的学科设置中，其至今都与哲学纠缠在一起；在我国，最经典的诗歌，无疑属于六经的范畴，在孔子那里，修辞作为文的部分一直与史的概念相对立，所以才有文史之辨。两千多年后的清代，将宽泛的辞章皆划入集部，其实是经史子集无法拆分。因而，不要过于轻易地大讲文学的独立属性，尤其是许多现当代文学的研究者，勿过于自信自己所从事的专业是一门独立的学科，如果太自负，我必定就会怀疑其基本为伪。

这样的时代，文学已经太轻、太微不足道。我希望能产生一些从自我封闭与象牙塔的世界中走出来的东西，重新刺痛我们。

说起注疏，我曾笺注过一部古文献，呕心沥血，耗费我数年时光，当工作过半时，有一天学会了上网，结果一调阅相关资料，我傻眼了，发现网上的信息远远超过任何一位个人所拥有的，刹那间，我彻底崩溃，从此后再也没有动过那部注疏过半的典籍。文献注疏这件事，是我永远的痛。

格律诗词，唐以来之所以兴起，基本是由于科举考试的原因。传统的科举制度设置人为的门槛，设定一定的规则，延续一千多年，与后来异军突起的八股文几乎具有相同的处境。随着科举制度衰落，八股与诗词格律如同妇女的裹脚也就随之式微。如果今日还有人再亦步亦趋填鸭式地写格律诗，那只能说妇女又开始缠起脚来了。不过从美学的意义上，缠了脚的妇女走起路来如玉树临风，金枝乱颤。如果有人愿意一试，可不妨一试耳。我们有的是舞台，可表演。正因为如此，写古体，我个人还是提倡大家写古风，不要自缚手脚。

徽宗皇帝，不爱江山，只爱词与画，是文字与绘画中的大帝，千年无类。他的《白玉楼赋》[①]闪亮当空，令余惊乍。

---

① 　此文见于宋代刘昌诗《芦浦笔记》卷九，《中华辞赋》2016年第12期收录。全文附于本章末。

我任《中华辞赋》杂志总编辑后，翻阅 2017 年第 1 期《中华辞赋》杂志，读袁行霈先生刊登于该刊的古体诗词 28 首，每首几为精品，而这首《听肖邦钢琴曲》的七古，尤其让人震撼。全诗共 22 联 44 句，首 8 联 16 句，将肖邦穿云裂石的乐曲化为大千世界的物象，时而怒涛卷雪，飞沙走石，时而声漏花外，春风漫过山岗。随着跌宕起伏的琴声，渐入中 8 联 16 句，在余音缭绕中概述肖邦多舛的命运。最后 6 联 12 句，作者边抒边议，恰逢节制，戛然而止。整首诗歌一韵到底，一气呵成，如长虹贯空；想象力奇崛，然排奡而妥帖，在沿用古体形式的当代诗歌创作中，这首诗可谓黄绢幼妇辞，属轹古压今之作。

辞赋在古代属自由诗，在现当代，却守旧空泛而滥语堆积，希望能有所改进，真正能老树新芽，硬语盘空。

吾亦好古，但生之太晚。今早起床，看到一个考古学者大谈文化与考古，令仆突然想起两个疑问。一、甲骨文的问题。早在民国时代，章太炎等诸文字大家就曾对甲骨文有诸多怀疑，章一直认为甲骨文是来历不明的文字，甚至有人干脆认为是河南药贩子为造"龙骨"而造假。此为一个复杂的问题，真假混同，另说。二、还有一疑问，就是颇为时髦的"清华简"，据说原出土于湖北，后被走私到香港，再经有识之士介绍，由清华斥巨资买下。买来后，研究发现是真的。有两个依据：第一，碳 14 测定；第二，文字专家考订。现在那些文字专家，没有让我信服的，他们的考订漏洞太多，不足以采信。至于这个碳 14，只能根据几个已预设的要素测定年代，那么这个已预设的要素能不能造假？仆认为可以。其次，即使竹简为真，那么文字会不会是后来造假的呢？这个你无法排除。再次，近两千五百年以前的竹简，又埋在潮湿多积水的湖北江边，竟能保持如此完好，数量如此之大，这都值得让人惊奇与怀疑。

连"挥麈"都不识，接连写成"尘"的繁体兄。挥麈不识，看来魏晋不识，哪像摸过四库的人？他所说的陈垣和郭沫若也未有听说读完四库的，也没这个必要。《四库全书总目提要》"一读即可"，"我有家学渊源"，话都不通，"家学渊源"只能是他人吹捧自己，哪有自己说自己伟大的？

《人民文学》杂志用"弄潮"一词给自己的活动命名，可能有值得商榷之处。准确来说，"弄潮儿"这个词不能简化为"弄潮"，简化为"弄潮"，不仅弄巧成拙，而且是贬义。因为一味莽撞去弄潮，极有可能会被大潮所弄翻，沉入钱塘江底。只有"弄潮儿（旧音读倪）"才是佼佼者，因为唯有专业的"弄潮儿"这种自古就有的职业"运动员"才能像北宋潘阆词所说："弄潮儿向涛头立，手把红旗旗不湿。"没有经过专业训练，没有在大风大浪中经过出生入死的磨练，怎敢弄潮？所以余非常能领会"弄潮儿"精神，那是一种在久经考验的基础上，艺高人胆大的伟大时代精神。难怪李益《江南曲》中那位嫁给"商贾"的妇女，要咏叹"早知潮有信，嫁给弄潮儿"，没有说要嫁给随便"弄潮"者，随便弄潮者，性命都不保，又怎敢依附？

古人写词，音韵随意而行，所以情意连绵不断，而今人真正是填词，处处似乎高山峻岭，但处处皆悬崖断壁，甚至无桥无路可通，七零八落，不成诗意。还有一种人，见着一花一草一木死磕，但还是白骨累累，没有生机，将活物搞死。诗词界，两大极端癌病，几乎无可救药。

说纸

去年某日，与中国社科院陆建德、《光明日报》首编韩小蕙、作家出版社原社长葛笑政四人在"桐城大讲堂"同台演说，当回答有关传统图书能否持久的提问时，我突然讲到纸。太远不说，就说数百年来，比如清王朝时，皇宫用纸一直沿袭明代宫廷用纸惯例，大概是仿"二堂"纸，一是仿南唐后主澄心堂用纸，二是仿元代宫廷明仁堂用纸，纸的规格大小类似现在的四尺宣。南唐、元代大力养蚕，发展丝织业，山东、河南、安徽、江浙一带桑树种植非常普遍，因此我推测造书写纸所用材料应主要为桑树皮，桑树皮不亚于檀皮。用竹、稻草所造纸都太低级，麻造纸也应可以，比如糊窗户纸基本是用麻所造。由于是人工造纸，工价太高，各总督衙门进贡给皇宫的纸张，一次几乎没有超过六百张的，也由此可见清仿古堂纸多么珍贵。有一次，见某世家子弟，他说他家有十张清仿澄心堂纸，顿时惊得我说不出话来。今日想起，如果哪天见着他老人家，我一定请求他，合适的话，最好能让我一见那纸。仿二堂纸没有见过，只听说过，现在所用宣纸，只有红星好用，含皮量比较高，但对于一日扫过纸若干的人，怎能耗费得起，因此只能用劣质纸。贵胄阔佬用纸太奢侈，我等也得向古人学习，不拘于笔，不拘于纸墨。怀素家长沙时，为省纸，在芭蕉叶上一样写字。

格律诗写好了，当然好，既工整又有律韵，好上加好，犹如锦上添花，杜甫与黄山谷皆是成功的例子。譬如杜诗"波漂菰米沉云黑，露冷莲房坠粉红"，从小至大，从具象到意象，诗情沉郁万钧，让人不能轻忽。当然宋元明清皆有大量的格律诗人，但能与杜甫相提并论者寥寥无几。近现代，格律诗写得好的，也就陈三立、陈寅恪父子。陈寅恪说民国汉奸黄某某诗写得好，颇欣赏其"绝艳似怜前度意，繁枝留待后来人"佳句，其中当含有寅恪怜才之义，属仁者具恻隐之心的明证。今人写格律诗，最大的困扰可能是音韵，多在《佩文韵府》和新韵之间徘徊。其实，在我看来，汉语音韵一直在变，推广普通话以来，又是一大变。如果按照中古音韵，许多音韵已与今日音韵有较大差距，只能是照葫芦画瓢，没多大意思。如果丢开《韵府》，谁都是一头雾水。今人一定要用新韵，只有新韵才是鲜活的。我认为目前比较合理可信的新韵府，就是 1965 年上海古籍版将《佩文韵府》（平水韵）106 韵目根据普通话整理为 18 韵部的《诗韵新编》。世界上没有绝对的自由，在方圆规矩中，有语言的奇花盛开，为什么不欣赏呢?

格律诗首先是诗，然后才讲究格律，唐以来好诗皆如此，但今人写格律诗，好的少，都是往格律套式里填词，抒情未达到可控而自由的表述程度，且无章法可循，词填得乱七八糟，正好与古人相反。还有一种老干体，纯粹就是翻来覆去的套话大话空话。这两种都不好玩，一种东西不好玩，看着也无乐趣，就没有意思了。

由于魏晋南北朝乃南北分治，政治文化最为纷乱，所以在民国社会同样分崩离析时，研究魏晋南北朝成为显学，像吕思勉、汤用彤、陈寅恪都是筚路蓝缕的开创者，后来唐长孺、缪钺、劳干、周一良等都有所建树。新时期以来，没见有太突出的学者，前几年我碰到过社科院历史所（？）一位军转干部，潜心研究魏晋历史文化数十年，似乎略有成就，他的书我有。看来士族宁有种乎，学问之道，还在于勤奋。同样在社科院某所影响颇大、早年毕业于北大的一位先生，著有一本魏晋玄学的书，从其著述来看，几乎就是门外汉，根本对魏晋学问摸不着门道，却大肆套用西方时髦概念乱解魏晋人物，我曾在十多年前《虚假的学术》一文中予以批评。今日整理我以前有关魏晋的文章，便有诸多感慨。

河西乃我两代人曾经避难之地，其容量之大如祁连之浩瀚。中国自汉以来，至少一半的历史因素皆与河西有关。秦据雍盘踞，国士李陵降匈后统御之地，魏晋中国文化的北斗，佛教东渐的要道，北周乃至隋唐国家政治制度的来源，无一不与这片戈壁山川密切相关。至于敦煌莫高窟，那只是当年僧儒穿行时在沙漠中留下的一个小小脚印，其光彩在今日时髦的追星族眼中忽然一闪。对当下的东西烦了，去古代穿越，如果没有新的发现和体会，我就没有任何下笔的动力。

我越来越反感谈玄，譬如某次，受人误导，读一位新贵大师的文字，思维跟着其云山雾罩乱走一通，到后来都不知他自己想干什么。谈玄只是门径，而非目的，老子曰玄之又玄，众妙之门，但这位老兄却反其道而行之。

谈玄之风东汉末至魏晋最盛，从九品中正制的清议到浮泛的麈尾清谈再到谈玄，但最后只能是茫然与败落。仆喜欢水落石出般的干净，喜欢天下无事、无虚饰，此乃真太平耳。

侃《金瓶梅》《红楼梦》，一定不能扯得太远，那个时代的中国小说，也就是插科打诨的玩意儿，没有肩负像现在这样沉重的责任，也从来没有以时代精神自诩过。因为之所以为传奇与小说，就是消遣娱乐，小说家从来不会胸怀天下大任，如果那样，那就成经纬天地之说了，就不叫小说了。小说者，小人姜妇偷欢取乐讲个故事而已。

以为茅台酒是酱香型，就非要给茅台酒中添加酱油，搞得人反胃。电视和小说就是要看着轻松愉快，瞎搞一气，让我终于烦了。

一个历史的书写者，最幼稚的胡闹，就是哗众取宠式的胡思乱想，只有思绪无限地穿越事件之间的空隙，让虚空归于虚空，让时间回归时间，让本来的剧情在安静中落幕，世界不增也不减，然后转身离去，这才是一个能揭示秘密的写作者。

《少室山房笔丛》中说道："大抵东汉三国，帝王将相皆单名，二名者百中无一。"这一现象一直延续到了东晋。"王羲之"等一批"某某之"式样的人名的大量出现，终于打破了单名的限制。南朝开始之后，君主的名字中也终于出现了二名，各种形式的二名终于见于史书。从东汉到东晋，单名风潮一共持续了三四百年，可谓空前绝后。不过也不能一概而论。从出土的汉印来看，二名的也不少见，比如"姚安世""陈请士""郑千秋"等比比皆是。

应注意词的变性。心灵鸡汤，本来是好汤，喝着喝着变成毒鸡汤；"小姐"一词本来是好词，叫着叫着变成坏词；专家啊专家，怎么变成了砖家；教授教授，怎么被称为叫兽？

世事从来沧海与桑田，时下许多人都认为《金瓶梅》比《红楼梦》写得好，我认为这是典型的时髦观点，审美神经错乱的表现。《金瓶梅》首先是淫秽下流之作，三朝皆位列首要禁书。如果暂且拔高了说，《金瓶梅》是空与色之辨，是佛学救赎，但《红楼梦》何尝不是色空之辨、佛道救赎呢？只是前者从肉欲之色中试图挣扎和超越，但其实仍然教唆人们沉迷于肉欲，而后者很可能是从国破家亡的江山社稷之色中幻灭与解脱。《红楼梦》在语言、诗词、恢宏的结构与象征上，《金瓶梅》怎么能与之相比？

今宵浓睡才醒。突然想起一位大学教授，前段时间我们一帮人一起聊天，他竟然别出心裁说，"关关雎鸠，在河之洲"中那个"洲"字，几千年来的解经者都解错了，"洲"是屁股的意思。当即被我痛斥，这比王安石当年解"波"为"水之皮"还要滑稽。

沈祖棻为程千帆妻，才学出众，辞章一流，早年读她有关五代宋词的论著，曾为其天才卓识所折服，想象如此才女，只恨自己所生太晚。

回复友人答问：我所看重现当代治魏晋的学者，解放前是陈寅恪、汤用彤，新中国成立后大概只有唐长孺。谁若知道近期还有什么人、什么著作不错，愿意听闻。

徘徊于两极的狡辩术，大概只有在孔子的时代才能将其用

"中庸"来驾驭，使其有所收敛，归于正道，但是此种理性妖术在 19 世纪随着资本市场的中兴在德国古典哲学中开始复活，后来一发不可收拾，以致对事物的判断在一些人那里可以如魔术一般黑白颠倒，来回覆转。用这种方法为"文革"与暴政辩护，非要从黑中说出白来，还以为自己有信仰有坚守，这不是继续犯罪吗？现在到了黑就是黑、白就是白的时候，必须取舍，别无他途。所谓一般理性所认可的方法不外乎归纳与演绎，而从归纳与演绎的角度，所有抽取具体事实的抽象原理都几近于谎言和蛊惑，甚至哪怕是一个残酷的事实，就可以无情地粉碎所有的普遍性或者建立在普遍性上的所有谎言，要说人世间还有什么科学，这就是科学。

争论中，有不同的认知没有关系，关键要以理服人。一个时代一旦丧失了理性，丧失了合理的秩序，这个民族又会遭受灭顶之灾。

社会风尚败坏，学术界与文学界堕落，伪书、滥书流行，这已是其次，关键是伪志与伪史铺天盖地而来，这让人不无担忧。

读新冠文章，防肆虐病毒。突然想起一件事，有一年海外一华裔汉学家来京讲学，因事前有友人托他找我，我便如约与其会晤。谈话间，我问他主要研究什么方向，他说主要研究现当代文学，边说边从手提包里掏出一本写某某作家的专论，赠送与我。我趁他去洗手间，大致翻了一遍，与作家的文本关系不大。他回来后，看见我在专心看他的书，就略显得意地说："希望石先生多指教。"我确实也无遮掩地说："现当代文学，已经是口语，没有什么可研究的，如果是老师，最好让学生自学，以讨论为主，是最好的教学。"他突然眼睛发亮，盯着我看了半天，然后说："石兄说得是，汉学在国外已非以前研究经学的汉学了。几乎会说现代汉语的人，都可称汉学家。"道同，说话就越显投机。后来成为朋友，我看他近几年写的汉语著述，靠谱多了。

牛陇菲先生转来赵俪生先生曾给某人一书写的序，读后有感。给人书写序，勿太过夸张。请名人写序，人家客气，捧你几句，也勿到处宣扬。序言即弁言，弁者帽也，谁也不忍心给你戴帽子时戴顶有疑虑的帽子，譬如绿帽子。但帽子太夸张，太大，戴着也不适合。赵俪生先生给人写序，也不免流俗高赞。在赵先生为这部《西北灾荒史》写的序中，将著者与郑樵和马端临比一比还可，但与杜佑比，就言过其实。三通中，杜佑《通典》，乃中国典章制度专史的开山之作；再者于有唐一代，杜佑的博学与见识，几无人可匹。我虽未读过这部西北灾异大著，但我猜测也无过乎西北各地方志中有关史料的汇集，或有出奇，那就是万幸。西北文史学界几十年来思想抱残守缺，愚陋气甚顽，鲜有发覆深切之著，但愿这部未读之书可超越预估也。

也谈所谓无厘头的清明节

夏历三月，可能值得欢庆的节日应是第一个巳日，即三月初三的上巳节，这一天，人们要在水边洗濯污秽，曲水流觞，饮酒作诗，载歌载舞，迎来美好温馨的日子。这一天据传是黄帝的生日，正是王羲之《兰亭集序》所说的"修禊事"。而冬至后一百零五日即清明前一日或二日的寒食节，据传这一天是先秦时晋国介子推的祭日，那不是人间的节日，应是一个鬼节，后来是人们祭祀亡灵的时日。按理说清明与之前的寒食节无关，清明只是二十四节气中的一个时节，如冬至、惊蛰之类，这一天之后，气温回升，大地彻底回暖。但是随着时移代换，人们不仅将欢乐的人间节日上巳节与鬼节寒食节搞混，还将二十四节气中的清明时节与这阴阳二节日搞混，最后拼凑成一个人鬼不分的大杂烩清明节。每年三月，实在是让余有些尴尬与糊涂。

认为古文乃古时候的口语，这都是照抄五四后新白话文运动时胡适的旧观点。《论语》曰："子所雅言，诗、书、执礼皆雅言也。"孔颖达说："雅言，正言也。"荀子曰："越人安越，楚人安楚，君子安雅。"此乃君子与狄蛮不同处。

关于训诂，乃考镜源流之学，汉以后文献，不足为证，这是常识。现在一些自以为学术达人的人，连这一点规矩都不讲，让人无语。

有朋友希望能为其所著书写一些文字，实在不愿意再写评论文字。当代文学评论，格调低下，皆吹捧文字，不是谄媚，拉关系，就是利益驱使。我多次说过，其连商业广告都不如，没法子看。很少看到真正的批评文字。有，也难以见诸世人。所以当代文学研究，就是个笑话。有人说自己是研究当代文学的，更是个笑话。有些人，明明是个社会活动家，非要自我标榜说他是文学评论家。在我眼中，评论早就崩塌得一无所有。那些与文心无关的文字，也就混几个赏钱而已。

附：宋徽宗《白玉楼赋》①

嵩崥业岌，璀璨流离，高明而广大者，天上之白玉楼也。鬼作神械，梯云驾风，杳杳蔼蔼，穹穹窿窿，端不可以名举而数同（似当作穷）也。陛蠢九仞，檐掀百层，反宇吸日，飞甍列星，喈不可以意构而力营也。前临瑶池千顷之寒波，傍带银潢万叠之高（一作素）浪，俯乌兔之出入，瞰云霞之直上，盖九万里风斯在下矣。虽章华三休，井干百寻，顾孰与争雄而夸尤乎！宜其澡心于广漠之清渊，宅意于无垠之元圃，策气马以上征，俨神骖而陟步，欻兮忽兮，排天阍而遨游焉。请掇其梗概而言之。

方兹楼之经始也，斗舌下命，魁灵制权，飚御驰驲，雷霆急鞭。瘦昆山，空蓝田，革剞劂，裁方圆。输以六甲，董以群仙，惟五城一睹之珍，三献不逢之宝，盖于此山积而云骈。然后大匠课程，群工谨度，琢瑗碧瑛，斗珪叠璐，层甍翼翼，鹏翅骞云，修梁耽耽，虹腰涨雾。跨空则璆槛璪桥，直明则珊窗琛户。镂飞仙以承楣，刻蛟龙而糺柱，鳌矫首而戴墀，虬怒鬐而攫础。飞鸣之鸟，则缟凤霜鸾；华实之林，则琼枝珠树。腾辉而曜魄挫芒，比缛而冰花夺素，翁霍晶荧，莫得定视而熟睹也。尔乃迹脱凡近，身居沉寥，追逸驾于若士，揖高踪于卢敖，窥倒景之列缺，躩阆风之扶摇。时则有龙骖鹤驭，轶彤雾而驻轨，千乘万骑，拥紫皇于岧峣。霓旌羽节，光倩湅以目眩；玉童华女，众驱踏而云飘。或铿金而戛玉，或拊琴而鸣匏，曲非世律，声度《九韶》。峨冠累弁者，皆冰肤而琼质；

---

① 刘昌诗. 芦浦笔记[M]. 北京：中华书局，1986:65-66.

承颜接词者，率精会而神交。恍不知其所自，真放浪而逍遥者
也。彼穆王游化人之宫，黄帝梦华胥之国，超乎云霓之上，介
乎台衡之北，传后世以夸雄，语兹楼则兼金一羽之相直矣。若
夏革谈妙，齐谐志怪，券宇宙之无极，状鹍鹏之变态，顾贪常
嗜璨，单见狭闻，何足语楼之高大邪！

　　乱曰：琼为栋兮琚为梁，鸾遐鹙兮龙高骧。琱栏玮槛兮
屯冰霜，日精月华兮埋辉光。云缭基兮霞拥址，星为经兮汉为
纪。俯齐州兮九点烟，瞰苍溟兮一杯水。翠旌孔盖兮骖玉虬，
笙箫杳默兮帝来游。停骖弭节兮驻云辀，帝心愉乐兮民咸休。

第三章　思想

　　语言是认知世界最为纠结的内核与萌芽，故柏拉图记述中的苏格拉底大讲共相或共语，而孔子再三感叹"天何言哉"。现在，我只能重启隐喻与象征，言说人心、历史与现实。

　　正秋高气爽时节，我远观一次大型聚会，欢呼的人群高举手机，只见手机的海洋呼啸着追赶人流前进的方向，仿佛无数层重叠的海浪在涌动。手机的时代，自媒体的时代，每个人都可能执掌着一个能够影响世界的媒体平台，每一个个体的力量都不容被忽视，他们不只是大海中的一滴水，他们很可能是世界的全部和全部的海洋，在他们的身上很可能发生无量的聚变。他们每个人的头上都戴有王冠，那些美丽的女子，那些优雅的绅士，他们都是文明之王。手指一动，无远弗届。每个人几乎都被手机照亮，他们都是一片光明胜地。曙光即在眼前，因为技术的进步自然亦必然地推动社会的进步。

　　任何人都应该热爱自己的祖国，国家的利益应该是所有利益中最重要的。古人所讲为人至要"忠孝信悌"四字，用现在的语言讲，忠就是忠于自己的国家；孝就是孝敬长辈；信就是真实可靠，言而有信；悌就是爱护自己的兄弟姐妹乃至同志朋友。这是古代圣贤期望的和谐文明的社会理想，也是儒家道统在我们血液中留下的文化痕迹。儒家的博大与精深即在于此。现代大儒陈寅恪之所以认为中国思想最深刻之处在于"三纲五常"，也正是这个原因。我研习古今中外学术思想几十年，后来曾耗费精力于儒家道统，也正是觉得中国大地上最现实的思想土壤即儒学思想。

回复中国社科院研究员张聪明兄

有人说马克思不热爱自己的祖国，这种说法至少不严谨。马克思被迫远走他国，无奈之下说自己愿做一个世界公民。无产阶级无祖国，将全人类的解放看作自己的使命。这只是在特定情形下的发挥与演绎，但是从普遍意义上说，爱自己的祖国是每个人情感的需要，就像你热爱自己的家庭一样，因此人们常常将国与家联系在一起，家国一体，此所谓"国家"一词的语义由来，也是人类情怀中比较恒定的"家国情怀"。当然你也可以不热爱自己的家庭，因为种种特殊的原因从自己的家庭中出走，有如你不爱自己的祖国而抛弃了祖国一样。但这总是一种非正常的状态，正常的心态是爱家也爱国，如此，一个人的内心波澜才最终得以平复，不然，没有根基，精神如转蓬漂萍。

有可能阁下以为我重提古人所讲的"忠信孝悌"不合时宜，认为是迂腐的，其实这只是因为这四个字被蒙上了太厚的历史灰尘，常常让现当代人无法看到其内敛的光芒。尤其是这个"忠"字，"五四"以来一直遭到时髦者的诟病，但余以为这个字对于民族和国家无比重要。"忠"就是对国家和民族领袖的忠诚，这一点堪称爱国的标志。因为领袖是国家的最高统帅，是引领国家兴盛与统一的希望所在，是国家大一统的象征。

所以领袖应该比任何人都要大公无私地热爱自己的人民，人民因此热爱自己的领袖，这个互因越牢固，这个国家才越有希望。

一些人用两张皮作大旗，不仅蒙蔽了自己，也欺骗和鼓荡了别人。按《大禹谟》中古圣的话说，人心与道心皆很危险，都有极端，只有"允执厥中"，执其两端取其中，乃为正道。对此数千年来无人能有丝毫的诘难。而现实中确实有一些大唱赞歌的人，表面与本质不是一回事。那是低级红和高级黑，表面上高呼让大家爱国，但自己内心根本就没有国家，甚至连自己的家人都不爱，何况爱国家？比如有某在台上时"左"得出奇，但下台后，自身利益受损，一变脸就开始极右。他们基本上是屁股决定思想，这种表里不一的人哪有"信"可讲？是不忠不义之徒，为我所不齿。至于极端者，有些人是年轻幼稚，在求知的道路上一时不辨本末与轻重，还有些是恨铁不成钢，还有一些就不好说了，只能让时间来回答。

在藏密宗喀巴《菩提道次第广论》这部佛学论著中，所说清净见或空性见，就贯穿着彻底的中道思想。不能以空执为实有，此为去增益智；也不能将世界看成什么也无，此为去损减执，佛学学者，应以其二边中道为识，当为正见。

鱼

夜晚，我想到了鱼
想到了被我们吞噬的鱼
鱼虽然一时消失了

鱼最终是不可知者
我还是追赶不上鱼

墨汁般到处流淌的黑夜
即使浮着我一直漂到大海
我也只能在黑暗的喂养下活着
我已经习惯了，沉睡和做梦
我游不出自己对自己的围困

而鱼，在海水的滋润中
潜伏在白天的底部
甚至从人们欲望的肚腹
历尽磨难，领会未知的含义
一直能游到黑暗之水的尽头

也谈读经

在微信圈，今日看到一篇反对读经的文章，为此有感而发。一百年来，谁认真读过经？所谓经者，道之所在也。儒家有经，佛家有经，都是过去人类格物、致知或者说对真理探索的经典性记录，可是近一百年来，中国人包括学者，往往变成了历史虚无主义者。我看这些反对读经的人，基本对经一无所知，所罗列者皆为幼学启蒙读物，这是可悲的。

我的一切思想文章和诗歌都是内心真实障识，也就是激情与理性遭遇障碍时除障之文字，皆是一种或某种世间法，不能因此而排斥相反的意见。不偏向自己的见地，不嫉恨别人的见地。此乃诸佛之美德，方体现世界真实谛如。

微谈政统与道统

近期看到有人借鲁奖一事著文，大谈政统与道统，认为政统无法判定文化的先进与落后，只有像魏晋名士所代表的那种道统即魏晋风度似乎才是社会文化的正确导向。事实果真如此吗？熟悉文化史的人大概都知道，所谓魏晋风度，说白了，也就是好饮酒而轻世事，崇尚自然，超然物外。他们之所以能够如此折腾，有一个生活中的先决条件，那就是物质生活充足而富裕，他们基本都是王谢家族或与王谢家族大同小异的达官豪族子弟。他们所谓的道统，也就是他们判断事物的基本标准，从来都离不开政统。只不过像一枚硬币的两面，政统为阳，道统为阴，一阴一阳，之为道也。离开了政统，道统是虚的，谁能是道统的裁决者？是魏晋名士那样的人吗？作者也是个糊涂虫，他岂知历史上的所谓隐者、士人哪一个离开过王官和门阀！所谓最盛的唐代，也还有"终南捷径"。通过隐居终南山，结交权贵，迅速晋身于朝堂，李白李翰林就是最为典型的例子。中国社会的文化学术，除非战乱，至迟从秦汉开始就从未离开过政府主导这一现实。所以沿袭秉持儒家道统的训诂来解释词义，政统者，正统也。至于如何评价这样一个既定的体系，是另外一个问题。

答兆勇兄

道统并非抽象到不可触摸，从已有的历史来观察，道统也一直试图与政统重叠，其实道统与正统有交集的地方，那就是国家利益。若与国家利益相违背，道统也就不存在，此之为正朔。也有自以为得道者，意欲超越道统，一旦成功，那就是新道统的创化。而我所说的道统，依然是指普遍意义上的道统。阁下的大谬在于将清朝与日寇等而视之，竟认为日寇侵略我们，相当于清朝统治中国，这种观点正好暗合了周作人之流为自己汉奸行为的辩解。满族自古就属于我中国民族，清朝统治中国，那是我们自己的政权更迭，历史是绝对认同的，而日寇属于外国，这种常识还需要普及吗？

《大禹谟》中将道心与人心比拟，认为道心也"惟危"，这是精准的。道心既如此，遑论文字。许多精巧、虚荣的文字是肮脏和可恶的，所以圣人说：尽信书，不如无书。

如是我闻：在世界三大系佛教中，汉传佛教最为博大精深。因文化传承得是否精准、全面，与一种语言的是否发达至关重要。故赞宁在《宋高僧传》中称誉：秦人言少而解多也。我民族的先贤们在佛教的传播中，唯恐失传与失真，对实在不解之处，宁可音译，也不妄传。作为秦人或汉人或中国人，了解佛学的不二法门，乃首先要攻读汉传佛学经典。许多茫然的信徒，根本不懂藏语，整天跟着真假不辨的活佛听一些一知半解、支离破碎、莫名其妙的浪言惑语，财色俱失，修行不成，反受心累。

就宗教史来看，人类最黑暗的时期莫过于中世纪欧洲政教合一的时代。中国的儒家思想之强大，恰恰阻止了任何宗教在中国土地上与政权勾结，所以中国之所以称为文明古国，此应为首要原因。任何宗教，都必须固守于个人心灵自由的归属与解脱，如果使用暴力与国家机器强迫人们去信仰，就必然与邪教无异。

大概由于儒家思想在这块土地上的实用与强大，将宗教与政治隔离开来，在我国，宗教势力一直未能与政权紧密结合，并无类似欧洲中世纪政教合一的黑暗时期，这是国家之幸，也是宗教之幸。即使像佛教这样在本质上一无所求的宗教，一旦靠近政治与经济，往往也会招来灭顶之灾。中国历史上"三武一宗"灭佛，基本原因都是佛教与民争利、与国家争利，大量民间财富聚集庙堂，影响了正常的社会政治经济生活。所以佛教不能靠近政治经济社会；要远离政治经济社会，宁可在败落中得道，也不可在金碧辉煌中腐化。永信和尚面对别人对他接二连三的爆料以及网民铺天盖地的谩骂，不无悲哀地说"这一次一定要有一个了断"。作为禅宗大师，这话也有一定禅机，至少让我对他顿生怜悯。因为我参佛多年，却无法与世俗了断，更无法与自我了断。作为出家人，与世俗应该早有了断，但永信大师出世又入世，无法了断的恐怕还是法中有我，故需了断。

远古的希腊哲学家认为世界来源于火，也归于火；《圣经》中认为世界来源于灰尘，归于灰尘；而中国最早的典籍《尚书·洪范》中认为，世界本质上无非"木火土金水"五种形态的物质往复转化而已。在古代，世界通常最剧烈的演变过程无非是火的燃烧，如今却是大爆炸。这是人类为自己创造的最为剧烈的毁灭方式。

中国传统的现实与文化，是成就帝王的沃土，在奔向帝王宝座的征途上，任凭饿殍千里、血流成河、万骨为枯也不在话下。胜者王侯败者贼，只要胜利了，所有的历史都由胜利者来书写，所谓的史官往往是鹦鹉学舌，血雨腥风的历史都会变成惠风和畅的庆贺。

中国教育自孔子始，孔子是世界公认的圣哲，《史记》曰其弟子三千，然贤者七十有二。看来他老人家开我国教育之滥觞，他的诞辰日是农历八月二十七日，故中华民国定此日为教师节。现在所谓 9 月 10 日这教师节不知有何说法，不知为何庆祝？庆祝总得有个理由。谁能给我一个充足的理由？

老子平生最大的出游就是西出函谷关，一说此关即今日咸阳一带的函谷关，一说古函谷关在今甘肃临洮，大概史中所说临洮李家即源于老子，李广一系应出于此。老子从此蛰居西域，教化万古，哪有时间参加那些无聊的论坛笔会，荒废珍贵的时间。

我让我的灵魂去未知的地方，探索我身后的奥秘；他缓慢地返回来告诉我："我自己既是地狱，也是天堂。"奇怪的是成千上万的人在我们之前走进了那黑暗的大门，却没有一个人能回来告诉我们，我们究竟要去哪里？——读菲茨杰拉德英译《鲁拜集》节选

儒家与现实

（一）数日前接到中国屈原研究会会长、北京语言大学孔子与儒家文化研究所所长方铭教授发出的"儒学与核心价值观建

设学术研讨会"邀请函，虽然出于礼貌允诺参会，但我内心不无矛盾，因为我对儒学的认知比较复杂，尚不知自己能有什么建设性的想法可以与会共享。所以事先不想有任何准备，袖手而来，只为恭听，发现群贤毕至，许多大学知名教授咸集，上午开幕不久主持人又指明要我发言，一时手足无措。好在有香港中文大学、武汉大学、北京大学的几位教授有言在先，我可以顺着他们的勾勒，虽草蛇灰线，但并非无迹可辨。我发现人们的思想，有一个共同的特点，那就是研究什么就鼓吹什么。研究过几天儒学的，就认为儒学放之四海而皆准，中国过去未来的核心价值观必然都要依赖儒家学说。

（二）我从未将舞文弄墨当回事，说文心可雕龙，但在我看来，文心常在雕虫小技之间漂游，文心哪有学品高贵？暂且不表。1990年以前我更为偏重对西学的学习与考察，1990年后为安身立命、求得心安，开始系统探究中国传统的人文学术体系。虽然西方圣哲苏格拉底、东方孔圣、释迦牟尼皆英雄所见略同，坚持述而不作，所以才可保证他们思想叙述体系的纯正与浩大，但我不想追求伟大，只想平复情绪，此后便有数部有关中国传统学术的著作问世，其中我自认为比较满意的是《春秋公羊家思想考略》一书。那也算发愤之作，起因与其说是别人常以西方思想的完备蔑视中国传统思想的零散，倒不如说是我自己太深知西方学术中理性的强大，而中国传统学术由感悟出发的随意和变乱无定。由此我试图寻找两千多年来，能使中国社会基本保持族群完整的主流学术的根基到底为何，虽然最后内心获得了一些安宁，但终归是失望的，就像最终我对生命是失望的一样。

（三）所谓那一点安宁，是由于儒学它确实能调和一个人与国家社会的关系，因而获得了两千年来众多王朝的欢喜，从而让你也获得在这片土地上内心的安宁。但这样的苟且偷生与这样暂时的安宁能经得住拷问吗？当然也可以由唯识所说一切皆由心起而撇开而获得涅槃式的解脱，从此不理人世，但只要你在尘世中苟活一天，你确实如孟子所说你还有恻隐之心，你的内心就不能不去不断地冲击这种暂时的安宁与平衡，这种犬儒式的安宁与平衡。

而佛学不可能完全脱离现实。大乘佛学的核心含义应是菩提心、菩萨行、空性见，既要自觉、觉他而觉醒，一切皆为利他利众生而有所言行，亦要对世界的本质有所体认。缺一就无法圆满。

（四）既然谈到儒家学说总体的趋向与道家的避世、无为不同，而重在有为与积极进取的状态中调和个人尤其是"士"与国家社会的关系，在这一点上儒家崇尚乾道，乾者健也，君子以自强不息，而道家倡导柔弱与卑下，倡导阴损之道，因此被主流所不齿。那么在一个"君权神授"、君权天授或者说君王享有绝对权力的中国社会，在绝对的强权之下，刚健的儒家难道只能折腰、只有走上犬儒的可悲结局吗？儒家思想的高山孔圣并非如此。

（五）孔子所向往的国家那是中国人心目中最为理想的国家，是以尧舜所建立的广纳民众意见、由智者所监督的民主社会，君王所作所为无任何私利，君王之位可让贤、禅让，而不是永固不让。那时候的君王从来没有狂妄地喊自己"万岁""万寿无疆"，原出《诗经》"称彼兕觥，万寿无疆"，那应该是描写祭祀先人的场面，其实是对着死人说的祝愿。尧舜是最有自知之明的皇帝，其实中国政权的象征就是历代王朝宫廷门前那根叫"华表"的石柱，它的原型就是尧舜时代的敢谏之木，一只耳朵高一只耳朵低，低处的耳朵时时刻刻都在倾听国民的意见。这种形象也是"聖（圣）"的原型，一个让老百姓说话、倾听老百姓意见的王者才称得上圣明。这也是庄子所说"内圣外王"的道理。可惜的是，这样一个具有最高政治含义的象征物，后来的政治家几乎不知道它原本的意义，以致将其深刻的政治含义遗忘殆尽。

但是孔子不会忘记。孔子赞美尧舜。子曰："大哉尧之为君也，巍巍乎，唯天为大，唯尧则之；荡荡乎，民无能名焉；巍巍乎，其有成功也，焕乎其有文章。"《礼记·礼运》曰："大道之行也，天下为公，选贤与能，讲信修睦。"讲的就是尧舜时代的大同社会。尧曾召集部落联盟会议，让大家推选贤能的国君继承者，大家推选了有才德的舜，后来舜用同样的方法将他的位子传给了治水有功的禹。《礼记·大学》中说："尧舜率天下以仁，而民从之；桀纣率天下以暴，而民从之。"孔子说"仁者，人也"。尧舜将人放在第一位，以人为本，儒家的集大成者孟子解释"仁者，爱人"也是正确的。

按中世纪哲学家那种简单的说教，即使做一头猪也是快乐的，但只要被人关注，你不仅不快乐，还有可能面临被屠宰的恐惧。被人关注，是痛苦的开始，关注他人，痛苦会无限地继续，而漠视世界，世界将彻底抹杀你。在此，你无路可走，只能行走于无路的荒原上，用自己的苦痛，消除他人的苦痛，也可能，你的绝望因此有所减缓。

难得有闲。对照晋竺法护译《普曜经》及唐地婆诃罗译《方广大庄严经》，阅读黄宝生从古梵文译《神通游戏》，竟不知时间的流逝，仿佛进入旃檀与沉水香缭绕的给园，到处都是永不凋落的鲜花和无限曼姿的树木，没有开始与结束，佛陀所讲述的，也是一切过去佛"如来"所讲述的，或者说也是未来要告诉世人的。此时，偶然抬头，似乎从梦中醒来，窗外正是丽和春景，我却感到一种身处进深般的幽暗，一种博尔赫斯当年转述东方迷宫时的惊恐。而此人，早已化为尘埃，这一点，又是我所有恐怖和不安的来源。

佛学认为每个人心中皆有佛的种子，也就是说每个人内心皆有善的种子，这与每一块土地上皆有种子是一样的道理。但是有的土地，种子可以成活，有的土地寸草不生。人性最不可靠，自因皆不可控。一般意义，或社会意义上，如果没有农夫的耕作、灌溉与精心管理，很少能看见自生的粮食。人性也如此，如果没有监督与约束，就断无好的行为。佛所谓戒定慧三学，每一学都离不开约束，没有约束断无禅定。人性之恶，就在于肆无忌惮中。

关于孔子曰"古之学者为己，今之学者为人"，北大张鸣在给学生的毕业赠言中所引孔安国与朱熹解经，大义均无违，但限于汉以后学者的牵强附会以致不精准。己，无疑是己所不欲，勿施于人之己，其义要求人们要诚意、正心，从自己出发，做为人、为天下之实在学问，而非虚假地做为人、为天下的空洞学问。仁者爱人，仁者当然也为人，所以说，真正的为己为人是一致的，但首先需要诚意正心，从自己出发，端正自己。不端正自己的为人，可能就是假为人，就是今日学者所做的空洞学问、口号式学问。但儒家一以贯之的思想，皆由恻隐之心、从自己出发，目的是为人、经世，绝不是永远为己而不为人。

《鲁拜集》大概如是说：所有聪明人关于生与死、痛苦与欢乐的对话，不管如何浩瀚雄辩，几乎都是含混不清与胡说八道，因为他们的嘴里和我们一样，都塞满了尘世的泥巴。所以我只好欢迎与阅读那些堕落于激情的语言。

存在主义，最浪得虚名的似乎是萨特，但其实与他同时代的加缪，比他更本质。加缪有关自觉的理论，在理论上几乎无懈可击。而存在主义最优秀者，应该是其早期的鼻祖克尔凯郭尔及海德格尔。

法国现代思想，一直注重仪式感。萨特大概是最具代表性的一位。在他那里，所谓"存在主义是一种人道主义"的论证，就是一种拍马和造作。他和那个叫波伏瓦的女人，在历史上也是极尽神经质地表演了一番。整个过程中，萨特还算推论有度，逻辑严谨，不太恶心；波伏瓦以假弄真，过分消费自己的表演，已让人不堪卒读了。想起三十年前呕心沥血读他们的著作，至今还有恶心感。

虽然不同意你的观点，但我坚决捍卫你发表不同意见的权利。这才是一种正常的状态。相比沉默，我更喜欢言说。只有言说激荡起的旋涡，才可揭开此刻洪流中淹没一切的遮蔽，才可抵御正在侵入我们思想的绝望。

传伏羲画八卦，创设名教，对事物最初的认知不可谓不准确。《先天图》中序二开口为兑，为说，其五行属性为金，犹如出鞘的刀剑，是没有轻重的利器。敞人常自警觉。而闭口为乾。天机恰在沉默之间。夜深人静时，世界归于沉默。

　　儒学对于中国当代思想社科，可能仍然是一种但书。儒学一方面维护专制，一方面又在思想与社会伦理系统制衡专制，让其进入规范，以免权力泛滥，祸害社会与百姓。所以现代文明政治几乎可以将其完全消解，以致没有太大用处。但是中国社会例外，因为几千年的中国社会换汤不换药，中国人普遍的病症在精神不在身体，比如用中医医治中国人的心病，可能比西医更容易让他们从心理上接受。单纯的西学东渐水土不服，儒学因此更适合当代中国社会的改良，至少可以中西结合。

　　思想不由自主，写作焉能自由自在？苏联时期的文学，乏善可陈，包括那些白银时代的作品，满篇皆是闪烁其词，语义模棱两可，几乎都是行尸走肉一般空虚苍白。也许，在未来的某一天，我们的后辈，亦将如此否定我们。想到这一点，为文字呕心沥血半百的我，后背发凉。

明夷

我熟悉六十四卦，知道当年的文王
将等待未来当成他唯一的工作
从来没有绝望，让阴阳交替的消息
在通往上天的阶梯上往来

他将自己的太阳埋进大地
任农夫耕种，四季交替
他都坚守一颗囚徒的内心
在山河的棋盘上他甘愿输得精光

　　输成一张空空的竹板
　　上边写满蝌蚪的文字和费解的符号

　　仓颉造字，天雨粟，鬼夜哭。文字可感天动地也。文字是我们唯一可以借此与世界自由往来的工具，我可以虚幻空洞得如一张纸，但我可以在这张纸上画满文字，我可以什么都不是，但文字中，我已被赋予形状。我能体会到丁玲曾经的好友聂绀弩在度日如年时写下的诗句："百事输人我老牛，唯余转磨尚风流。春雷隐隐全中国，玉雪霏霏一小楼。"磨出如玉雪一样的白面，可能自己无法吃到，而是进了别人的肚腹，但那轰隆隆如春雷的响动，怎不让他如醉如痴！绝望时，语言世界中比喻的光芒，也是让人苟活的希望。而那些写点花花草草，给湖光山色锦上添花的造句式比喻，写得再妙，也只是投机取巧的学生作文，没有多大意义。

　　无论染迹朝隐者还是追逐名利者，当临终的时候，良心与理智的正朔如果可以复归，我深信，他们都会感叹，这一生最不可原谅的仍然不是他人别物，而是自己。那么，也就只有死亡，才可让他的灵魂得以平静，这也是苏格拉底在《斐多》中喋喋不休的主要动机。

　　作家与作品天生就是要被批评的，没有批评的文学界只能是一潭死水，只能是平庸。而平庸就是死亡，因此许多作品一出世就已死亡。真正的文学宁可偏颇也不要四平八稳，越是极端的或极致的文学越容易带来风雷激荡。怕批评别人与怕被人批评，那只能说明你还没有完备的人格与精神，没有自信。人家指点你与批评你是高抬你，当今文坛许多人不懂这个道理。

　　类似西方现代的语言哲学，大概中国的语言分析应从老子的恍惚颠倒至庄周的混沌与卮言再到魏晋王弼的言象意之辨，不可谓不透彻心骨。王弼在其大著《周易略例》中曰："言者所以明象，得象而忘言；象者所以存意，得意而忘象。"余之苦恼，就在于，写字画画影响写诗，哲学思辨又抹杀余写诗与画画，思想所掠之处，皆是生命的冬日荒原，世界原本一片空茫。

　　近年来，俗语泛滥，许多人粗鲁方言竟然张口就来，甚至堂而皇之写进文章，满世界流传。这令人有些惋惜。先秦大儒荀子说：越人安越，楚人安楚，君子安雅。唐杨倞注曰：正而有美德者谓之雅。看来君子与偏远蛮夷之地的人不同之处，就是言行要正而美。尤其所操言辞，须有君子风范，方可引领流风与时尚。因此君子所操言辞，自然是雅言。雅言与方言迥异，泱泱大国，雅言首先是指数千年来中华帝国一脉相传的书面语言。对此，孔圣早都有过示范。《论语》中说：子所雅言，诗、书、执礼皆雅言也。那也就是说，孔子所说的雅言，当然是指诗、书、礼这些经典中的言辞，此当为最早的雅言。三千多年来凡读书人，皆抱守雅言。五四以后，虽然胡适、陈独秀等人摧毁了中华经典，提倡白话，但其书面言辞依然大量沿袭传统书面语言，甚至从中古译经（佛经）中大量引用双音节词；在此基础上，近一百年来，又形成了新的书面语言，此可谓现当代雅言。如果仅仅连最后一点语言的体面都不遵守，都不讲究，传统文明将只能与我们在哀伤中渐行渐远。

李白《江上吟》：功名富贵若长在，汉水亦应西北流。秦少游《虞美人》又曰：欲将幽恨寄青楼，怎奈无情江水不西流。李白与少游皆言一种不可能：功名富贵常在不可能，青楼女子能解其幽恨也不可能！但人心又无法不追求功名富贵，浪荡公子又无以约束以至无法不鬼混于青楼，而又不能天遂人愿，因此，又不得不恼恨这江水为何不西流？

大概敬神一事，除了那些伟大的教徒是由于抽象的玄思，一般芸芸众生，盖源于莫名的恐惧，颂圣尤有过之，从来不是发自内心的爱慕，而是恐惧，甚至是越颂圣，越恐惧。因此那些恐惧到极点的人，都不免颂圣。但其恐惧不会因此减缓，就像抽大烟，越抽越无法摒弃，你不让他抽，他就会虚弱地拿起刀子，朝你晃一晃。

用所谓的意义与社会标准去框定和否定过去的学术，已让人无法申辩。除此而外，有人干脆没有标准，就可主观地否定连他自己都不了解的学术与知识体系。十七年前，我任一杂志主编，邀请一些文化界名流来座谈，一位当今赫赫有名的人物大言过去的书 99% 都没有用，应全部烧掉。我当时问他有衡量的标准吗，他说："有，我自己就是标准，我就是衡量一切书的尺子。"让我吃惊不小。近日，我看他写了一篇纪实作品，有机会希望一读，看看他的作品到底有多少让人值得一读的价值。

王安石变法后，北宋亦走向沦亡。一代王朝，到了末世，其实并非如我们所想象的那般难过。首先，那些身处末世的人，并不知道自己就在末世，困难来了，尚未知彼知己，就有一堆不假思索的理由来为现状解脱，使自己的精神处于亢奋状态中。

其次，与精神亢奋相匹配的，还有不期而遇的繁荣，使人如在梦中。

许多谈论时间的诗歌或文字，我都不知它们的作者在说什么。时间让生命不仅是绝望，更是迷惑，就像我现在也不知自己如何表达，时间让你手足无措。

古圣五十知天命，人活到五十就应知足。所谓知足，就是不再对自身与世界抱有幻想，让所有的梦幻破灭，如此便持有无所畏惧、无所希求之心，满怀慈爱与宽厚，与身体同寂灭。年轻的时候，激情四射是一种美感；年纪大了，只有清心寡欲、静穆暗隐才是一种无量状态。

听闻故宫博物院又要更换看门人，来者是一位校友，那么我也凑个热闹，多言两句。虽在京已数十年，平生却只进过三次宫，每次进出都心情复杂。许多人早已将其当作一个近古以来的博物院，如其名称所示，几近于杂玩古董店，看看里边陈列的东西，与同时代的世界潮流相比，让人不禁替曾经为奴数百年的中国人感到可怜和可悲。当然展示奴隶主沾满人血的物品，作为文物也未尝不可，但又似乎缺少了许多一以贯之的东西，那就是历史中真正闪光的东西，或者说缺少的恰恰是历史本身。清王朝倒塌已一百多年了，至今连一部让人信服的清代全史都拿不出来，那些黯然陈旧的实物恐怕永远成了无法再雕的朽木。

几年前适逢中法文化年，三联与华润集团举办读书讲座，第一场请我与清史专家阎崇年对谈中法历史与文学。老阎大谈清王朝如何尊崇儒术，如何仁慈，而西方的法国又如何动荡，人民如何颠沛流离。我说历代入主中原的统治者为了政统，名义上没有不以儒为宗的，但实质又不是。清不仅尊儒，还崇佛，但对其子民严加禁锢，施以酷刑与虐杀，惨无人道，乏善可陈。同时代的西方，已到了开启、进入科学与民主的阶段，这是基本常识。最后基本是各谈各的，难以互相通融。我发现，搞清史的专家，往往吹捧清代，搞汉代的专家，往往歌颂汉代，如果这样写历史，哪有信史可言？

郑渊洁揭露某些童书作家为赚钱进校园给小学生兜售自己作品的事，让我想起我对儿童文学一贯的态度。当下儿童文学最大的问题就是装。大人写童书，以大人的心机装天真，强势进入儿童世界，仿佛是披着羊皮然后混进羊群的大灰狼。他们难道不怕孩子课业负担重？读他们那些胡编乱造的东西对孩子有好处吗？其实孩子自有的想象力远比某些写作者僵化教条的故事要精彩得多。许多所谓的儿童文学，无知无趣，不堪卒读，怎么能给孩子读？将孩子作为有待开发的市场，大量制造文字商品，将成人的心机灌输给孩子，扭曲孩子的自然天性，恐怕是那些精致的利己主义写作者的罪过。

吾年少时读太炎大师文章，记得其人曾有"我若仲尼长西羌"之类语言，但后来不知出于太炎哪篇文章。太炎傲慢千年无一遇者，比谢灵运当年还有过之，自比孔圣，而孔子之狂，当年又冠盖三代人文矣。二十出头时，余亦狂妄，后来不断退守和掩饰，现在想来，觉得好玩但并不可笑。昨晚宴座，有位老兄指出，吾只要一谈学问，北大资深教授无言以对，让人家颇为难堪，事后人家对我又恨又怕，只要看见我在座，本来口若悬河者，竟不敢过多谈文论学。晚上回来，颇费思量，懊悔不已。

子曰："贤者辟世，其次辟地，其次辟色，其次辟言。"吾首先未辟言也，这大概是如我者最大的弊端。

今天是 3 月 15 日（农历二月十五日），释迦牟尼佛涅槃日。两千多年前的今天，世尊释迦牟尼尊者在印度拘尸那迦罗城的娑罗双树间示寂。"涅槃"是梵语音译，意为清凉寂静，烦恼不现，众苦永寂。后信徒逢此殊胜日尽力行善，吃素放生、持咒诵经等。在此祈愿一切有情众生离苦得乐，世界无有灾难！南无本师释迦牟尼佛！而正是这一天，我玻璃缸中养的一条小鲤鱼，也证得三乘大觉，随佛俱寂，涅槃了。

如果有人认为自己血统好，天生就是好人，天生就比别人道德高尚，那么我敢断定此人必是十恶不赦的坏人。如果离开了有效的约束，尤其离开了法律与道义的约束，普通人就无所谓高尚与低下，自然意义上的人类没有好坏之分。只有那些具有极高理性与极致宗教修炼的人，才能在残酷的自律或自我约束中达到自觉的高尚，除此而外，都必须要有外在的约束。但即使如此，在现实中，我也难以看见一位自律到圣徒的人。哈萨克人有一句谚语：你要按毛拉（大智者）说的去做，你不要按毛拉做的去做。他说的必定漂亮，他做的就不一定漂亮。因此，外在的约束，必须约束至每一个人，从伟大者，到渺小者，要无一例外。

人说无知者无畏，本是贬义或戒语，现在却变成了一些人的人生信条。看见一篇文章竟说民国大学者黄侃无任何著作，徒有其名。这种信口雌黄的胡说，显示其对民国学术太无知。我办公桌上就有一本黄侃著述、题名且出版于1927年的《文心雕龙札记》，我书房里还有一本他的皇皇《手批十三经》，他集清一代音韵学大成的音韵学笔记经其侄子黄焯整理后已陆续出版。黄侃与刘师培、章太炎并称民国学术界三座巅峰，岂容这些不学无术的社会宵小随意指点！这样的黑白颠倒确实语出惊人。将汉奸汪精卫打造成民国第一才子，将写了几句滑稽顺口溜的袁世凯说成是大诗人，我不知杜撰这类文章的人究竟意欲何为。

余认为，古文献专家赵逵夫所说也是只知其一，不知其二。之所以后世称其为嬴政，不称赵政，乃为蔑称。女子称姓，男子称氏，以女子的称谓方式称呼暴君，此为蔑视。

古人曾将学术分为三个等级，君子之学、妾妇之学和小人之学。那些经纬圣子之学无疑是君子之学，而妾妇之学就不好说，折冲樽俎的纵横家流还是风花雪月的文学，老夫确实说不好。至于小人之学，恐怕存世量不能说不多，大凡那些无天地之公、无人道之止，而追名逐利巧用心思扭曲世道人心的学问，应该就是，也一定是。

一个人将自己钉上忏悔的十字架，是容易的，并且随时随地都可以用良心的鞭子，自己将自己抽得头晕眼花，但是，他如果要经受别人的鞭打，那又是极其困难的，也可能因此而结束自我的赎罪，从此滑向堕落的泥坑。是故，当我们面对别人的罪恶时，要以一副温柔宽大的胸怀，拥抱和宽慰那颗依然在挣扎的内心，犹如我们温暖和宽容自我一样。

鲁迅不仅是被卡在现实喉咙中的鱼刺，他曾将自己主动当作匕首，然后才被人握住，随意宰割那些需要宰割的。后来这把匕首落在地上，好久不用，已经锈迹斑斑，但我发现，它还是一把锋刃犹存的匕首，如果擦去锈迹，其把柄被人握在手中，仍然可以折冲纸上、杀灭千里。但要看谁最善于握住它，谁又最善于使用它。

在路上读完写董乐山生前身后事一文，感到一种巨大的心痛，这种痛像深井一样让人绝望。遗忘吧，遗忘是唯一消除仇恨与痛苦的方式，也许，只有用《铁函心史》的方式才能言说此痛。

亨廷顿说文明之间会有冲突，那是瞎扯。文明只能化解愚昧，任何文明都会爱好友善与和平。如果有一种教义煽动教徒不断地去攻击、残杀他人，那只能说明这个世界确实存在着正义与邪恶的较量，而绝不是文明与文明的冲突。

我曾读过北大才子李书磊的一篇文章，其中有一个观点让我记忆犹新，大意是说，无论什么样的社会中，各种思想的自由交流并不可怕，因为思想与思想之间可以互相牵制与抵消，最后整体上呈现一种平衡。他当然是站台喊话，说得比较保守。唐代诗人说得就有些激烈，干脆认为，扰乱社会秩序的人根本不是书生，那些真正的兴兵作乱者，都不是知书达礼的读书人，正所谓"坑灰未冷山东乱，刘项原来不读书"。看看，始皇帝忙乎半天，既焚烧诗书，又活埋儒生，社会一时混乱，最后乘乱捣毁大秦基业的刘邦、项羽哪位读过书？！此可谓振聋发聩。其实，思想这种东西，不仅不可怕，还可以修正邪恶，自律个人。孔子曾感叹过：诗三百，一言以蔽之，思无邪。历来关于"思无邪"的训释迂腐难通，我认为，孔子要表达的是，三百首诗，正因为具有思想的缘故，所以才没有邪念。只要是自由而真切的思想，不仅不会危害社会，它还可以净化人心、净化社会。

现实，远大于文学。谈文学，显得太轻薄。因故，二十七年来敝人以谈文学为耻。讳莫如深，知之者不谈。反倒一些初生牛犊，老与你谈文学，常常让人烦躁。所以，后来，元化先生、尔泰先生，我们曾经见面都不谈文学，觉得那玩意儿太肤浅。前晚，几杯酒下肚，有人非要我谈文学，虽一通闲扯，但回来就后悔不及。

近期对语言有些疲倦，就像维特根斯坦所说，一切话都是废话。语言只能生成问题，而几乎不能解决问题，甚至在混淆真实与虚妄时，用它有色的一面，吞噬了同样有色的真实，而夸张了虚妄和怪诞，恰恰是后者，攫住了我们软弱的同情之心，就像一直以来世界在其光芒中，常常让我们感动一样。

古人笺释，大概涉及六经典故者不注，全在融会之中，所谓我注六经，六经注我，乃真注者不注。今人不注，就难以读懂，甚至集注也难以读懂，因此才有注加译，读过去的母语，犹如读外语。今日品新茶，有人非要高声说品茗，我说茗是什么意思，他竟然说茗比茶在称呼上高雅。他肯定没有翻过唐人的《茶经》。凡经者，不注。

　　茶、绳床、经卷与水墨，在唐代就让王维沉沦。如今，于我亦如是。余越来越迷恋陈年生普，尤其是那种苦涩中蜜香的底蕴，在似有似无中，比真正的蜂蜜要香甜，有花的芬芳，有春与秋的遥远和沧桑。

　　有一位擅长西学的朋友说宋儒那一套都是陈词滥调，我觉得不见得。比起时下许多神经病呓语，那倒是一剂良药。我还是认为，读书人或写作者，首先要诚意、正心，此为无论入世或出世之主要门径。胡搅蛮缠的文字那是垃圾，有人也将其当作混世的春药，他们以为这就是抒情，这就是诗歌。如果是，那确实无可救药。

　　中国文明一直受外来文化的影响，促成中国文化发生变异的几次大的因素不少来源于当时情境中的"外国"。佛教的传入，深刻影响了魏晋以后的中国主流文化。但佛教传入以前，古埃及甚至古希腊文化至少从三条通道上持续影响着中原及中国边疆文化。所谓汉武、张骞"凿空西域"那只是后来的事。

　　别人如何，我管不着，但我反对将文字当作战斗的武器。盖《山海经》中说：仓颉造字，天雨粟，鬼夜哭。文字通神，对生命不敬的文字，我看着极为不舒服。在我看来，除了交流，文字只应有两种最高的使命，一是抒情，二是解蔽。若非此，余宁愿闭嘴，与人不再说话。

　　什么是文化，完全是仁智之见。有人将吃喝拉撒当作文化，有人只将形器之上精神文字所指当作文化。因此，这种排名也就姑妄听之。大千世界，无奇不有，排名活动基本上是功利和可笑的。只有弱小不自信者才大搞排名，试图将自己侧身于列。在我眼里，不论古代，要说今代，美英文化当然是第一位的，其次是德法文化。要说古代文化的影响力，古希腊、古巴比伦、古印度、中国，皆可并列。于今于古，芬兰狗屁都不是。所以，我不知，这个排名，是怎么创造出来的？啊哈。

我在形式上是理性的，本质上我基本是感性的，所以我对朋友的作品，没有判断力，我只能赞美；但我对陌生人的作品，几乎要求精准到苛刻；有利害纠缠者，我保持沉默。这个世界，是圆转的，它偌大的圆周，像一颗明珠，如果我们无法在一个公正的平面上发现正义，那就只能在均匀的斜面上，趋向事件的真实。

自由这个概念，不要太看重，不要对其抱有太大的希望。它就像天堂，既是希望之所在，亦是死亡的归宿。如果谁非常肯定地说，要将自由还给你，这个人可能就是魔鬼的替身，你如果向他伸出手，就等于将生命交给了他。但如果有人赤裸裸地剥夺了你的自由，对不起，我可以告诉你，他不能，你的自由永远装在你的心里。那里，才是真正获得自由的开始，我早已体会到了，今天深夜，与你一起孤独地将自由，这个美妙的词语，一起体验。

近来，不敢看学术与理论，只要翻看，几乎都是满篇的差错。我自能体会黄侃曾一夜校完十三经的心境。但是我发现，在某人胡编乱造的故事中，却处处暗示着无可选择的正确。

思想，最华丽的衣裳，就是欺骗。但既然活了一次，你就得相信生命一次。犹如相信天黑了，又亮了。且复旦兮，日月光华。即使如魏晋人说"劣劣"，亦应如是。注意：那时候的人将坏到极点，只重文述之，而不走极端。

一千年来，无学问，只有故事与诗歌。世界基本如此。正《易大传》所谓：数往者顺，知来者逆。

非礼三勿，多么重要。最古典的存在主义，也只能如此肤浅，只因生命就肤浅。这样想来，中国历史坏就坏在孔子。这已成宿命，无可改变。漫长的悲剧哉！

只有废话才不是废话，这句话，让世界在人的面前，关闭上最后一扇大门。然后，我成为语言世界无家可归的漫游者，我绝望地望着她的背影，渐行渐远。

先圣基本上述而不作，苏格拉底、孔子、释迦牟尼，只有老子因出函谷关，被关令尹喜所逼，不得已中，情非所愿皱着眉头写下道德五千言。

愚昧无知者虽然最容易跨入罪恶的大门，因为横设在他们面前的门槛太低，最后只造成有限的罪孽，但有知识者，当依据其所学的知识，对一种潜在巨大危险和罪恶的东西表示认同，并将其抬升到形而上的高度，再将其推向社会，或者占据制高点，势必造成更为广大的灾难。精英层面当下轻率的共识，可能就是不久的将来人类在某一方面遭遇毁灭的开始。因此，只有历史主义的经验是可靠的，其他所谓的理论几乎都是脑袋与脑袋之间的扯淡。

你说她是家园，她也是机器，你想埋下头去，于心有不忍；你若爱她，她不仅冷若冰霜，吊你的胃口，折磨你的良心，还可能酷如刀剑，取你性命。欲罢不能时，也只能罢罢罢。自有才俊呕心沥血，也有猛士冲锋陷阵，巧言令色，只能误国误民。我渐趋衰老，到知天命的时候，不如书茶相伴，卧榻望远，或者一醉散愁，低眉入鞘，拄杖云游，行到水穷处，坐看云起云落，与自然为域，不与人事纠缠。

面对此在的坚硬与虚妄，所有的思想都失去了秩序和逻辑，只有消解到天倪和无穷，归于平淡，甚至将自己根植于眼前的任何一个具象，解脱方能开始。这已经不是平庸的罪恶，这是平庸的最后狂欢，亦如人生的一场豪宴。

对诸神的朝觐与揣度，不仅是一种他在状态的假设，更可能与我们试图追索自身或自在状态的秘密有关，那是一种数千年来人类穷根究底的自证，规模浩浩荡荡，但最后只能以悲剧收场，不亚于大洪水之后西方人的出埃及记，这也是让人孤立无援时，涕泗滂沱的原因。

人的生命是有限的，活着，平静、友好、愉快地活着，最为重要。那些喜欢玩点小聪明，整天琢磨别人、琢磨世界的人是可笑的，那些与人过不去、与世界过不去的人更是可笑的。在上天（我是指往圣所谓的天）看来，聪明者最愚蠢，笨拙者可能是大智者，至少，老天让他们皆消失于地平面以下，将他们之间的界限抹去，让他们全都变成北邙粪土。

世界就是如此，没有复杂和简单，没有收获和失去，世界自然而然，所有的努力和算计转而成空。今日的兴高采烈，就是明日的失魂落魄；当下的卑贱，未来将用虚妄的傲慢予以偿还。但是，最终的结局，却都没有丝毫的差别，因为世界在整体上是精确的。

人的一生也就几十年，活着不仅要善待他人，也要善待自己，相比生命，名利皆为身外之物。对一切身外之物的追求，要量力而行，适可而止，别将自己累着，也别给他人带来烦恼，大家开开心心才好。君不见黄河之水天上来，奔流到海不复回，君不见我们这座大楼，半个月之内，已走了两位哥们儿（继《文艺报》老熊之后，昨日《人民文学》一位同志在办公室驾鹤西游），人是多么的脆弱、可怜可悲啊。子在川上曰：逝者如斯夫。

其实在我看来，极左和极右是一回事，之间几乎没有距离，只要利益需要，顷刻之间就会急转。此乃物极必反的道理。因此，《大禹谟》中说：人心惟危，道心微惟，惟精惟一，允执厥中。只有真正不偏不倚、走至正中道者，可能比较可靠。

有人说活在当下，就会获得幸福。其实活在当下有当下的痛苦，活在未来更有理想造成的痛苦，活在快乐中的人也未必快乐。只要有思想，就无法不痛苦。这可能也是笛卡尔我思故我在的深义。可能像伊壁鸠鲁那样，做一头猪，会是幸福的。而在人群中，要做一头猪，依然不能获得无知者的幸福，只能日日面临被屠宰的恐惧。

这个时代，关注一次现实，比写一篇无味的学术论文、比谈十次无聊的文学、比写一百篇邯郸学步般的文字都要有意义。

所谓知者最为可悲的是，常常在浑浊不清的历史中能够洞观一切，而在清晰明白的现实中束手无策。因此，只能在文字的风云激荡中抒情与沉吟，像一条土蛇，没有过多的奢求，在土地般的贫瘠中越钻越深。它的冷血几近于蔑视。

你可以保持沉默，你有保持沉默的权利；也可以投机，你有不违法而投机的权利。但我也有蔑视你的权利。

写了满篇连神都猜不透的谜语，没有多大意思，但写点人能看明白的话，是多么重要。

我怯怯地说一句，世界上最耻辱的事，莫过于将自己的灵与肉扒光后暴露在大庭广众面前。而写作正是这样一件事，尤其是真诚的写作，尤其是诗歌的写作。每一次写作，都是在冰冷的癫狂之中，而每一次写作结束，我都有一种暴露后的羞耻。那些虚假的、掩饰的、造作的、歌颂的，如果再让你去朗诵，那是第二次的暴露，那完全是自我羞辱。所以，写完一首诗，就要快速地将其忘掉，就要远离，就再也不要返回。这个职业，自古只有瞎子与疯子可为。

母语，几乎等同于我的血液，但她的河流要比你与我的血流要长，比世界上所有的河流要长，她是所有河流的汇集，她是承接河流的海洋，她是诱人的低处也是谦卑的高处，她是我真正的故乡，她是我思想出发的港口，她也是将我一把推开，推至异国他乡的罪魁，也是有一天，自己背叛自己的告密者。

母语，最终是铁丝一样的坚硬，是光芒内部的黑暗，是漫无目的的淹没，是针脚的刻薄，但就是找不见她最为光滑的一面。

母语，所有的花言巧语，所有的修饰，所有的正义与欺骗，几乎所有，包括所有的罪恶，所有的善念，还有最重要的祖国，我先祖之国，她的所有，都被这样一根古老的牛皮绳，将热爱她的无数大力士，拴成死扣，数千年都不能解开。

母语，她被反复使用的底部，有着海浪一样的铁锈，她暗红的火焰，总有一天，要将她的故土烧穿。

母语，她让浮华的诗歌，在大众的喧哗中体质虚弱，让苦思冥想的造句者，自取其辱。她是冬天到来之前，再一次落尽豪华的秋高气爽。她将安静地躺在落叶中，等待遥远的脚步声缓慢靠近。

有人已经习惯了恶，不仅任人宰割，也在麻木中宰割别人。已发生的无数恶行，都证明了这一点。

面对众声的喧哗与骚动，面对像垃圾一样的文字和作品，你只能深感孤独，但孤独是解除孤独最有效的途径，在这样的途径中，你可以像健壮的奶牛，吃的是草，产的是牛奶；多么近似，你可以看三四流的东西，写出不二的作品。当然有些人，老以为自己看一流的东西，必能写出一流的东西。这不一定，有些人整天喝牛奶吃肉，但却得了不治之症。喝牛奶的，一定不会吐牛奶。用唐代诗人的话说：莫把阿胶向此倾，此中天意固难明。说明一切皆有不定之数耳。

本来是一个好好的人，一旦写起诗来，就开始胡说八道，这就像一种传染病，写诗的人越来越多，而看诗的人越来越少。也就是说，病人越来越多，关注病人的人越来越少，你能说这不正常？是放任病情越来越重，还是控制病情，向正常的方向转化？这个问题，仅次于哈姆莱特生还是死的问题。

写于8月25日的《稀世之鸟》一诗，似乎就是一种预言，或者一种谶语。语言有它自身的命运与逻辑。

最让人难以忍受的不是肤浅无知，而是没有同情之心。同情之心即孟子所谓恻隐之心，无此心，人者无仁，与禽兽无二。

那个为傅雷收尸的羸弱女子，当邪恶横行时，是世界跳动的良心，是黑暗中的孤灯。

对于语言，要用火炼的眼光，去穿透裹在它身上的污泥和稻草，然后尚知滋味。那些过眼烟云，几千年来，表演的方式都一模一样，无须与之纠缠。老实说，我一直对自杀和杀戮者反感，自杀是一种不留余地的执拗，是一种彻底的堕落，一种完全的混乱……所以我从来不愿意去读海子的诗，但这次去德令哈，在例行参观他的纪念馆时，强迫自己阅读了那些他生前写的、像语录一样被贴在纪念馆墙上的诗，一种被弱电后的肉麻，只好在当天夜里，写下诗歌，以平息心绪，权作对诗人的一种纪念。

我虽然有些忧虑，如果诗歌和其他艺术正在演变为这个世界一帮市侩宵小混世的道具，那么我相信这种语言将会自己成为刽子手，将会将诗歌或其他艺术送上预设的绞刑架，而同时一种更加广阔、更加有生命力的作品，一定会从重新点燃的火焰中脱胎而出，得以新生。

中国汉以前的文化，对死亡讳莫如深，诸如孔子"未知生，焉知死"的禁忌，致使传统思想残缺不全，甚至几乎没有太可靠的精神根基。盖佛学东渐，尤其唯识与中观，弥补了传统理性的不足，使国人对人生的反观有了洞达和了然，正如那些逝者遗言所证。人，生而平常，名利红尘，皆如梦幻与雷电，无论多么激荡，结局没有分别。

能将传统书唱衰吗？对于一个传统的阅读者，互联网什么都不是。除了纸质阅读，其他形式的阅读，我从来都没当回事。纸质书刊，一直是我所钟情的恋者，离了她，生活或生命就没有了意义，而新媒体，不管其红尘万丈，也就是走走看看而已。

纸质书是我永远之爱。一个正派的文史学者，不仅常将纸质书捧在手上，而且必将古代的精椠奉为圭臬。拿着电脑靠互联网查阅信息写文章的人，其浮华浅薄可想而知。

鲁迅曾喜欢过瞿秋白的一句话，大概是：人生得一知己者足矣，斯世当以同怀视之。有些人，我与其交好几十年，竟拒绝读其文字，那是因为他为人比其为文好；有些人，我懒得与其交往，但我喜欢读其文字，那是因为其作文比其做人要好。当然也有为人与为文皆好者，那是真文友，这后一种，让人无比珍惜耳。

　　我看见纷乱的事物，就缺乏想象力；我看见美人，就没有欲望；我在亲人的眼光中，什么都不想。只有静止，才能安慰我深渊一样的柔情和悲伤。

　　东方人原本孱弱素心，如一张白纸，其后来的复杂繁琐功利皆由其文化所化；而西人强势粗糙，动物属性居多，其浪漫与美好的一面也恰恰是由他们自己的文化所化。文明具有天然的匹配力量，这种力量非人心所造，而由神性所定。

　　美色与鲜花让古代的集权者最为尴尬，她们转移了人民对偶像的专注与崇拜。

　　孔圣将礼看得和仁义一样重要，克己复礼是其行走天下的节奏，且悠悠万事，唯此为大。人应知礼。来而不往非礼也。有应必有答，此乃人际交往中的基本平衡点。无礼节，是粗鲁和无知的表现。《说文》曰，礼，履也，犹如人行走的步履；《资治通鉴》说，礼乃纲纪，是贪欲傲慢的人类对自我的约束，从而表现出对他人的敬重，其实也是对自我的观照与肯定。我并不反感傲慢的人，我怜悯他们，因为他们内心过于卑微，又怕这种卑微泄露出来，他们要将自己封闭起来，免得别人发现他见不得人的秘密。

　　批判现实主义，要高于现实主义，是现代主义和后现代主义一脉相承的精髓。但批判现实主义不能从他者入手，也不能从普遍切入，而要从周围环境及自己开始，从此岸到达有光的彼岸。许多人只批判他人，只盯着那些大家都知道的恶，而忽略身边龌龊的交易，这才是没有希望的绝望。

　　社会现实一直是高地，资本和主流意识形态主导下的文化一直是高峰，文学艺术望尘莫及，只能摩其项背。其实古今中外，文学一直没有隆起过，唐宋诗词也只是政治科举的附庸，一直在低谷。西方现代派那么热闹，也只是资本一时的玩偶。玩偶哪有登峰造极的？供人娱乐和赏心悦目的东西，都是爬着的，脊梁骨没有直起来过。清末民初有些妓女和社会混混也会写诗词、小说。文字这东西有高级和低级之分，让社会大众捧到天上的东西，犹如杂技演员顶在头顶的粗瓷花碗，你能说它是高峰吗？知道自己几斤几两，才是儒家所讲的义，只有知其义，才知自己的卑微。用粗瓷堆积起来的文学，里边盛的哪怕是甘泉，那也只是表演的道具。尤其是自己将自己吹上天的那种，更经不起一摔。不甘心做低谷的文学不是好文学，整天妄想做高峰的文学是假文学。

第四章　艺术

　　近日，当有人放言"书法不是艺术"时，马上遭到那些自以为是书法艺术家的人肆无忌惮的围攻和谩骂。其实说句公道话，这个传统文化中的技艺，古人自始至终就没有将其置于太高的地位。汉以来将其归于小学，小学在古人眼中乃童蒙之学，即对幼儿进行启蒙教育的东西，也就是学习写字。后来的学人也都这么看。韩愈及韩愈之后的文人干脆认为小学就是小人之学，认为这东西也就是一种技艺，与"道"大为不同，说到底，对技艺过分的追求，显得有些无聊，绝非君子行为。即使说它非艺术，也不算什么贬低，毕竟艺术也只是一种技艺而已。

　　什么是单纯？有人说"童话是伟大的单纯"，这话故弄玄虚到假大空。现在的所谓童话，不少都是大人编造的儿童故事，一些被热炒的童话，说白了，大多是一些利欲熏心的家伙为了赚取出版利润制造的儿童商品。真正的单纯，不是造作，而是一种出自天然的简单纯净。

　　近日很少弄文字。远离形象的文字，容易染上病毒，文字的世界几乎病入膏肓。古人所谓格物致知者也。离开物象，怎能自我确证？苏格拉底两千多年前第二次进入洞穴，犹如周王姬昌沉入坎卦，那种深如河水的智慧似乎波浪翻滚，此亦为释祖所说，色不异空，空不异色，受想行识，亦复如是。透过墨色，在一团漆黑中，找到一点让人宽心的亮点，更具有方法论的美感。

水与墨在纸上展开的追逐交融，有如牝牡之遇时瞬间所产生的快感，如果能达到高潮，水也满足，墨也满足。不然，只有遗憾。一般的画匠都是遗憾的画者，只有深得水墨极韵者，才是巨匠。

冯其庸先生的行书写得好，得二王之谛，闲适，散逸，不刻意造作，确实是斐然文气的自然流露。几十年来，很少能看见如此出类拔萃、超凡脱俗的书写。因小时候熟读冯先生主编的《历代文选》，对他一直比较仰慕，20世纪80年代末，某位老先生送我一幅冯先生四尺二分的书法墨迹，我视为至宝。90年代，余因奉命整理被陈寅恪、郭沫若等称为"南缘北梦"的《再生缘》一书，又一次机缘巧合，特请冯先生为该书题签，承蒙冯先生应允，使该书增色不少。后该书虽一版再版，只可惜他所题原迹被封面设计者贪掠。今冯先生驾鹤西游，我在微信中写下略微文字，以寄托苍茫烟海中我对冯先生一丝久远的哀伤与怀念。

想起冯其庸以及突然热门的"红学"，我有点悲哀地想到古人将学问分为君子之学、姜妇之学、小人之学，这种分法也确实是不得已而为之。以往中国的学说除独尊一义之外，有点趣味的也就只能囿于鲁迅与红学，鲁迅此人及此学，如何定论，一直在两说间徘徊，而红学，按古人的格致之道，绝对应该是姜妇之学。但我看新时期思想解放运动之后，尚有一点文采的人，大都不是出自鲁门即是出自红门。此之为别无选择，亦为无可奈何。

学术的命运与人的际遇大同小异，不同的时代有不同的学术偏重，鲁迅及红学甚喧于新中国成立后，与中国现代之嗜好不无关系。犹如汉武崇好儒术，唐初首推诗韵，南宋偏好艳词花鸟，清代文道禁锢，则只能功深于朴学。如此而已，不必贬低红学。

人世几回伤往事，山形依旧枕寒流。文道一直暗含某种隐喻，是另一番尘俗。今日随手翻阅一本书，开篇是一位新贵的文章，细读完，发现确实是一篇鸟语文字，婉转得不知所云，以至云深不知处耳。

我宁可喜欢画匠的画，也不喜欢字匠的字。画穿过通道，自有门径。而文字一脉，学问不行，字肯定不行，才华不高，字的境界就低。腹中尽饭草，其文其字不值一瞥。所以余有许多当今名家手迹，但几乎从不久留，图个兴致，转身送人。除非亲朋，存其手泽，等于存个念想。

无论诗文还是书画，看其是否是江湖魔法，主要看其是否有书卷气，书卷气与江湖气格格不入，它是空白，它也是虚无之中的黑，是被数千年文字浸透的黑，以致黑得发亮，足以照亮我们黑色的瞳仁。

汪曾祺大意：文章可胡写，写得多了，知道自己胡说八道时，可能就会将文章写好；字也可胡写，写得多了，知道自己不会写字时，可能就能将字写好。但余以为，这只是一种路径，只是一种可能，古人好像叫野狐禅。就像强盗，杀人越货一条路走到黑，最后放下屠刀，立地成佛，也能达到终极之地。但正常人勿走此路，此为邪路无疑。

有一天看某报，一新贵给人用毛笔题字，自我感觉非一般好。但一看落纸笔墨，让老夫差点晕掉。文章可以胡诌，别人无耐心可以不读，因而不知他胡说了一些什么，但那狗爬字，确实无处藏身。笔都不知如何拿，丑态百出。而时人不知笔墨，当然就不知如何丑陋。

草书就是自己写起来痛快，甚至达到绝对的高潮，然后懊恼灰心，因为罕有人看得懂。哈哈。

黄宾虹不仅是山水画大师，亦是书法大师。林散之拿出自己写的书法，曾向虹叟恭敬请教，虹叟庄严地说，你的字有笔无墨。这句话如禅语，因为所有写在纸上的毛笔字，怎能无墨？但其实不然。我看林散之一直没有开悟，后来我观林散之书法，确实有笔无墨。

历史上，写一手好字，吟一首好诗，作文一流的坏人多得是，不必以此雕虫小技沾沾自喜，一不留神，皆成世间俗学杂术，自造挂碍。如宋之问、冯延巳、蔡京、董其昌、王铎等，数不胜数。诗文如若不平大块垒，难免文理觖觖，曲随其事，妄留污秽影痕，终任荒芜淹没。

写字，勿乱写。前几日为人写字，今日回看，有一字写错了，莫名其妙多一笔画。韩愈有诗"嗟余好古生苦晚，对此涕泪双滂沱"，惭愧羞耻。想起某杂志刊名，从某名人手迹中集字，有一字是错字，我曾建议应废弃或修改，但某主编一直坚持错误不改，有自甘佛头着粪的气派，其执着的精神和坚强之神经让我佩服。后来我主持一刊物，也是由一名人题写的刊名，一共四个字，有一字竟然不用正字头写法，而用俗体写法，查阅多种字书，皆未见有，无根无据，肯定是一错字，按新闻出版法绝不容许。我比较脆弱，无法坚持知错不改，毫不犹豫又请人按我们的要求重题了刊名。刊名或书名首先要写法正确，繁简一体。有一天，一朋友赠送我一本大著，书名也就四五个字，其中两个字是错字，一会儿繁体，一会儿简体，关键是写繁体时，那个简体对应的不是那个繁体，这样的书，我怎能搁置于书架？

我一大亨朋友，数年前让我用毛笔六尺宣草某人百幅诗作，每幅按一万大洋润笔，当时确实需要钱，虽手痒但内心不愿。最后终未成就。不是不喜欢钱，余既喜欢写字，也喜欢钱，就是不喜欢他指定的诗词。墨虽黑，但黑得发亮，古人甚至说墨分五色，又岂止五色邪？

与颜立鹤谈书法

书法这个东西，让人有苦涩感，一言难尽，是中国传统文人抒情写意的最常见方式；是从法度走向自由，从方寸之间的必然走向无限的一种方式，与其说是"书法"，不如说是"法书"更贴切。现在许多人不懂这一点，爱不得入门径也。

质言之，其为童蒙之学，乃小学耳，但可扶摇直上而为道，也可蔑视之，以其为古斑斓腐朽之物，不将之当回事。因现代人早已不用毛笔，要写好非易事，抒情写意的方式已五花八门，不差这一门。

我少年时意气不算低，喜欢从西学角度窥测与谈论中国传统，曾在当时创刊的《中国美术报》受高名潞等人约请，刊登鼓吹西方美术思潮、贬斥中国传统艺术的文章，可谓大放厥词，当时影响过一些和我一样的狂热分子。此乃人生中的前三十年。后三十年，只能就地体验同胞的情境，犹如恫瘝在抱，知那些先辈的酸涩窘迫，恻隐先辈的困苦与求索，在黑墨与尺寸见方中找寻无聊的解体和一丝烛光的安慰，与西人阔绰的消费空间不能比拟。那些站着说话不腰疼的家伙，不是无知，就是如我少年时代一样浅薄。

谈书法：在纪念二战胜利、日本投降日这一天，我同意二战"降书"是比较好的书写墨迹，因为这些书写终于有了法度，有了挫败，有了敬畏。他们终于如履薄冰般匍匐于天地之间。在时间的长河中，那些志得意满的书写者，则比较肤浅，他们书写时狂妄自大的态势不太符合生命的基本状态和走向。

观傈伍拉且钢笔画《挂在树上的果子比吃在嘴里要甜》，题目与画感觉都很密实，让我有话可说：对于我来说，这终归是果子吃多了的感觉。呵呵，听我慢表。以前没有发现，今日突然想起。我现在偶然居住的郊区院子里，每到深秋，看着挂在树上的果子，宁可烂在树上，我都极不愿意将其摘下来。有一天邻居走进来，转了一圈，临走时嘟嘟嚷嚷地说："还是果子吃多了，将果子挂在树上，看好看呢。"我一想也对。小时候想吃果子却无果子吃，我们大西北到处都是黄土、戈壁。后来为了用果子赚钱，西北人开始种果树了，到处都是果树和果子，只消一个秋天，人们吃果子就吃多了，许多人都嫌果子酸，都开始挑最甜的吃，但世上的果子还是酸的多，甜的少。果子吃多了，就再也不想吃了，尤其如果是酸果子，还不如让它挂在树上。现在已是仲春，我看见大街上那些海棠树，去年的小果子，被冻得通红通红，还挂在树上，即使非常甘甜，也无人去摘，新的海棠花都快开了，它还挂在树上，坚挺结实。唉，这让后来的花骨朵们怎么办？但话又说回来，每当秋天，人们都将树上的果子摘完入库卖钱，而有几颗果子仍让它们挂在树上，有一种奢侈之美，确实好看。

书法是对人的模拟，也是对天地造化的追究。古人宗法天圆地方，以圆为贵，尚乾健之道也。故魏晋人内方外圆，那是何等的了然与洒脱。而唐以后，妄生圭角，楷风下导，至明清折又为美，没有道德规范，没有过渡，突然变脸和转折，所以王铎之流人品柔媚低贱，与其所宗同出一辙。既然是肉和骨头捏在一起，就得有骨气，骨气洞达者，朗朗可辨，所以让人感到舒服和起敬。如果一味皮里春秋，不温不火，甚至含混不清，软到骨子里，说转就折，简直就是一摊泥一根草茎。媚俗如此，当无可救药耳。

我被水墨所迷，这个下午，我要在一张白纸上创造每一棵树，每一块石头，每一条河流，又试图用后边的笔墨覆盖前边人为的痕迹，但越涂越黑。盖印的时候，也小心翼翼，犹如执掌着古代王朝的国玺，我怕我的笨拙破坏了理想的江山，让自己身败名裂，成为传说中的盗贼，无国可以安身。

对事物的占有，就像写字，除了涂黑几张白纸，一天一晃
就不见了，每一天都是这样过去的，一生也将这样过去。

仿佛鱼

一个字能繁殖一串文字
让我想起一条鱼
可能会生出无数的鱼子
你就像这条会做爱的鱼
在文字中漫游，你是快乐的

还是这条鱼，看着是自由的
其实她在她拥有的
那片湖水中，被终身囚禁
神写在鱼鳞中的言辞
紧紧地扣在她的骨肉里

除非她置身于度外
犹如文字一旦游戏成精
就有可能变成哀家手中
施咒的道符，正如
这条鱼，在自己的锦绣前程
纵身一跳，跃入龙门

还是这条鱼，她要总结一场
快乐的晚宴，她一直在游动
她终于要游上饕餮的餐桌

再也游不回她辞海的故乡

与中央美院诸博士讨论纪要

科学院大学艺术中心石主任说在显微镜下，物体的具象会是另一种现象。以此说为西画中的抽象派辩护。这大概是西方科学透视观的一种蔓延，坦白地说，我中年以后，越来越反感西方以科学透视为指导的美术原理，因为极端夸大的科学的透视分析与美感的方向相反。美感的基础必须是散点透视与肉眼视觉，而不是科学分析。靠科学或理性分析画出来的东西只能让人眩晕和厌烦。所以西方古典主义绘画永远是美术的死胡同。

克罗齐的直觉主义是对于印象派的最好说明，而胡塞尔现象学则是对肉体与具象的见证，这个体系应该来源于德国古典理性，受康德此岸世界理论的影响颇大。现象学乃至符号学也是一个庞大体系，无疑是先锋文艺学的基本根据。胡塞尔现象学中有一些重要的结论，比如意识的方向即是现实和规则，与黑格尔现实的即是合理的描述不谋而合。现实与规则，这种东西，其实不仅给我们的意识标示了方向，同时也是所有艺术必然要通过展示，方能超越与解构的唯一道路。

在"光之上"何子歌北京油画个展研讨会的发言

我这次应邀，有幸观赏了中央美术学院袁运生教授博士、中国社会科学院世界宗教研究所博士后何子歌这些用色彩创造得极为抽象的油画，还是比较震撼。近二十多年来，我基本上不看油画作品。还是少年时代，我的老师高尔泰非常喜欢我，在他那里，我绘画的视觉才算被开启。他本来是吕凤子的学生，油画国画皆修，我大学二年级时，他的美学课被叫停，郁闷的时候，他就喜欢画画。有时候画国画，有时候画油画。我看完他作画后，常常就有画画的激情。当时对国画没有多少理解，所以谈不上喜欢还是不喜欢，但对油画却有一种神秘感，有一种被吸引的感觉。现在回想起来，油画中并非哪一种具体的形象吸引了我，而是油画丰富而有张力的色彩吸引了我。就像看子歌油画中这些变幻神奇的色彩一样。

我在上大学的时候，是学哲学的，那时候是 20 世纪 80 年代，西方的文化及思潮大量涌进。记得 1985 年，北京一帮人办了《中国美术报》，高名潞、栗宪庭联系过我的老师高尔泰，创刊的那几期中就有我写的文章。我那时的名字用"武砺旺"，题目是《现代主义艺术发微》，当时大谈西方现代主义美术思潮，甚至在内心最痛苦的时候也是看《梵高自传》。那时对色彩着迷，但在西方哲学及思潮里绕来绕去，也让我感到很纠结。

90 年代后，我转到传统文化，觉得西方的东西离我们太远，有时候会水土不服。所以我自己也开始临摹山水画，本想找到一个可以使心灵安放的地方。西方的东西太闹，我们这一代人本来就闹腾，想沉静一下，走进中国传统文化里，躲避到一个幽静、悠远的山水之中，然后能够在黑白、方圆之间找到灵魂的安适。

从人类精神史来看，东方的艺术一直在抽象和具象之间徘徊，以此来找到平衡点。我早年临摹龚贤的黑白山水，清代一个大画家查士标曾在龚贤山水画册上题有两句话："丘壑求天地之所有，笔墨求天地之所无。"所以他是在"有"和"无"之间找平衡，可以说中国的绘画历史也是在从具象到抽象的变化之中绵延。中国文人画到明清时代达到高峰，为什么"元四家""明六家"成就很高呢？那是因为他们找到了抽象的东西，找到了灵魂和内心最适宜的安放之所。人们评价黄宾虹"出元入宋",他从"元四家"入手,如勾勒、皴法都是元人的。元代特殊的政治背景使大批知识分子内心较为苦闷,就试图寄情山水,其实自然世界的山水对于文人也是一种奢望,天下山水莫非大王的江山,那就只有在一张白纸的方寸间找寻心灵的抚慰。水墨画中几千里江山一笔带过,明确传递了从具象到抽象的信息。而宋人尚意,得意忘形,则又是写意艺术之宗。从宋经元,中国山水画在明清时代已达到很抽象的水准,你若不练习书法就不知道中国抽象艺术达到什么样的水平,如墨分五色就区分了很多层面的色彩感受,一笔带过,几千里江山饱含其中,这就是一般人难以想象的抽象语境。

在此意义上,合理存在了很长一段时间的西方古典主义的写实绘画,在照相技术发明以后,若再重复与继续下去就没有多少价值了。西方的绘画,只有到了印象派时期,才可以和散点透视、笔墨等元素主宰的中国传统水墨艺术对话。中国传统的水墨艺术实际上行走在从具象到抽象的道路上,具象只是形而下之,绝不是艺术追求的终端或目的,笔墨所求"天地之所无"大概才是形而上之,才是技进乎道之道,才是最终的目的,但这个目的又漫无目的,永无终止。所以中国水墨艺术的境界才是无穷无尽的。支撑这一切的就是中国思想的主脉。中国哲学一直在"有"和"无"之间徘徊。庄子哲学是"有"和"无"的混通;老子在"有"和"无"两个极端之间行走;孔子尚"中庸之道",《大禹谟》云:"人心惟危,道心惟危,惟精惟一,允执厥中。"譬如端起一口锅,从两耳均匀发力才能达到一个平衡,这就是"取其中"。刚才此次油画展的画家何子歌在发言中着重谈到禅宗,禅宗其实就是儒学和佛学结合的产物。佛教的"唯识"和"中观"二宗在佛学的思辨中达到了很高的境界，而"中观"和中国的"中庸之道"有些相似，那就是在"有"和"无"、"空"和"色"之间找到一条中间道路，实际上也是达到了一个抽象平衡。何玉兴先生方才说西方现代美学起源于康德是对的，康德的代表作就是《纯粹理性批判》。有一位 20 世纪初的西方女舞蹈家邓肯，在她最苦闷的时候，就在火炉旁一边烤火一边读康德的《纯粹理性批判》，这本书是讲"心相"的，讲自足自为的内心世界的。此岸世界和彼岸世界在现实世界中是没有桥梁的，只有在人的内心才可以找到贯通，在人的内心才能达到超越生死的永恒状态，从而到达彼岸。邓肯在读《纯粹理性批判》的时候，会情不自禁地舞蹈起来，创造了现代舞体系。其实无论现代抽象派艺术家、语言分析学家还是结构主义理论家，均起源于康德。西方的文化来源于圣经与古希腊神话，有两个坐标系。康德哲学起源于古希腊哲学，属于苏格拉底、柏拉图这条线索，柏拉图谈论最多的理式，就是有与无的一次最高的汇聚。所以人类的认识与心理活动无法脱离"有"与"无"之间，无法脱离"具象"和"抽象"之间。不同文化背景下，虽然人类之间的距离有时会加大，有时会缩小，按佛家观点来看，人类就是具象世界的幻象，而幻象是很短暂的，但人类内心世界又极想得到永恒，那么怎样才能达到永恒呢？只有超越具象，达到抽象，抽象才是永恒的，抽象才能让灵魂最终得以安放。在这个平衡点上，东方精神与西方精神在现当代已逐渐趋同。

所以今天看完何子歌的画，确实震撼。最近我用一半的时间临摹传统山水，还不够自由。子歌是安徽人，他的抽象画中的文化背景也能够反映出具象的东西。我看有一幅画就有黄宾虹的影子，我看后很激动，启发很大。我必须要向年轻一代的画家学习。

宋代花鸟与字，有人能超赵佶的吗？明代山水与字，有人能超董玄宰的吗？明末清初，王铎的字可有人能比？新中国成立后，谁的才华高于郭沫若？字写得无人可追暂且不说，无论训诂与文史哲，皆无望其项背者。但是他们都被人唾骂，其实郭的情况比较复杂，与前两者大为不同，需要仔细分辨。尤其是拿现在的道德苛求前人，几乎无人可以幸免。

以前教人或教子练字，我坚决不同意他们写草书。如果连真书都写不好，草书根本就无法入门。我写了二十多年的真书，三十岁以后，才习草书。我看过一本中国书协草书委员会编辑的委员们的草书作品集，其中许多人恐怕还未入门。

昨日买一管长锋纯羊毫湖笔，柔软浑圆，无日积月累中锋之功力者，不能驾驭，亦无法体会其中奥妙。今一试变化，果然万马军中，如入无人之境。

观李青萍老人苦难一生，与吴大羽命途相似，她也是中国的抽象派绘画先驱，如果他们都能偏向写实，可能命运不会如此惨烈。现实，对于趋近它的人，总是无限地奖赏，而对于远离和睥睨它的人，总是加倍地打击和摧残，直到奄奄一息时，才稍加垂顾，再将你彻底抛弃，以显示其更加的残忍和无情。

整个多半天，读书写字，在春天的花中绽开，将自己耗尽，然后让所有的思想凋落。出门，在春风里，去饥餐缤纷之食。

老舍夫人忍着孩子挨饿，曾用四百大洋，买来白石六只肥

蟹，其实加上趴在筐口的是七只。这六只正从竹篓里倒出来的
肥蟹今早看馋了我，是白石画中精品，墨色之秀，饱我眼睛。

我发现，女画家画的女人体，画得再好，却不免失却了在
男人眼中的一种女性之美。女人身上的这种美，只有男人深深
地懂得，女人们自己却浑然不觉。

以前习张旭《古诗四首》墨迹，今再观《淳化阁帖》中其
人刻帖，慨叹唐人草书气象宏大，但又深知法度，与那个时代
的楷书有着共同的特征。当到了宋四家，草书基本上符号化，
刁钻浮夸与现在几近。

世世代代的前贤们，常常在如是的方圆书写中，达到抒情
写意的极致，以丢散自己多余的才情与意志。

将一只鼠尾毛做的笔，搁在猫形的笔架上，比较合适，猫
因为有了鼠尾毛感到满足，而老鼠因为笔的支持，不再感到
恐惧。

今日飞沈阳竟晕机。我对飞机一直搞不清楚，一上去就犯
晕，不管蹭头等舱还是坐经济舱，都一样。我最喜欢坐的车是
驴车，慢慢悠悠，永不会眼晕。我希望世界能慢下来，合乎我
的节奏，可是世界已经变得越来越快，让我在手足无措中，蒙
受自己因落伍而得到的耻辱。如果可以，我写给每一位朋友的
短信再不会使用微信这种方式，而是用传统的方式来书写，那
么写字对我是一种极大的享受。我希望永远用毛笔和纸来书写，
墨，也非一得阁墨汁，而是在平心静气中研出的墨。即使手头

有纸、有墨亦有笔，又能怎样？我怕我以这样的方式与大家通信，大多数朋友将会无法对等地回复。在这个世界中，传统与缓慢变成虚构，迅速与妄想反而变成了现实。

今日在飞机上与马加兄聊天，余谈及所谓"文人字"，那原本是对传统书法的本质表述，意思是说，"文人字"才是传统书法的主流，或者说代表中国书法的最高水平。而"文人画"，自王摩诘之后，以水墨的渲染变化为上，将中国画从程式化的套子中解救出来，到了明清，文人画也代表了中国水墨画的最高水平。可是未曾料到，今天的大多数所谓文人，丢弃了应该具有的文史哲修炼，基本上都是文化混混，毛笔都不会捉，更无深厚的笔墨修为，不知传统书画中蕴含的浓情与厚意，竟附庸风雅，率尔操管，胡写乱画，美其名曰"文人字画"。当今所谓自我标榜的"文人字画"，不少是一些不会写字、不会画画的混混对自己虚荣心的一种包装，也是对大众在书画认知上设置的一个巨大陷阱。

有人要拉我去做书画展览，我拒绝了，我愿意将墨宝送给喜欢的人；有人要与我出合集，我也拒绝了，我无法想象天壤之别的文章怎么能互相融合；有人要给我利益，让我为其作文，那怎么可以？我喜欢安静地读书，安静地思考，安静地写作，安静地弄墨、饮茶、赏玩。老子说静曰根，根曰命，安静才让我得以自娱。不要炒作，不要宣扬，沉潜含元，自证为大。

写字有意思。拿起毛笔，就像指挥千万毛毛兵，横扫天下，笔迹所到之处，如攻城略地。但事物总有两面性，雄强的心，总要装在肉体凡胎中。由于从来爱惜宣纸，在宣纸上写字就拘谨，不管你多狂多草，本质上是拘谨的，总觉得有个纸的边界在提醒你：小心点，别写坏了，这可是千年不腐的宣纸，所有的墨迹都会永不磨灭、替你留存。越想越拘谨，拘谨到在银钩铁画的挑动中，思想开小差，最终一不留神，就写坏。推倒重来，换纸再写。浪费好纸好墨不说，把自己累个半死。写字是愉快，但绝不是一件轻松的事。不同的是在报纸上写字。本人从来不把报纸当回事，报纸一放到桌面上，就是一张没用的废纸，扔掉可惜，写字正好。连其折痕都不管，拿来就涂，那个放纵，就像蜂群在春天的油菜花上漫过，农民是高兴的，蜜蜂自己也是高兴的，土地更是一展无余，将她的胸脯彻底敞开，甚至是一望无际地敞开。哎哎，在报纸上放开写字，就像一匹马在种坏了的庄稼地里乱跑，无所顾忌。

我一直以为写好字是追求字的虚饰外在，并非究道，乃小学的范畴，小学即童蒙之学，或者乃小人之学，梁启超竟然认为写字是一件大事，我同意，他是将写字与写好字混淆了。写字事大，但写好字事小。呵呵。

120岁以上的文人，整天拿毛笔抄书，书卷气充盈天地，随便一个貌似写坏的字，其中神气、筋骨也不散。而120岁以下的人，就不好说了，写毛笔字的环境已经丧失，一切都无从谈起。练了几招楷隶花架子的那些当代浮华子，一心想着拿字发财糊弄人，怎能与古人相提并论？

虽然未刻意练过书法，但贾平凹先生比许多书法家写得要好。不藏头护尾，而开门见山，中宫紧结，字字珠玑。他的字写小了最耐看，估计是写字写得多了，文气充沛之故。

扭曲了的帖学：将先贤的手札放大十倍以上，字严重松垮走形，看眼下书写者群魔相，知出版社误人多少。

余最醉心虹叟耄耋于西湖，在小簿上勾画远岚的样子；余最见不得杜甫李贺之流，才气不足便搜索枯肠做作造句的惨痛。还是李白豪放些，只要一杯酒下肚，天子呼来不上船。

谁念北楼上，临风怀谢公。由皖回京后，书李白《登宣城谢朓北楼》一诗，有感李白情怀，并非无义剑客。

一日餐聚，满桌各色人等。聊起书法，一某省书协主席说："你们文人不懂书法。"如此一说，好像他就是专业书法家，别人都是业余的。哈哈，我当即痛斥："历朝历代哪个好字不是文人写的？一些政客字写得也不错，但他们仍算文人，因为书法昌盛的时代，都是科举考试，学而优则仕。历史上就从来没见过有什么所谓专业书法家。也就这个时代瞎胡搞。清朝宫廷曾豢养过专门为皇帝代笔的人，他们大概属于造办处管理，和木匠一个待遇。"写字属于小学，只是用毛笔书写文字时代遗留下来的一种技术而已，后来放大了其可以欣赏的一面，称其为法书，但根本无法与文字的内涵或书写内容分割，因此只有书法艺术无法独立，既不能独立于文字，甚至也无法独立于社会名利。所以，古人将其归于小学，是恰当的；或者说，此一技，早已沦落为宵小之学，连传统意义上的小学都算不上。时过境迁，有人愿意继续留辫子穿长袍，那是个人爱好，对于我，也就解闷消食而已。

碑学通家王宪荣兄为余郊区村舍"芜园"题匾。宪荣先生沉静内敛，用笔若刀，霜毛锷铁，字字足金。不像许多写字的人那样轻浮功利，故余愿恭敬求字，致谢。

好久不画竹，今日涂抹一幅，它的头颅竟向西垂下，怀念那些走入大地腹部的亲人。

隶书是程式化的字体，本为秦汉时下隶所为，基本俗不可观，当然也容易上手，写得好的却不多，数百年来也就是何绍基有点苍茫气。

观花总是为之心动，不为颜色，而为情致也。人类禽兽心思欲望繁杂，焉如草木？一朵花总不会因另一朵花开得异样，而给它处分、对它禁锢？花团锦簇，众花平等也。

山水与其说是山，不如说是水，是水的叠加，它的波浪，固执而持久。我爬上去，她会像对待一块无意义的石头一样，将我推下去，我一直在攀爬，她一直在拒绝。

老画家张仃在《中国山水画史》中说：我看见郎世宁的画就想吐。这是对那种用古典西画改造中国画的恶心感，表达得真切。我看郎世宁的画有恶心感，不至于吐，郎世宁至少还呈现了一种异域文化的精准，而某些画家的画我确实想吐，那些人从生下来就奴气入骨，在精神上也无空间，这就是让人恶心之处。幸好中国画是中国文化的一部分，中国文化深厚繁杂，正统难以屏蔽，恰恰中国画的好处是，文士们遁入山林后，笔墨与精神是自由的，画若画得越好，精神的境界越高，匠气越少，精神的自由度就越大。

所谓碑学，就是民间"打气补胎""办证"之类的字，清代康、包配合革命，打倒传统帖学的产物，没多少道理。许多人赶时髦，或谓你也是有修养的人，为什么不走帖学正道？从没有赶时髦的想法。我写进去了，觉得还真不是随便糊弄人的，二王笔法亦在其中。而且我也不认为帖学就是所谓正道，碑学就是邪路。本人也没什么别的想法，就是写字自娱。

有人问，为什么文学已不再让人悸动？你问我，我问谁？文学与书法有得一比，皆降到小技的水平，玩花招，脑筋急转弯，市侩习气。几个人自娱自乐之外，根本有眼无珠，不知历史老人是副冷面孔，编烂书将自己试图塞进历史，还不够，搞活动、开虚张声势的各种会，评臭奖，都是为了炒作以获取更大的名利也。相比现实，文学似乎已无关轻重，甚至堕落到连小花小草都不如的地步，说她附庸风雅，还算赞美，如果不与伪善同流，不与卑劣合污已经是非常乐观了。

二十多年以前应约为书家曾来德写过一篇书法评论《枯枝败叶》，当时是钢笔手写，原稿交由他处理，再也不知下落，后来我早将此文忘于脑后。结果今日突然在网上搜到，竟然排版错误不下二十处。谁放到网上的，谁应负责，而非文责自负。

喜欢印章，没办法。琢磨了一上午篆刻，境界高的还是少，陈巨来的那幅还可以，有点气势，其他的战战兢兢，不敢下刀，篆走形得厉害。唉唉，就连刀笔客，被光芒遮住，也无法超越那个时代。

第五章　交往

爱你身边的人，爱那些爱你的人；感恩那些有恩于你的人，也感恩那些有害于你的人，他们皆因你而团聚在你的身边，他们都是你精神与身体的供养者。他们让你离不开这片土地，他们让昨晚的风大，让今日的阳光灿烂，让明日的蓝天更蓝。

冬天来了，美女们也像虫子，喜欢蜷缩。今日中午遇见上海两位资深美女，在一起吃饭聊天，其乐融融，临别时她们一一与我握手，但奇怪的是，她们伸出的手都不约而同变成鸡爪状，让我欲握，却不能握全，最后只能握住几根冬天里冰凉的指尖；未曾料到，晚上与朋友吃饭，散去时又一位北京单身美女号称格格的，分别时与我握手，将伸出的手也捏成鸡爪状，让我同样欲握却不能握个全手。哈哈，真是冬天到来了，忙碌之后，回家的路上，在冰凉的回忆中记下今天再平常不过的生活片段。

上周末，藏传佛教高僧、本教仁波切丁真俄色活佛与我共进晚餐，据说他是一位真正心中装有国家、以国家利益为重的大德高僧，所以我也愿意与他相邻而坐，共同探讨佛学大义。从因缘到六轮回，从唯识到中观，从世间法到出世间法，竟越谈越深入，越谈越密切，后来相约再谈。他也邀我去藏南他住持的寺院。无量亲近与欢喜难以言表。现在想来，一切善念，皆离不开众生相，一切恶念皆因离本而幻生。

今日再去法源寺观瞻佛教文物。我所任学术顾问的中国佛教图书文物馆，秘藏中国传统文物之精、品相之好、价值之高，许多博物馆不可相比。但他们拒绝公开，上次李敖来，大言不惭，结果连清代文物都看不懂，他可肆虐北大图书馆，但在此却遭受了佛僧的教化。这也是由虚云、巨赞、智果、圆持几代高僧大德守护的功德，不然早被人破坏了。

中华民族的文化瑰宝是图书，其次是礼器，并非那些民间的盆盆罐罐和工艺杂耍。

内子言，一个民间工匠烧制一把泥壶被炒到好几万，画匠随手画一幅画标价几十万，戏子一场演出就可暴富，但是那些为国家和民族创造了巨大价值的学者、科学家仍然生活在拮据的状态，这样的社会终归是虚弱的，不堪一击。余以此为是。

柳萌先生与程步涛先生在微信中的性与命之论，颇可教化后来者：步涛随口说人很多时候都不得不相信命。柳先生为此直言道：不是很多时候，人一生都得信命。命是什么？客观的环境和机遇，主观的性格和条件，共同支撑起命运的伞，伞为你遮雨，你就是幸运儿；伞破了，你被淋湿，就是倒霉蛋。就这么简单。柳先生说：这是八十老汉我的人生体会。

及时总结柳萌先生人生经验：柳先生早年因受胡风集团成员事牵连，被打成右派，遭受重重磨难，平反后回京，曾任

《小说选刊》杂志社社长。为人豪爽耿直，为事痛快淋漓，口无遮拦，虽为此不断招来麻烦，然心无过多挂碍。今天，他又一次在与小朋友们的微信调侃中以平实的语言总结出一些为人处世的经验，我认为对人有教化作用。故整理如下：没事儿别找事儿，遇事别怕事儿，事儿过了记住事儿，记事儿不记仇，记仇害自己。

答复李晓东弟兄精彩评汉史：不会做，所以看得好。若会做，就不会说了，这道理我基本相信。但历史上有人是既会看，也会做，这让人悚然。所以以史为戒为鉴，是历史对于未来社会最有意义之所在。

昨日中国社科院张聪明教授，发私信给我看某鲁奖诗人的大作，一读诗我就有点傻眼。我一直拒绝看两奖获奖作品，我怕浪费自己的时间。作品水平低，不能简单说评委受贿，有时也是受木桶（也可能是饭桶）短板原理的制约。如果评委的水平整体不高，评选出的获奖者，其水平就不可能太高。平心而论，周啸天的旧体诗流俗，但有些自由诗却是下流。人们对旧体诗苛刻，而对新诗放纵宽容。比起有些获奖的自由诗，周诗显得比那些诗稍有教养。总之，获奖的诗普遍水平不高，从此角度，只对准周，是否有失公平？在诗界对周啸天的一片嘲笑声中，我近期对周啸天却开始心生怜悯。

昨晚与同学郑学斌、张剑荆、刘成有、曹彬兄五人小聚，酣畅淋漓。尤其与经济学家张剑荆兄隔座论道，后竟不知各自所云，今晨觉醒，不禁哑然失笑。剑荆在新华门里口吐莲花，学斌深隐朝堂依然文雅，成有教授学富五车，彬兄竟风雷不惊。

向天再借五百年，会当击水三千里。

后生轻狂：年少时，跑去找西北师大语言逻辑学家张文熊激辩，老先生一着急直敲桌子；后在北大曾与张岱年等老先生聊东聊西，如遇我诘难，老先生只是宽厚地笑一笑，这一笑终让我一想起当时情境就无地自容。今早因《魏书·大秦传》就古"大秦""骊轩"与儿子讨论，他提出反驳意见，我知道他只知其一，焉知其二，故不与他争。这会儿，他自己已埋头读书，我却心有不甘。

前几日与北大某顶尖级教授吃饭，我突然想起北大三角地一带除一新华书店外，有一私人书店是否还在，为此赶忙问他。他说应还在，只是挪了位置。我说，那个私人书店应是一个废旧书流通处，它见证了北大的教学水平。他说，何以见得？我说，90 年代初，有两年时间我在北大做访问学者，常去那里买旧书，时间长了，引起书店老板的注意。有一天，老板突然问我："您是北大教师吗？"我因为不知他何意，所以未说是，也未说不是，王顾左右而言他："我买的书多，您能不能便宜点？"没想到他却将话题转了回来："从您买的书来看，应该是北大老师，但从您只买不卖来判断，又不像北大老师。"我说："北大老师卖书吗？"没想到这句话让他来了兴趣："我这里的书有许多是北大老师卖给我的。他们为了备课常来我这里买书，他们备课就是抄书，课上完了，书也就抄完了。一到学期末，他们就会将抄完的书再卖给我。当然他们卖给我时很便宜，我卖给他们时比较贵。这就是买卖。"我不禁追问："他们常这样干吗？"老板说："文科老师基本这样。"北大如此，其他大学可想而知。庆幸的是，我在进入大学之门听完第一天课之后，就对大学无任何好奇与兴趣，后来我就整天泡图书馆，我多次声明，我无真正意义上的老师，我永远是一个自学者，简称学者。

近期，我已接到几十条群中好友发来的内容一字不差的微信，说有人将你拉黑，你应如何如何对付。一开始我没有留意，拉黑就拉黑吧，这没有什么，我犯不着非要去搞清楚拉黑我的人。转发的人多了，我反而越看越迷惑，甚至越来越不安，这段文字有如神的谶语。是谁拉黑了我？为什么要拉黑我？拉黑已不仅仅是拉黑，拉黑让人有了如坠黑暗的恐惧，好像拉黑你，就能让你万劫不复。我要说的是，我能对着您隔空说话，您就是我的兄弟姐妹，就是我灵魂中的亲人，千万别因为我说了什么而拉黑我，以至让我迷惘、手足无措直至沉默寡言，再也不敢开口说话。

绿原先生曾送我一本他翻译的波兰诗人米沃什的诗集《拆散的笔记簿》，近期想读，但怎么都找不见。近日想买一本，发现在网上竟被人炒到几千元一本。估计是一些下三滥的诗歌狗仔所为，他们打着热爱诗歌的幌子，利用网络垄断一些暂时奇缺的诗歌类旧书。至于吗，书是让人读的。后来想起，绿原去世前两年，由武汉出版社出版了一套《绿原文集》，老先生当时拿自己的稿费作为垫付，委托出版社赠送我一套，当然同时也送了别人。这套文集中是否收了这本《拆散的笔记簿》？带着疑问赶忙翻阅，结果发现，这套文集中只收散文类，诗歌类一律未收，太遗憾了。绿原先生译诗与诗歌创作皆为一流，其翻译的里尔克诗歌最为精粹。他生前竟未出总集，至今似也未见全集行世，有待查考。

坐在王府井步行街的长条椅上歇脚，与我坐在一起的一位欧洲人，突然从口袋里摸出一支古巴雪茄，点着火，优雅地抽了起来，奇香几乎让我陶醉。我怕我已戒掉数年的烟瘾发作，便赶快走开，站在远处，有点痛苦地审视这条熙攘繁华的大街上，还有什么在诱惑着我。

谈学问让人伤心，但写诗却让我高兴。所以我平静时做学问，伤感时写诗。

以前，由于交通不便，相聚太难，民国文人之间讨论问题，喜欢书信往来的"笔谈"，但时至今日，交通飞速发展，相聚几乎一呼百应，因此把酒言谈，成了文人讨论问题最便捷的道场。

昨晚夜深，与多日不见的朋友浅酌言欢，其间东方歌舞团蔡团长一曲陕北民歌，唱翻了桌宴，有几句歌词大意是说：出门在外的汉子，想婆姨想的，喝油也不长肉。

昨日中秋假日最后一天，吉狄马加主持晚宴，欢迎年轻的捷克诗人狄伯特（汉语名字）来华，鲁院博学的邱华栋，译者高兴、树才等列位在座，其间北大赵振江教授言谈中有两个观点可记之：其一，他认为汉语相比许多外语都易学，因为字词在搭配移位时基本意思不变。我补充，作为书面语言的古汉语更好学，基本都是基本义保持不变的单音节字词，因此 20 世纪初涌现了许多杰出的欧洲汉学家。其二，现当代由于许多诗歌表达不明，知识界几乎不接受这样的诗歌，不认可这样的诗人。

我认为他说的有一定道理。

《新约》中说，语言曾与上帝在一起。后来自从我会说话起，语言和我在一起。

披阅当代中国第一批博导名录，看见洪谦的大名，心生感慨。我本来最初报考北大哲学系，直奔洪谦而去，考分早超北大录取分数线，由于其他原因作罢。关于洪谦，有人说中国现代有一个半哲学家，"一个"似指洪谦，他是逻辑经验主义的代表人物之一，当时维也纳小组唯一的中国人。还有半个，可能指贺麟。逻辑经验主义即新实证主义，他们认为只有科学知识是唯一可能的知识，而传统的哲学及人文问题皆是无意义的概念或词语堆积。他们将哲学推向了另一个反思的高度，曾经刺激过我少年时代梦想与探求的欲望。

因作协某项文学项目评审，昨晚下榻和平里酒店。今早顺着和平里东西南北路绕行散步，遇见某部一小小国营书店，打着部属旗号，又是一书店，且如此之小，都让我好奇，便不由自主，一头扎入。除了与该部有关的几架专业书籍，一个低矮的书架上，还摆了十几本社科类图书，有一本书竟然是吾仅数面之交的友人、北大教授韩毓海的著作《一遍读罢头飞雪，重读马克思》。那是十多年以前，创研部评论家季红真向我引荐了韩毓海，说他文章写得如何之好。但是看过他几篇文章后，再很少看见他的其他文章，今日便在这个小书店一气读完他这本书的自序。自序写得不好，不一定说明整部书写得不好，自序写得精彩，的确也能说明这部书差不到哪里去。重读马克思是有意义的，正如魏源所说，自古有不王道之富强，无不富强之王道。

我赞同一位兄弟所说，不怕别人抄袭与模仿你的作品，如果你的东西那样容易被人抄袭与模仿，说明你的东西太媚俗了。说得有气节，有气魄。确实如此，那些天分极高的作品，别人想模仿也模仿不了。

街上散步，碰见河南驻马店一拉三弦子的残疾老艺人，专为我拉了《卷席筒》小仓娃嫂子替小叔子告状一曲，哀婉悠扬。可惜分别时想给他一些银子，结果未带钱包。他还一个劲儿地宽慰我："不要你的钱，怎么能要你的钱！"一点钱对我基本没有太大用处，但对他一个残疾老艺人，用处就大了。我自己恨自己啊，为什么就今天两手空空出门。

今日收到当今诗界泰斗李瑛写给我的信件，字里行间充满对诗歌现状的无奈与失望，让我纠结不已。

成都机场女安检，让我解掉裤带。第一次被人强迫解掉裤带。在天上飞，一直犯嘀咕，这地上的事情就是多，一旦上了天，就没事了。

中国诗歌万里行活动，今日上午，安排晓雪、石厉、程维、洪烛分别为温江中学初一年级五个班各讲一节课。第一次给这么小的孩子上课，我只给孩子们讲述了一个问题，虽然事先没有任何准备，但做过十年大学教师，应该不会超时，四十分钟的时间转眼就到，我正好讲完。可爱的孩子们，一教室的向日葵和花骨朵，让满屋子都充满阳光。

今年 82 岁高龄的著名诗人晓雪先生，昨日赠送我一本《晓雪诗书画集》，他杰出的诗篇不必多说，瘦硬潇洒的字也不必多言，而他像八大一样寥寥几笔就神完意足的花鸟，却吸引了我。秋日傲霜的墨菊，春天里温柔刺破花苞的玉兰花，在纸上氤氲渗化，简远辽阔，让我这几日在温江养眼欢心。

昨日来成都温江出席"诗歌万里行"活动，今日接到画家薛从伦兄突然来电，说他也在温江，希望一见。原来祖籍四川的从伦教授，因喜欢温江的环境，前不久在此买下自己的工作室，此后两栖于北京与温江。下午他到我下榻的酒店，一番叙旧后，接我来到距离酒店不远处他的领地。只见画室上下两层，墙上只挂自己的作品，各式花瓶瓷罐也是自己设计自己手绘，只有一本画册，其中画是他画的，所配文字是我数年前为他写的《薛从伦画传》一文。最喜他乡遇故人。

昨天，一位敏于思的好学小老弟，在我的"札记"下评论道：中国当代诗歌的成功，其实是传播学意义上的成功。此话尖锐，可刺破诗坛热气球，让虚幻的自以为是破灭，亦可泛指当今整个学术界的急功近利和虚浮。

今日与吉狄马加、唐晓渡夫妇去怀柔，过神堂峪的深山时，找到在此隐居的法文翻译家亚丁，我曾在 20 世纪 80 年代初读过他翻译的波德莱尔《巴黎的忧郁》。这里有着北京远郊的忧郁，山里阴雨，潮湿奇冷，我被冻得只能畏缩在墙壁旁的欧式火炉边哆嗦，不想说话，只能想象古希腊赫拉克利特所断言的火是世界的起源，世界亦将毁于火。

今携内子及豚儿驻芜园。晚餐后，几位故人前来串门。等他们走后，坐在院子里，只能听见蛙叫、虫鸣、竹叶的响声，突然远处的一种呜呜的声音向我涌来。我成了一个奇怪的乐器，它们弹奏我。不是我在倾听世界，而是世界在倾听我。

今天有一位深晓摇滚乐的朋友说：你昨天写的摇滚乐歌词不错。我说是的，好像没有什么错。既然如此，今再发一遍。但我再读一遍，有点像串了种的"徒诗"，不像歌诗。

摇滚歌谣

一句话出口，也是所有人的话语出口
一件事物终止，也是终止所有的事物
一只鸟只向一个方向飞
也是所有的鸟朝所有的方向飞
一滴水，终于是大海之外的大海

昨晚与吉狄马加兄一起写字，特请兄为我书"而温堂"堂号，又书四尺整宣中堂一幅，刘文飞教授一旁点评"笔墨中饱含诗意"，正如孔圣所言"厉而温"也。中年后当温文尔雅，做不到，但可常勉。以前敝人寒斋亦曾用过"我闻斋"，自号"如是"，盖取自佛经"如是我闻"一语，后因玩微信，又取微信名"阅微草堂"。

前些天去外地，看见余心仪的一位大师，寒暄中他对我说：

"我注意到，你写文章，几乎不绕圈子，直接上去将你眼前的障碍放倒。所以看你的文字过瘾。"我说："那要看什么样的障碍，不需要绕开时，你绕圈子，那是多余，只有直接放倒，才最经济。需要绕开时，也得绕好几个圈子，曲径通幽嘛。"哈哈。一笑了之。

今天，老大哥、日本文学专家陈喜儒先生发来微信说："我不小心，触碰你哪儿了？"我赶快发微信问："陈先生，怎么了？"他回微信说："我把你丢了。"我百思不得其解，赶快再问："究竟怎么了，陈先生？"他又回："我不小心，把你微信弄丢了？"我说："这不在吗？祝好。"他回："谢谢。"哈哈，被喜儒大哥惦记。祝喜儒大哥晚安！

今日参加《读书》杂志迎春座谈会，与许多学术界老友见面，尤其与清华大学通晓古希腊语的张绪山（马克·布洛赫《封建社会》的翻译者）相谈甚欢，此公乃当今学问家，古今中外咸通，以解老夫长时难遇对谈者之渴。

向德外大街蜗牛般爬行，漫漫征途，天被风撕破无数裂口，冷风的锤子垂直砸下，空气的铁皮噼啪作响，街上的行人在刺骨的疼痛中，蜷缩在羽绒衣中四散而逃。

昨夜，故国龟兹的 52 度葡萄清酒，以她难以自持的冷艳，跨越八千里路云和月，裹挟在透过高楼的寒风中，刺穿了我。

与一位小弟聊天：读书人要向农民学习，不能绝望，可弯下腰体会收获的欢喜。当世界不欢迎你肆意放言的时候，也不屑像李太白那样踏上一条通天的终南捷径，以佛道的曲径去谄媚地接近时刻会践踏你的，更无法像苏轼遇见欧阳修赏识那样幸运，也无处可以像渊明那样避世，那就埋头文字中，哪怕做一回统治者皮鞭下的朴学考据者，也不枉在人世走此一趟。

关心别人的苦难，永远比关心自己的灵魂要有意义。

"故人好在重携手，不到平山谩五年。"朋友之情越过淡墨远山，米芾有怀抱有情义。好字好诗啊！

"一切皆在当下。"十世班禅画师尼玛泽仁先生多年以前曾转告我说，这是藏传佛教非常重要的一个思想。但其实汉传佛教中唯识与中宗无处不渗透这种思想，只不过它非佛学的终极思想。佛学分世间法与出世间法，它属这二者之间的过渡，谈不上正确与不正确。现在又有朋友提及这种说教，让余不得不在此费点口舌。其实对"当下"的强调，也是现实主义的一种极端表述。无所谓对与错，只有不同的取舍。但人非动物，人是有情智之物，并非只注重眼前，人常常也沉浸于过去和将来。这一点，宋人也懂，正所谓"雨过天晴云破处，者般颜色做将来"。

我在二十多岁时与多识活佛有过交往，一别近三十年。佛以苦难为证道的精舍，那是凡间一切莲生的深水，苦难只是一种幻境的演示。

丁聪与我在二十年以前经柳萌、何镇邦诸先生介绍有过交往，隐约听见有人说过他夫人沈峻即沈崇，改名依据"崇山峻岭"。后来看到多种说法，这是其一。希望还历史真面目，历史的真实从来都不是靠自述来简单支撑，可能还需要历史文献的佐证。不仅是还一个人的真实，而且是必须还一个时代的真相。

想起来，少年时代，读书写诗的日子是孤独的，虽我在于我思，但有几位忘年交让我难忘。一位就是思想家高尔太（太、泰两字，他当时在名字里都用过），一位就是曾在《大公报》整版发诗、1946年以后北大新诗社社长、饱受磨难的哲学家贺麟的高足张书诚，还有一位就是九叶诗派代表诗人唐祈。我这个自负傲慢倔强的少年曾在他们之中如坐春风，如浴天光。他们喜欢我，教导我，带我玩，让我桀骜不驯的精神，能够得以自足自证。

昨晚会饮，与几位朋友闲聊，一位年轻的学者向我请教历史问题，每当我谈到生僻处，她都要到手机上同步查证，等我说完，她一般会点点头以示肯定。我佩服她手机的操作速度快于大脑的运转速度。终于在一个交叉点上，她快速查完手机后开始诘难说，百度词条不是这样说的。我说，百度词条上说的不可信，关于这个问题，网上估计不会有对的说法。在座者都不置可否，大家只好转了话题。今日上午，她私信告诉我，经过多方查证，认为我昨晚所说是可信的。她说，真的，看来网上说的，不能全信。

北京高温、大雾、闷热，早晨与诗人吉狄马加通话，得知青海阳光明媚，天气清爽。我前不久才从青海回来，接着身体欠安，又接到吉狄马加先生邀请再赴青海，踌躇再三，最后只好放弃参加在河南蒙古族自治县举办的国际诗歌帐篷会议。大诗人兄为我不去青海颇感惋惜。我当然艳羡不已，唏嘘后悔不已。别无他法，病退之余，读书写字，借燥热修得内心清凉，也只能是当下之不二法门。

又被召唤到老鲁院，来得早了点，院子里只见到一个年轻的保安，他警惕地注视着我。他还太年轻，不知道丈量这个世界的复杂需要简单，不怀疑才可安顿下最大的怀疑。呵呵，我也与他开个文绉绉的玩笑，他当然不懂，我只好写在手机里。天空被暴洗过，崭新的银杏树冠，又一次让我的眼前一亮。

因有点伤风，下午的工作结束后有点累，暂且在城东住下。夜深之后，老鲁院的大楼里一派寂静，没有带书，只能与窗外的星河一起沉陷于远天。一目了然的世界，让我的思绪发生了停滞，这意味着浅薄的记忆已经翻开了它白纸的页码，没有词汇，像宝石一般，能恰如其分地镶嵌在它预设的语句里；缺少内容，就只能摒弃内容，而缺少形式，却无法摒弃形式。正如没有任何形式的形式，却是最难以企及的形式。犹如绝望者在绝望中找到希望，戈壁在戈壁中得到它最高的赞誉。

晚上将房门打开了一会儿，楼道里潜伏的蚊子，闻见久违的血腥，闯了进来，它们就像进入食物链极其完整的原始山林。很久以前吸食的那些研修生的血液，虽然在它们的体内变成了一个个陈旧的黑点，但那些黑点却像一粒粒固体的汽油在燃烧、在驱动着它们野兽般的发动机，让它们轮番向我进攻。我面对这些渺小得几乎可以忽略不计的敌人，竟束手无策，以至没有任何还手的能力。

出来走走，闷热到了极点，我只能从令人窒息的闷热中吸取清凉，犹如从寒冷的哆嗦中体会温暖，从黑暗中找到光亮，哪怕是遥远的星光，那也是绝望中的希望。走到一个十字路口，竟然一股凉风吹来，让人顿时心身双畅。

天热，突然想起西南朋友给的一款古树生普，冲泡之后，茶汤金黄透亮，口感近润远香，回甘生津，关键是情深意长，让人欲罢不能。

所谓文物专家的话也别相信，前不久我见过一位所谓顶尖级陶瓷专家，领着一帮徒儿瞒天过海、信口雌黄，目的是兜售他们的天价瓷器。我怕朋友上当，当场让他们下不来台。

开个不是玩笑的玩笑。不少所谓文物专家，基本都是装神弄鬼，老实巴交的少见。与写诗的人差不多。优秀的诗人，还有虚构（或灵魂）的真诚，而那些文物贩子，纯粹是骗子，他们的瓶瓶罐罐中，装着的依然是千年的魔鬼。

做点学问，写点文章，作诗涂鸦，皆为喜欢，因此满心欢喜，一身轻松。除此之外，揪着头发，将自己拔高，总想成为高人一等者，他脚下的土地就是松软的沼泽，给自己的砝码越重，他则陷入得越深，比众人越来越低矮，最后甚至会过早地覆灭，或者被智者耻笑。

世界就是如此，没有复杂和简单，没有收获和失去，世界自然而然，所有的努力和算计转而成空。今日的兴高采烈，就是明日的失魂落魄；当下的卑贱，未来将用虚妄的傲慢予以偿还。但是，最终的结局，却都没有丝毫的差别，因为世界在整体上是精确的。

述梦：半夜，雨敲窗外的声音，将我弄醒，无任何辗转反侧，旋又入睡。梦见河清海晏，国体大治，高尔泰在某校讲课，与原《当代文艺思潮》的资深编辑陈德宏兄相约去看他，发现教室的窗户上都趴满了人，我凑近一看，讲课的内容是"古希腊文学中的我们与我，我，我……"，前半段看着本是个普通题目，后边我我重复省略，让我有点缠绕，转身走开。德宏兄仍趴在窗子上旁听等待。当我转了一圈又回来时，课已讲完，发现他们被安排在燕南园的一个学生食堂进餐，吃的是大块的玉米面发糕和大块的牛肉与大块的土豆。用的也是硕大的碗。几十年不见，高老师依然头发花白，透过略显沧桑的面孔，倔强蛮横的身体里迸发出无尽的思辨与创造力。他走上前来，我们热烈拥抱，我说我请你去外边一个酒店吃饭，他说我多少年没有回来，不习惯在外边酒店吃饭，那是酒鬼们喝酒的地方，不去了。此时一个身材高大且身手敏捷的人凑上前来，探听我们之间的谈话，被高老师厌恶警惕地瞪了一眼，那人慌忙走开。然后高老师递给我一块发糕，我拿在手中，大哭起来，泪水再也无法止住，一直哭醒到天亮。

天气太好，秋高屋凉，日光铺满了 15 楼，与张瑞田、兴安二兄在窗下饮茶聊天，不觉就是一下午。他们走后，翻看瑞田新书《百札馆闲记》，书印制得不错，但自题的书名，错了两字。

错误的记忆不需要纠正，它是最动人的一部分。

应邀为中投集团写一首自由体诗：雕龙不唯颂陶唐，文词难遮月和樽。

廖立、廖奔父子在学术上硕果累累，值得称赞。我注六经，六经注我，是传统学者治学不二法门。考据、校注一直是治学之重要环节。

聚会

一场冷风将秋天端上大地的圆桌
果实水分充足，蜜意柔情
挂满即将冬眠的枝头，就像不怀
好意的人，将好东西堆在一起
满足我们今晚的欲望和企图

那些卑劣者，他们有了新的计划
将等级分得更细，坏人坐在中间
次坏的人分列两边，寒冷到来之前
先让你们抱团取暖，虚情假意
是真实的，其他的都是假的

有一天路见不平，在一个论辩的群里，替一位落地的天使
辩护。那天使虽长一对巨翅，一旦落地，尤其落入浮躁的人群

中，他巨大的翅膀必然影响他行走，他可能连话都不会说，为自己辩解时不仅口齿不清，大概连基本的顺序都不能沿袭。随便一个浅薄之辈，都可以辱骂他。

别人拿"逻辑"的小刀割他，他竟然不能自知。逻辑这种东西，只有在证明群体秩序和不存在的东西存在时，是一种强悍的武器，其实是海盗法则与教徒因明的论式，前者与后者其实是一回事。实际的人生体验中，能够真切有益的纽带关系是一种超逻辑的逻辑，乃是非线性而更复杂的结构，或者是一种永远需要抵达的结构，类似隐喻中的超隐喻。

我之所以时刻要跳出概念的圈子，是由于概念的舞台上，只有概念与概念在缠绕，无聊莫过于如是。

那些心灵鸡汤、格言警句式的写作，问题太多。一千多年前的人早有同感。偶然体会晋宋之际为什么人们的情绪从玄言要走向山水，盖另有深意。谢灵运有诗：其书非世教，其人必贤哲。后人皆不知所指。其实，贤哲非世教也，贤哲是自明，是自足，而世教是被明，是他明也。玄学，或麈尾清谈者，哪及藏于山水的隐者自在也？

第六章　伤逝

为王元化、王若水、顾骧三位先哲而作

论辩的大门
在他们远行的背影里终于关闭
只能在天空和大地的交汇处
沿着风驰电掣的痕迹
一片黑色的灰烬中
找到他们与露水一起枯竭的哀伤

今日看见一位大学里教文艺理论的老先生去世，在讣告发布之后的几个小时里，就被人触目惊心捧上了天。这是圈子里又一个人在死后被捧上了天。为什么他活着的时候几乎无人捧他，如果有人捧捧他，也许他一高兴，还可多活十年。多么可惜的事啊，我为他鸣不平。许多人似乎为功名奋斗终身。人在世时，很难得到别人的承认，人与人之间刻薄而吝啬，好像承认别人就是贬低自己。许多人可能会为此闷闷不乐，抑郁而终。一旦辞世，各种大而不实的赞美之辞就会铺天盖地朝死者涌来。曾认为海子是精神分裂者，在海子自杀后说海子是精神的殉道者；以前嘲笑汪国真诗歌肤浅幼稚的人，在汪国真死后，赞美

汪国真的单纯和多情；就连残杀自己妻儿的顾城，杀人后自杀，也被人吹捧为理想主义者。因为谁都知道这些虚名对于这个人再也不需要了，因为谁都知道这个人再也不会说话，尤其是这个人已经死去，这个人再也不会妨碍他，而吹捧他，也变相显示了自己慷慨大方的品质。他们知道，死亡，也是一次机会，甚至是一次难得的机会，这些人瞄准了他们心中即将死去的人，一旦有人死去，他们就会大张旗鼓为死人编造各种名头：本来是一位普普通通的学者、教书匠，在他死后非要给他冠之大师、泰斗的高帽。如果有人突然死去，做学生的竟然写下：老师，我还没有准备好，你为什么就要离去？他们很难说是在悼念死者，他们似乎是在向活人宣告：虚名、完美和宽容只给死者。

刘起釪先生几年前就已去世。他的《古史续辨》中的文章我早年都读过。现在才知其去世前的凄凉晚景，不禁悲叹不已。

刘起釪（1917—2012），1917 年生于湖南安化，2012 年 10 月 6 日在南京逝世，享年 95 岁。顾颉刚弟子。1947 年中央大学（南京大学）历史系研究生毕业，1976 年 3 月入中国社会科学院历史研究所，兼研究生院教授，并任国务院古籍整理领导小组成员，《续修四库全书》学术顾问兼经部编委，中国殷商文化学会理事，中华孔子学会顾问。2006 年当选为中国社会科学院荣誉学部委员。研究方向为上古史，专攻《尚书》，以深入研析古史各领域，兼治《左传》《周礼》。1991 年获国务院颁发的政府特殊津贴。

以前《人民日报》杂文家徐怀谦兄在世时，我每次与其见面，都会一边观察他一边说："老兄，你确实像鲁迅，你看你说话的风格不仅一针见血，相貌也酷似，又都爱好杂文。"他总会重复一句，且语气坚定："不像，他是南方人，我是北方人。"说得多了，我后来就想，这北方文人与南方文人究竟有何不同？想来想去，越想越复杂，大先生鲁迅太复杂了，他具有一种精致的复杂，并非一些三四流的鲁迅研究专家所吹捧与描述的那样。

哈姆莱特著名的独白：生还是死，是一个问题。对我们来说，这个问题已经成了每个人最基本的问题，事实上我们时时刻刻都在与死亡抗争，而这个抗争是徒劳的，是负数，是梦幻。因此，这个问题也不是问题，我们为之思索与奋斗的一切转瞬成空，最终死亡将一切生的痕迹全部抹去。只不过命运让那些失意者加速死亡，而得意者也并没有赢得过多的时间，他们的时间在不知不觉中过得更快。是故必须在平静中超脱，然后万物与生命在一片寂静中给人以暂时的慰藉。

熊元义千古。受元义夫人的提请，让我为元义告别仪式撰挽联，敬挽如下：

楚王苗裔豪气可掩日月
马列元义赤胆代序春秋

群体灭绝事件绝对是大规模的组织行为，卢旺达的胡图族灭图西族、纳粹灭犹太人、日本人残杀中国人都是如此，还有极端组织"伊斯兰国"，概不例外，普通人都是被裹挟的愚昧者、盲从者或受害者，因此与其说"人到底有多坏"，还不如说这些"组织"和"政府"到底有多坏。要警惕那些有极端思想倾向的组织，它们可能会毁灭地球和人类。

又传来华东师大一位年轻教师自杀的消息，除了又一次对人生感到悲哀和绝望，并无致敬之情，甚至有许多惋惜，或者对其能够忍心决然离世，觉得此人过于残忍。凡有血性者，莫不尊亲，而尊亲者必然仁慈，仁慈者首先是对自己仁慈，然后才对他人仁慈。故先圣说：未知生，焉知死？从而拒绝谈论死亡的问题。诗人顾城最具典型，先残忍地杀害妻儿，再自杀；叶赛林自杀后，马雅可夫斯基不无嘲讽地说，将生活弄好，比自杀更高级。历史上文人的自杀，除了当时神志不清再就是精神间歇分裂，明代大文人徐渭几次自杀或砍杀别人都是间歇疯癫，没有让人可钦佩的。大概到了法国存在主义时期，加缪将自杀，从人文与哲学的角度推论为人生自由选择的合理与必然，但最终缺乏说服力。存在主义的那些一流大师，我看他们比任何人都要珍惜自己的生命，哪怕苟且偷生，他们也愿意，萨特的诸多小说及哲学论文皆可为证。

对人生绝望，并不会导致自杀，其实绝望是希望的延长或继续。故我虽然绝望，但我绝不会自杀，因为我爱人类，爱朋友爱亲人，爱那些尚不认识的人。要让我无缘无故离开这个世界，那多么残忍，我只能等待自然的幕布落下，然后我才能最终闭目。《心史》的作者郑所南，在蒙古铁蹄南下，文人士子最无希望时依然写下"拥炉待月上，溶雪煮春芽"的诗句。只要不是丧心病狂，月光与春芽会在任何一位绝望者的内心生起。

前天，甘肃金昌一位贫穷的十多岁小姑娘，因为偷了一家超市的一颗巧克力被超市老板威逼、羞辱，当场跳楼自杀。转眼已到 2016 年新年，如果天国也有新年，今天，我愿意用我的祝福，送给她一盒天国中最好吃的巧克力，以轻蔑人世间最讨厌、最庸俗的巧克力。

　　朋友啊，在这个世界上，唯对那些不如意者，尤其是对那些活得不如你的人要宽容、体谅和关怀，当他们触犯了你的利益时，你应拿出你获得的更多加倍地去补偿他们所需要的，至少，不要让他们因你而沉沦、怨恨、自杀或犯罪。

　　20世纪上半叶，身后被斯大林誉为"最伟大的苏维埃诗人"的马雅可夫斯基，面对他渴望的贵夫人，可以绵软到"我不是男人，我是穿裤子的云"。这样一位无产者、革命诗人，曾在十月革命之前于绝望中不无豪气地写道："当社会将你逼得走投无路，不要忘了，你身后还有一条路，那就是犯罪，记住，这并不可耻。"但是，革命成功，当他声名如日中天时，突然失宠，一时感觉走投无路，但他并没有去犯罪，而是选择自杀。什么人容易铤而走险，什么人选择自杀，确实需要仔细分辨。

　　一位翻译里尔克全集的年轻学者猝死。典型的累死，但不知翻译得如何。里尔克的诗最难翻译，我曾雄心勃勃从德文中翻译过若干首，后来觉得再翻译就会淹没我自己的创造，只好忍痛割爱甚至是铩羽而归，想不到这位兄弟竟翻完里尔克德文诗的全部，最后活活累死。首先为他的精神致敬。

　　惊悉陈忠实去世。我在地铁里想，人的一生亦如这深刻而黑暗的地洞，总有终结的时候；不同的是人对进入地铁的目的非常明确，但对自己人生的结局总是遗忘或不愿意承认。人对功名利禄的追求，是否因最后的结局转而成空？谁都明白这个道理，但又为何仍在生前苦苦追求？莫非灵魂真的存在，当肉体的生命消失时，离去的灵魂继续能够感受到曾经的生命享受过的欢愉和荣耀？笛卡尔的我思故我在，是对苏格拉底灵魂永在的一种功利性转述，比苏格拉底更有煽动力。也就是说思想即灵魂，因思想我才存在，因而我在思想中又是不朽的，与我因灵魂的存在而不朽具有相同的意义。相对于死亡，这听起来是多么花言巧语。但人生的一切依然如这条地洞，看起来迷雾重重，其实也异常洞明，而复杂的是，人在穿越这个人生暗道的过程中，自己以多重的所谓真假游戏，让内心逗留在虚幻的妄想之中。——石厉借此哀悼那些逝去的故人

同为癌症患者，73 岁的作家陈忠实病发后，得到了最好的治疗，去世后哀荣备至，上至国家领导人，下至文学青年，都纷纷凭吊。对陈的隆重悼念，源于他写过一部叫《白鹿原》的长篇小说。而几乎同时去世的青年魏则西，人们对他的悼念，则源于良知，源于对弱者的怜悯，源于对作恶者的忍无可忍，源于路见不平、拔刀相助的民间热血之正义。

霍金走了，与一个车夫走了一样，没有多少可惊奇的。车夫的家人，必然认为车夫走了，对其家人的损失更大。他所预言的人类结局，与一个卖菜的对人类结局的预言，基本一样，想象力没有多少超常之处。但不同的是，人类没有蔬菜，营养欠缺，寿命缩短。而没有霍金，什么都不会缺少。他只是用那些技术的符号和专用术语叙述了他预言的过程。

我们的老朋友、老作家、甘肃省文联原主席杨文林先生去世已一年，今晚文林先生 87 岁高龄遗孀及两位女儿与文林先生生前好友共聚一堂，追思文林先生轶事。我 20 世纪 80 年代在

兰州时，就受到过他老人家的关照，那时候他主编的《飞天》与谢昌余主编的《当代文艺思潮》都重点发表过我的诗歌与文章，我与杨老是忘年之交啊。参加者有中国作协高洪波副主席、白庚胜副主席，中国作协全委会名誉委员陈德宏兄，敝人石厉，甘肃文联常务副主席王登渤老弟，甘肃画院画家李恒才以及现代文学馆冯牧先生的女儿陈大姐等。大家追忆往事，有喜有悲。

我老家，甘肃省前文联主席、已故老作家杨文林先生，数年前临去世为我书字两幅，前不久才辗转送到我手。老先生当时年事太高，将我名字的"厉"旁多加了一个"力"，也算勉励吧。

怀念已故杨文林老先生。杨文林较早参加革命，曾是甘肃省文联、甘肃省作协老主席，《飞天》杂志老主编。我在二十岁前后曾得到他老人家的关爱，后来中断音讯近二十年，我近四十岁时意外相会，又与他有了来往，此时他已垂垂老矣，但每次来京，老人为感念旧情，都要以家乡饭招待朋友。晚年他整理自己的著述，精编为二卷，我为他文集的出版尽了一点微薄之力，主要是杨文林以前旧部陈德宏兄斡旋上下，在老人生前由作家出版社出版。杨文林在北京去世后，德宏又亲赴兰州，为杨文林组织追思会，让杨文林生前好友能够以庄严抒哀，接着，德宏兄又疏通渠道，将老人曾散佚的重要稿件编为一卷，列入《中国现代文学馆钩沉丛书》出版。受人滴水之恩，当涌泉相报，德宏者，人如其名。昨晚，杨文林女儿设宴款待其家严生前友好，才得知，杨文林自感岁月如驹，时日不多，气力已渐趋微弱，但一一为自己挂念的朋友留下墨宝，以作纪念。其情已与天地永存。昨晚杨文林女儿将其令尊大人生前写给我的条幅交给我时，我为这凝重的挂念百感顿生，泪眼蒙眬。

说说李敖老前辈：平心而论，李敖活着的时候，无论命途倒败还是轻裘肥马，基本一以贯之，能够我口传我心，不改其快意人生的风格。轻狂难免，但不像许多人遮遮掩掩、蝇营狗苟。他是个有气节的人，只不过按照自己所认为的那样随心所欲地说话与作文。人已去世，人家自己都已恩仇皆泯，活着的人有何担心？骂蒋介石难道是罪过？在台湾被两度关进监狱，难道骨头没你硬？他基本是个无政府主义者，对台湾比较了解，至于他后来的思想，不必苛求，不能要求别人一直按照自己的思想而思想。勿过分褒一个人，也不要过分贬一个人，以平常心待之。昔人已乘黄鹤去，此地空余黄鹤楼，活着的人追念和感恩任何一位给我们留下精神财富的人，他非圣人，而他却在人生的舞台上让我们有过驻足和观瞻。这已足以让我们为其去世感到难舍。

自己的亲朋好友离世，很少见有人公开悲悼，一旦社会名流显要去世，有无关系的都要嚎哭一阵，几乎隔三差五总有人离世，所以每天满屏皆"鬼哭狼嚎"之声。嚎声越大，似乎他和他们关系越密切。有真哭的吗？没有，都是假哭。确实可悲耳。

那耘仁兄，系清朝贵族叶赫那拉氏族人，曾在20世纪80年代中期在丁玲任主编的大型文学刊物《中国》任编辑，我去《中国》编辑部拜访丁玲，初识那耘仁兄。二十年后又在同一栋大楼上班，然后朝夕相处，相濡以茶，岂料那兄在山西蒲州采风时突发心梗，忽然西去，余顿失良友，犹如虚空粉碎，大地陆沉，悲痛不已。

那耘兄仙逝，翻看他两个多月前在朋友圈发的除夕寄语，仁兄生前的缭乱迷惘，是所有生命的脆弱无奈。几百年前的普救寺仍香火缭绕，但人生却如梦无望，不知何处是归程与故乡。岂料幻城即此城，此城竟是西厢故城永济（蒲州），未读已让余心碎：一城暮色接八荒，无边缭乱灯茫茫。休把兴坏话申酉，此心静处是家乡。除夕感怀并祝朋友们新年吉祥！（那耘诗并新年祝语）一诗成谶。

我的好老哥那耘，就这样撒手人寰，痛心。那耘前几日在微信发的文字："当年鼓捣萨特存在主义，只记住了一句：你追悔你的青春年华，远远甚于你的罪恶。细思极有夜黑大风高、放荡趁年少的意味。所谓文学，就是把话说得漂亮的学问。老那偶然手痒，鼓努拙文，因打油自嘲曰：鲁迅峻岸难传厄，高邮阿城可为师。国家不幸骚人幸，恨我闷骚力不支。"

哀悼那耘仁兄，我为他撰写的挽词是：

天潢贵胄出辽东入京城少年心事当拿云
文坛俊杰过太行到蒲州人生幻梦如西厢

短短两年多时间，熊元义、那耘两位好友不辞而别，永远消失。他们响震屋瓦的声音、他们忧郁低沉的苦闷、他们开怀大笑时的爽朗，竟然再也不能重现，为此我越来越感到孤独和伤心。花开花落，这世界，只能还它自由自在，随意颓败。谁为主，谁为客？谁能支配他人，谁又能主宰自己？一切都是梦想与枉然。昨日还是端端正正人模人样，此刻已忽然变为一捧尘灰；春寒料峭时还在一起饮酒吹牛，清明将到时已是人走楼空。朝来寒风暮来雨，林花正谢春红，太匆匆。

我很少去银行，也几乎不会存钱取钱，一提起转钱取钱就头痛，但为了已去世的故友那耘的两千元稿费，竟折腾了多次，今日终将钱款顺利从邮局取出，然后在桑拿酷热的下午，走了两家银行，最后才将钱打入那耘女儿的账号。虽区区小事，效率和办事能力太低，也算替好友尽点义务。借此，感谢伍立扬兄和《四川文学》诸位对故人的深情厚谊。

余兄龙驿 2018 年 2 月 15 日晚 8 时离世，已瘗皋兰之巅。最深的悲痛无法言说，有他年轻时的一位朋友老盖追记其当年起居。人赤裸裸来，赤裸裸去，大概如是，应作观如是。

我为我兄龙驿（武砺兴）遥撰挽联：

一代人文大师辞去
千年天理国故不寻

夫子龙驿传

夫子的身体很白。年轻的时候，夫子常常在正午时分临窗裸陈于床榻，窗外是祁连山皑皑白雪的山顶。偶尔推门进去，经常让人一刹那恍惚。窗外的晶莹而纯洁的雪，和夫子细腻而洁白的身体相映，会给人一种进入纯粹的感官享乐的感觉。

但夫子其实更像是犬儒主义者。他会在自己觉醒的时候起床，不贪恋榻上的温暖。他手提九节鞭和《说文解字》《尔雅》

之类古字书和辞书下操场，练功夫，背古字古词。然后上课，手之舞之，足之蹈之，并能撮口哨，声震屋瓦。下课往往是到了中午，夫子吃饭，而后如上所述会裸陈于床。下午至晚，夫子课诵吟咏，内急时，会便溺于屋里的水桶。

我认识夫子的时候，他还很年轻，22 岁。他有张充满好奇和讶异的脸，粉嫩而紧缩的唇，以及一双常常逼问一般清澈而激情的眼睛，圆，在逼视的同时往往又满带欣喜。这一切和我三十年后见他时一样。

那时候见他，正好面临暑假。我和他握手，感觉他的手很软。第二天，见到这双软的手在写作。那时候，夫子同时创作着三部作品，一是一部叫作《骷髅》的剧本，听他讲述，知道这剧本大概是存在主义式的主题；另一个是一篇论文，题目叫《高阳考》，是一个关于屈原《离骚》中首句"帝高阳之苗裔兮，朕皇考曰伯庸"的考证文章；第三部同样是论著，似乎是夫子大学毕业时就着手的大部头，名字忘了，但内容似乎是关于西方现代派荒诞戏剧的研究。他用的纸是白的，白白的、厚厚的老式复印机所用的那种。他写一会儿《高阳考》，再写一会儿剧本，接下来还会写一会儿荒诞戏剧。那些稿子全混在一起。暑假结束，我和另外一两个人就会帮他做分拣工作，把属于各类的顺出来。

混在稿纸中的，会有莫合烟的烟粒儿。夫子抽烟，那时候主要是卷新疆莫合烟抽。报纸一卷，莫合烟的茎、根和叶在里面燃烧，根和茎的颗粒会常常落下来，掉到衣服和裤子上，在上面烧出圆圆的洞，或者滚落在老式复印机的白纸上。

三十年没有见面的时间里，我不清楚夫子的行迹和事迹。听说他办过书院，听说他去过西藏，步行的，也听说他消失了踪影。再见他，他已经在省城一家大学做了老师，自然，他的声誉很好，魏晋时的古人一般。但重新见面给我的感觉很不好。夫子长须发，形容枯槁。

然后再没见过。夫子弃世的日子刚刚过去。如果按他自己的说法，他会说：屁！啥弃世？就是我死了！而后，他应该会和原来一样，开心地笑笑，同时，会有狡黠可喜的光束从那双眼睛里射出来。

每天，我给自己定下计划，会多少写点文字。2018年，想把过去的小说改出来，因此，这几天开始多写描述性的文字，像小说一样。今天是例外，因为我打开电脑准备写字的时候，看到有米虫僵死在我的窗前。它很小的躯体，很白，像我当年偶然窥见的夫子的裸体，像三十多年前我一直面对的一座巨大山体的雪峰。于是，今天放弃小说式的写作而记下上面这些回忆。夫子的五十五年生涯就是小说，我没写出来他的宏大构造和感人细节，但超乎想象的小说，往往就是毕其一生都难以完成的，比如宇宙，比如星空，比如我们人的史诗。

（老盖于2018年2月20日，兰州）

该来的，终究要来

一个冬天，北京都无雪，春天已进行了
一半还无雪。用坏的世界，不能被重新覆盖
瘟疫横行，年狗狂吠，我痛失年轻的
兄长，眼看着天的一角，就要塌陷
大地荒芜，行人的嗓子，干得冒烟，再也
无心呐喊，孩子早早进入梦乡，在茫然的
沙漠里，寻找甘泉，天际线的乱麻中抽不出

头绪，蜡梅刚刚绽放，就要在蜡炬燃尽的
泪痕中枯萎，梢云徘徊在侏儒的半空
幸亏一群星星的铆钉未见滑落
它们坚持将黑暗的牛皮，钉在宇宙帐幕的
穹顶，遥远的海龙王，受到鼓励，在他
海底尖塔的皇宫发号施令，一阵善意的狂风
将水汽运送到我们的头顶，西伯利亚的
深处，孤独的女王伸出她冰凉的双手，一切
为时不晚，该来的，终究要来
不能洒下雪花，但可变个样式，落地成水

落地成水

春天眼看过半，等待已久的雪花
在空中变暗，然后落地成水
老天啊，老天
你的泪水可有我的多

过去的时间化为乌有
我的好友和亲人相继离去
他们被高炉中的火焰烧成灰烬
我开始怀疑，是他们背叛了我们
还是我们，最终要抛弃他们

老天，老天，我的眼泪
正沿着春天伤心的面孔

从他们安眠的大地深处升起

跟随寒流，布满天空

悼念文章或追忆文章我看多了，发现许多人借追念逝者大肆宣传自己，有的文章作者甚至忘乎所以，干脆不惜编造谎言，委曲细节，贬低死者以抬高自己。今日看到一篇悼念傅璇琮先生的文章，大讲自己曾为一本有关佛教文化的书开研讨会时，没有请傅先生，傅先生自己跑去，还抢着发言，并对他的书高度赞赏。这不符合傅的性格与学养。佛教文化那种书基本都是东抄西抄的，傅不会作践自己去为他这种破书涂脂抹粉。将傅写得如此低贱，将他自己抬得如此之高。悼念别人，不忘吹捧自己，反正人去已不知。这位作者自己大喊当下道德窳败，没想到他自己却贼喊捉贼，学风道德窳败莫不如此。

她如肌肤一样带血的花瓣，来自地下，或者天上，她是母亲衣袖上最艳丽的那块丝绸，还是爱人眼睛中最迷惘的一缕闪电，与我们每年相遇，但我对她一无所知。

晨读《四十二章经》，佛曰：罪来归身，犹水归海，自成深广，何能免离？这与古犹太教义中以为人身具有原罪，在结果上颇为相似。因此，常怀负罪而赎罪之觉，方能成为大义圣贤者，已是人类过去时代唯一传承不灭的心灯。只有那些豪强匪徒之流，从来以为优越于人，仅知指责别人，掠夺别人，而不知自我忏悔者，可能永在黑暗之中，难得超脱。

思念母亲

一片树叶要从树上落下
大树牵挂地问他
你何时回来
他说，不久
另一片树叶要远走他乡
大树还是这样问他
他还是这样回答

他们离开大树
才发现是母亲将他们遗落风尘
冬天来了
他们杳无音讯
大树再也无力问询
母亲的肉身宣布死亡

第二年春风吹来
母亲之树复活
母亲的灵魂变得更为粗壮
开始重复另一个年轮的生长
母亲不死，永远活着

他们则在远处生根发芽
等到若干年后
他们成为母亲

> 他们将重复相同的故事
> 他们根脉的手，与我的手
> 一样，必将穿越地下
> 牵住自己母亲的手

看到又有写诗的年轻人自杀。悲哀。如果是精神疾病，那就非常惋惜。如果认为靠自杀，就可成就海子一样的诗名，那只能说明诗风已经被搞坏。所以，再不要替那些自杀者做虚假的广告了，免得诱导更多追逐虚名者去自杀。罪过也。

对于死亡，传统的中国人是肤浅的。其根子大概在孔圣，其"未知生，焉知死"的油腔滑调式诘问，阻隔了数千年民族文化根基的深潜。而古希腊精神却大相径庭，原因就在于苏格拉底，其以死亡为途径的求知精神，不仅超越了死亡，而且在诸如《斐多》的案例中，建构了西方思想与知识系统的穹顶。在如此用巨石建构的理性大厦面前，我们永远是土坯箍造的民谣窑洞。我早年的著作《春秋公羊家思想考略》，试图找出曾埋藏于地下的中国思想皇宫的遗址，今日回想起来，也仅仅类似于考古挖掘者对地下偏执的臆想。因为伟大的精神不会在人间磨灭，即经万古的时空隧道也不会将其淹没。

多少死者远离我们时，我们先是将他们的遗体焚烧为灰烬，然后植入大地黑暗的腹部。我们对自己说，他们的灵魂已飞入天国。但从来没有一位逝者，哪怕是我们最亲近的人，能给我们带回过任何消息。我曾问过年长者，也问过幼儿，他们都会在恐惧与不解中转身或摇头。有一天在梦中，我又一次郑重其事地自问自答，一个神秘的声音说，他们之所以不愿意再次回到这个世界，是因为他们对这个世界和这个世界的生命，从死亡的那天起，就已经彻底伤心和绝望。

　　雷达先生走了，他是我的老乡和学长，我们曾经同在作协大楼一个食堂共饭几年，我俩之间有一个共同的好友与学长阎纲，因此，曾经有过一段密集的交往，后来也有断断续续的接触和交流，但说实话，余兴趣虽广博，看他的文章并不多，对这位学兄了解得亦不太多。他去世后，静下来想想，某人说得对，雷达也就是一个孩子的性格，他平时自摆大师状，估计也是闹着玩儿。看看，人活着，无论多么天真，也要选择扮演一个能够出人头地的角色，看来这世界对人的要求有多刻薄。人多么不容易啊，最后，竟都无法摆脱社会沉重的装扮。但愿雷达学兄驾鹤西去，往生极乐，在天堂享有一份纯粹的天真烂漫。

追悼张胜友先生

　　今日，我正踩着满地的落叶时
　　有一种疼痛，从脚下升起
　　突然听到胜友去世的消息
　　我告诫自己，不要紧张
　　要仔细辨认，到底是幻觉还是事实

　　胜友先生是一位胸襟坦荡的人
　　如任何一棵大树，他有过笔直的努力
　　也有过枝蔓的缠绕，为风喧哗鼓唱过
　　也曾向高处攀援，但他一直保持
　　自己的浪潮和方式

这个冬天即将到来的前一天
我们的好朋友张胜友先生
成为一片辉煌的树叶
离开枝头，在冷风中飘落
我脚下的大地，终于和我一起
追忆往日，为冬眠的人疼痛和哀悼

（2018年11月6日）

　　落地回家，竟秋高气爽，正优游自得，闲翻微信，突然惊悉《飞天》杂志前《大学生诗苑》编辑张书绅先生去世的消息，让思绪顷刻陷入低迷。20世纪80年代我在该苑数度发诗，并得到他的指点，虽不太同意他十四行式的造句与严格，但我对他一直是尊敬的，并且一直认为只有他才可算作整个80年代中国大学生诗歌运动的教父，其他人免谈。只要是80年代，来自学院的诗歌写作者，都或多或少受到过他的影响。六十多年来的中国编辑，无有出其右者；他堪称一位伟大的编辑，其他人也不配，尤其是那些大搞利益交换的编辑，在他的面前，只有低贱和羞辱。

　　20世纪80年代初我在兰州大学上学，距离学校一公里外就是《飞天》文学月刊编辑部。当时《飞天》有两位诗歌编辑，一位是李老乡，一位是张书绅，二人不久前均相继去世。他们性格做派各异。老乡出身行伍，带有浓厚的江湖习气。他既编诗，又写诗。好喝酒，酒量不亚于唐代"饮中八仙"，如果他们能在同时相遇，杜甫也得为老乡写上几句，那他就会变成第九个饮中仙人。老乡喜欢磕头拜把子，还兼收颇多男女弟子。

我曾当着几位诗友的面批评过李老乡的诗歌，被他的一位得意弟子报告给他。一次去该刊编辑部，我向诗歌编辑李老乡同志当面投稿时，竟遭老乡同志当面拒收，老乡同志非常直率地告诉我："之所以不接受你的投稿，正如你所说，李老乡的诗绕来绕去，绕不出什么意思。"显然老乡生气了，我那年只有18岁。幼稚啊，我是否真那样说过，我都忘记了，但他的转述，我却一直记得。哈哈。奇怪的是，我由此喜欢上了老乡的直率，后来我们因为一件特殊事件，成为朋友，他又主动向我约稿，我却一直坚守我的固执，永远没有给过他任何稿子。张书绅，人如其名，清心寡欲，他以前写诗，自从当了职业编辑，就放弃了写诗，在编辑位，只谋好编辑事，完全是两袖清风的古代先贤形象。他主编的《大学生诗苑》享誉海内外诗歌界。他给我改过诗，我曾当面抗辩，他觉得有道理，予以鼓励，但他和我一样顽固，最后仍然按他的修改稿发表，毫不留情。此后一如既往催促我写稿、给他交稿。其人格、编格之高，让我啧啧称奇几十年。

张书绅这样一位人格、编格之高的人，对中国当代诗歌贡献之大，在当下小圈子化的卑琐文坛，大概难见后来者。可叹，对他的隆重悼念和追思，竟然由《天水晚报》来做。《天水晚报》王若冰古道热肠，但也显现当代文坛的薄情寡义和无知。

我离开兰州几十年，但有两位诗兄让我一直回念，一位是伊丹才让，我那时年龄小，称伊丹为伊丹大叔。伊丹大叔在大街上，老远看见我就会大吼一声我的名字，然后我们就快速走到一起，礼貌地拥抱，然后寒暄。伊丹大叔，操着藏式口音的普通话，只要说话，就口若悬河，具有极大的煽动性。还有一位是李老乡。老乡略显内敛，瘦弱，头发过早灰白，平时总感觉可怜兮兮的一个人，但在关键的时候，他的骨气与惊人的胆量，让我钦佩。他比许多西北高大肿胀的男人更像个男人。但这样两位优秀的诗人，却永别了，在这个清晨，我只有无可奈何的悲痛。

七八年前与从维熙先生一起外出，我们曾比较密切地讨论过他的小说。我一直希望老先生在晚年，能够跳出处境与功利的思维局限，从一个更宽泛的时空标志下去衡量他心目中的故事。岁月不饶人，几乎不给人留足醒悟的时间，但愿他在天国，跳出三界，能够重新写出对得起他所受苦难的通透而彻底的文字。

埋入地下的亲人，暗无天日，他们在烈火中真的永生了吗？暖风中不夹杂另一个世界的消息，这是又一个虚幻的日子，松针膨胀，蜜蜂的尾部，装满仇恨的毒箭，花树正绽开她绚烂的谎言，春天耗尽了大地的心血，她的夸张却让我灰心。不管你如何改头换面，狗年，你就是一条需要豢养的宠物，不要乱咬乱叫，让我重新振作起来，将你牵在手中。

追思那些不幸者吧，他们在苦难中的激情和热血，将会是未来春天盛开的鲜花里，最鲜艳的那一朵，也将是最后凋落的那一朵。

人皆赤条条来，赤条条去。对已经谢世的朋友，我只有对其生命化作泡沫的无尽悲伤。唯有死亡，是对世故与利益的嘲讽。"青年理论家与博士"或者"局长、教授"，这种虚浮的称呼，对一位去世的人，简直就是虚伪，是对生命抹黑。

追思吴文俊。中国算法与西方数论思想的相反与不同，让我大开眼界。中国算法，知道第一步，可推知第二步，西方则是知道第一步，则必须论证，而无法推知第二步。这也是中国思想与西方思想的不同。

我不太习惯在别人去世后，写与别人的交往录，尤其是写与名人的交往，我怕由着自己的虚荣心，通过别人的名气拔高自己，甚至随意编造和胡说，别人却无法纠正。这对先逝者多么不公，不仅欺人，而且欺世。此类文章流行，恶臭漫天。最好，在别人还在世时，写一些与他的交往录，不准确的地方他还可以帮你校正。这样的文章，虽然平实无夸，但可作为可信史料，说不定能够流传千年。

一诚大师涅槃。十多年以前，这位三系佛教的领袖，一次聊天时曾告诉我，他的师父虚云大师一身系禅门五宗，自己才禅门两宗，似有愧意。一诚应是临济与沩仰二宗传人。

第七章　史鉴

在我的读书记忆中，西宁这一带，春秋战国时代应属古雍州之地。秦国自秦穆公即据雍拥秦，秦孝公时曾派太子驷率戎狄九十二国国主朝拜东周天子。秦人自古以面食为重，古雍州之地的面食并不比秦逊色。

费孝通曾在答问中认为他们那一代知识分子不是浮夸的问题，而是庸俗，那些人没有气节，因此既需要改造，又容易被改造。看来知识分子首先被自己看不起。中国知识分子真是一堆烂泥吗？当年那种避世独隐的陶渊明、《铁函心史》的郑所南、讲经传道的易堂九子们，难道竟然后无来者？费氏的蒙混辩解有一定道理，也并非全有道理，知识分子也不全然屈节以奉迎、圆滑以偷生，也有像陈寅恪、顾准等坚守独立的学术与思想者，他们对生命早有视死如归的态度，只是不愿意与无赖纠缠。他们中有许多先生在恐惧和污浊中，依然故我，依然追随着"拥炉待月上，溶雪煮春芽"的理想和美感。每每想起，怎不让人愁肠百结、感慨万千？

有人曾问陆九渊，为何不著书？陆大概说，六经注我，我安注六经？可能在理学家那里，对六经进行简单的注疏已无太大必要，但借六经对自我思想进行挖掘与梳理，显然很有意义。

先圣也说：学而不思则罔，思而不学则殆。让思想具有学问的根据，才是最靠谱的事情。没有根据的胡思乱想，显然尼山斥之，我亦斥之。因此建立在读书基础上的写作，是我心目中最为理想的写作方式。

20世纪80年代后期，我曾在深圳多次聆听袁庚谈话，被他的胆识睿智和改革进取精神所震撼，在我心中他是老一代革命者中真正出类拔萃者。此公虽然职位不显，级别不会高于副部，但位卑不忘忧国，远胜那些贪官污吏。他的传奇太多，以后再表。

一些甘肃天水人装模作样到成都杜甫草堂面对杜甫雕像，向这位唐代大诗人表达歉意。这是矫情！当时安史大乱之后，杜甫为避肃宗的迫害，辞去华州司功参军一职，到秦州投奔侄子，一年多后应从陇南过岷山入川。当时肃宗引狼入室，曾助其一臂之力的回纥军到处捣乱，狼烟四起，秦州百姓都流离失所，无所谓对杜甫照顾得好或不好。隔了一千多年，对着著名的古诗人大发慈悲，那是假的，真正的慈悲，在于当下。今天依旧有许多人贫病交加，天水的哥儿们，能否大庇和接济一下他们呢？

在中国历代王朝，大概堂而皇之讲政权来自"天命"的，只有殷商统治者，他们认为自己是天降玄鸟而生商，因此殷受天命。武王伐纣，夺取政权后，周人讲德，认为人民为天，政权自人民而来，后来历代明主，皆不敢以受天命自居，而以民子为耀。后世如果还要讲国家政权承续"天命"，估计连山乡野老都要笑掉大牙。

任何时候，三种人要注意：唯唯诺诺的人，必有不可告人的阴谋在酝酿；不阴不阳的人，必怀揣利刃，在关键的时候，会见机插刀；表面上所谓的老实人，古人所谓大奸若忠是也。反而那些有话说到当面的人，没有多少歪门邪道的心思，基本上都是良善之人，正所谓大道为直。在社会变化的时候，识人最为重要。

此刻

大半个世界
此刻
都会在一堵暗下来的墙上
寻找自己全身而退的
大门

今日是陈寅恪先生的忌辰，我曾在多年前整理过他与郭沫若评注的《再生缘》，另外，为他撰写过《陈寅恪的迷惘》一文。纪念陈寅恪是有意义的，从其祖父为戊戌变法而死，到其父作为江西诗派殿后，再到他贯通中古及中西交通史，家学渊源，忠义有自，且自由而独立于近现代浮躁学术界，傲然璀璨于禁锢与乱世，堪称一代大师。

我以前写过《陈寅恪的迷惘》一文，但仔细想来余言未尽。世间好学俱夸陈寅恪，寅恪有一般人不具之学问。但夜深时想想不免失笑。寅恪身上前朝贵族遗少做派及桀骜固执之气确实与众不同，可他在为学上最大的价值应该是"以诗证史"，其《元白诗笺证稿》《唐代政治史述略》《柳如是别传》等重要著作皆一以贯之。此为首开以虚构证史实之先河，比如详考《会真记》乃元微之自传之类，其实皆是附会猜测。骨气洞达、傲世独立者没有人与之比肩，但领异标新、妄断文史学案者，近世亦无人敢与之相较。

前几日与朋友谈起龙榆生，其虽与周作人一样，曾为日寇效力，抗战后被国民政府判刑入监，但他也是受毛泽东、周恩来、陈毅、郭沫若等尊崇的词学家，其《唐宋诗词格律》为填词者奉为圭臬。三四年前，我曾为某大人物改词，即以龙律为则，事后并未见有何异议。词韵虽宽，但变格甚严。今人不问究竟，只是见牙思象，学猫叫春。过去都是依曲作词，这样想来，可知龙榆生在新中国成立后为什么要待在上海音乐学院，只可惜"文革"开始，老先生竟撒手而去。

船上的铁钉没有了铁，木头失去了木头，河流从来未见回流，当我正要靠近一种事物的时候，世界面目全非的波浪，通过自身秘密的方向，顷刻间将人覆盖。

2019

新年第一日，就写下 2019 这个数字
不仅生涩，还有一种疼痛的感觉
我知道，迟缓的我
刚习惯了与 2018 人天不犯地相处
现在却要与它决然分割

不可能不被伤害
一处不大不小的伤口
需要一段时间才能痊愈

每年都要经受这么一次冷酷的告别
好像我已负重五十多年
每当年关，总有人要向你道一声
新年快乐！我也要同样回复一句：
新年快乐！那是因为
我们正在经历不快乐的一面

高攀一年又一年的阶梯
我在忍辱中讨好时间，抗拒衰老
似已成为重新开始的前奏

　　武器先进、正规化，有可能取得局部胜利，但不能决定全局的走向。用太史公的话说，陈胜奋臂高呼，以散乱几百戍卒，不用弓戟之兵，亦不裹粮而行，只是望屋而食，就可横行天下，斩断秦皇万世龙脉。国家不怕上争，最怕下乱；下乱则终乱。

　　日人对自己战争罪行没有醒悟，而是将自己最终的精神解脱寄放于"神社"与神性。没有理性与人性的反思，就没有忏悔。

　　今日是中华人民共和国 68 周年诞辰，热烈庆祝新中国的生日。但我看见许多人都称呼今日是"祖国的生日"。祖国乃祖宗之国，如果说"祖国的生日"，那可能要追溯到夏朝建国之时。准确的说法应是新中国的生日。

简论袁崇焕：明史一直是显学，毛泽东同志从延安开始就谈明史，到现在，民众及学人依然热衷谈明史。近几年人们又热衷谈明末的袁崇焕，多少冤屈似乎要拿此人来倾尽。我认为除了自作多情外，有点阴差阳错。他们一谈起袁崇焕，好像他真是什么英雄，那些虐杀他的人不仅可恨，连那些做看客的人民，也是吃人血馒头的冷血动物。其实一切皆有因果。袁崇焕之死，也难逃他必死的天罗地网。袁崇焕死得确实很惨烈。但要说袁活着时，活得幸福自由，活得洒脱，活得像个人，倒不见得。在明王朝体制下，顾亭林所谓，国之兴亡，与匹夫无关。并非真无关，当一个王朝变成人民苦难的源头，让人无以为生时，这个王朝无疑变成了人民的敌人，而其敌人却不一定是人民的朋友。

第八章　品藻

正在吉林市颁奖的第 30 届中国电影金鸡奖，最佳纪录片奖空缺，评委认为纪录片必须真实记录这个时代、这个现实，而现在还没有出现能够真实记录这个时代、这个现实的好影片，因此宁缺毋滥。我认为这个评委会的整体水平很高，虽然有人以为文学是影视之母，但我看文学奖评委在这届金鸡奖评委面前，其水平确实不如他们高。

观电影奖颁奖，发现从事表演艺术的人，与所从事的职业有反差，他们更喜欢追求真实。而真实生活中的人，反而喜欢表演。呵呵。

茶器是次要的，茶才是重要的。形而下者谓之器，形而上者谓之道。就饮茶来说，茶器为形而下者，茶为形而上者，故自古就有"茶道"之说。我十五年以前，应柳萌老先生之约，写过一篇《茶道》的文章，收在由他主编的一本书中，后来许多有关茶的书和网站几乎都转载过这篇拙文。经此一励，我又写过一篇《吃茶止观》的文章，大谈吃茶与参禅悟道的事情。我自以为这篇文章比上一篇要精彩得多，却反而未引起好茶者太多的注意。看来，将饮茶这普普通通的事说得太玄妙，许多人并不一定能够接受。

　　一历史教授因在校学生在所学专业上就学术问题勇敢发表意见，挑战学术权威，便宣布要与学生断绝师生关系。这让我有点吃惊。现在所谓传统意义上的师生关系早已不存在，老师是一种职业，你选择了这个职业，以此为生，就有义务传道授业解惑，只要这个学生没有违反校纪或有关法律，你就无权不做他的老师。现代社会再也不会有以前旧时代那种人身依附式的师徒关系，老师怎么能单方面宣布不教这个学生？我看这位老师说学生是狂徒，其实他也是个哗众取宠的狂徒。我在二十多年以前也是一个大学教师，我认为如果这个学生只是在学术上说三道四，且不违背学理，那就不能以指责的口气说他是狂徒。即使出几个具有批判精神的狂徒般的学生，我看也没有什么不好。如果我仍然做教师，我会为这样的学生感到骄傲。反而这位要求学生平庸听话的大学老师，我认为是他冒犯了真正的学术精神，在他的身上，体现了当今高校教育的浅薄。

　　寄语中考的儿子：孩子，要忍受别人用偏题、怪题来考你们。在我看来，这是你进入魔幻世界的第一步。因为你要容许别人用他们知识的魔鬼，作为你们前行的门槛。默祝孩子中考顺利。

他人

我尊重每个人的痛苦
他们都在苦难中发酵
哪怕一次小小的挫折

或者曾被一粒灰尘蒙蔽
其中的复杂与浩瀚就是整个世界
他庞大的躯体接受了刀割针刺
他越过无数沟壑的脚踝
在面向内部的漫长道路上
有着高脚杯一样的傲慢和沉默
但是莫名其妙的碎裂
穿过了清脆的声响
让思想的酒液溅满黑夜的盛宴

张胜友先生评传出版。胜友先生曾经是我的老领导，文采卓著，为人豪爽大气，宅心仁厚，对我等淘气下属宽容有加。今借此机会衷心祝贺大传梓行传扬，光耀于时。

有朋友重转了敝人两年前应刘琼兄所约，为《人民日报》所写的这篇小文《在时间的此岸，读彼岸时所思》，如果没有署名，确难辨认那究竟是谁思考过的痕迹。我已经写完的文字，我必须将其遗忘，这几乎变成了一种习惯。我过去的思想，有可能反对我现在的思想，因此，我不会为过去的思想步履沉重，事实上我已经近乎痴呆，遗忘也成为一种不得已。

原《世界文学》主编李文俊先生 20 世纪 80 年代曾翻译过福克纳、海明威的许多小说，曾满足过我阅读的胃口。前不久买回一本由他翻译的《外国诗选 65 家》，错字太多，外国诗翻译不好，读起来如堕云雾，一有错，云雾变雾霾。

我想，甘阳被打，被同情的应该是甘阳，那位评职称心切的年轻人不管以前如何委屈，也不应该暴打前辈，并且还事先安排了摄像摄影者，看来也是有计划有预谋的打人。此种行为确实属于野蛮，属于违法。但是，至今看到的所有文章为什么都是同情打人者，而憎恨被打者呢？大概原因有二。一、被打者虽然被打，但被打者是社会学意义上的强者，打人者是弱者。弱者打强者，在一贯饱受强者摧残与压抑的公众眼里，历来被视为正义。以至昨日一篇文章，作者幸灾乐祸引用演员韩再芬黄梅戏中一句台词唱道："打得好，打得好，这把菜刀打得好。"其快感溢于言表。而事实上，这种正义与一时的快感非常脆弱，经不起衡量。二、还有一点可能是公众产生逆反心理的关键。观众越同情打人者，越憎恶被打者，这个耳光就越是抽得响。

我曾经劝告歌手，没到天亮，就不要起舞；而现在的人，总是在黑夜中歌唱，当天空放亮时，有可能却在沉睡。我怕过多的诗情与狂欢，让人们变成一头头猎奇的动物，因为真正抒情的时代，天空中都飞满了半人半兽之神。

十年来，我坚持不给郊外院子的果园打农药及施肥，完全依靠它们自我循环。所以我院子里的果实香甜可口。我去的次数太少，常常错过每种果实的成熟期。一般是恣意当地村民将他们认为好吃的水果基本摘完，蓝莓、皇后李、核桃所剩无几，只要他们不要破坏其他财物，我就谢天谢地。今晚可摘的只有山楂和大枣，我感觉天地已经非常仁慈，赐我如此厚重，但我还是不忍心多摘，一些供亲友品尝，一些敬奉虫子和视越墙如履平地的拾取者，还有一些让它们还原泥土，滋养天地。

在你困惑的时候，任何事物或者哪怕一个微小的细节，一点墨渍，都有可能将你纠缠。

西方人过感恩节，吃火鸡，我们吃柴鸡，再加蛋糕，因为今天是儿子的生日。吃什么不重要，问题是向谁感恩，各有不同。啊，我首先感谢儿子，他的成长，让我迷惘的内心有了着落，他带给我无限的快乐，让我切实感到了人生的延长与希望。

诗歌是坦露灵魂和肉体的事情，因此我从来不会轻易将自己的作品交付给不信任的编辑，任其随意处理，一般情况都是写完后放在抽屉，估计黑客也无法看到。不知什么时候登载于何处的一首《地平线》的诗歌，被中国社科院文学所编辑的《中国文学年鉴》2014卷收录，今日竟然收到50元稿酬，虽微薄，但让人所念颇多。我与该所人士没有任何往来交集，多年前该所出的年鉴评述过我的长篇散文《李陵的悲怨》。不仅如此，该院主办的中国社会科学网多次转载我的文章，让我感到，在某个角落，学术的良心依然存在，不管世俗狂风巨浪有多么汹涌，仍然传灯，尚未被扑灭。

西方现当代人的书我读得多了，许多书都是烂书，现当代中国人的烂书更是不值得一提，所以到了这个年纪，我的好古之情越来越严重。想起韩愈"嗟余好古生苦晚"，虽不至涕泪滂沱，但也为那些白白流逝的时光伤心。

谈玄或诗意：一切都清晰可见，但一切都是黑的，他们在这黑色的后边，你也在你的后边，你离自己很近又很远，你伸出手触摸，一切都会拐弯，一切都要变成灰烬。

近二十年来余自我约定，绝不主动要求申报任何评奖，将自己高贵的文字交给那些二乎者去品评，自取其辱。

有时候激愤之词不严密。前几日因痛惜"文革"中陈梦家自杀，为同情其遗孀翻译家赵萝蕤，便夸赞其翻译英诗人艾略特的《荒原》，当然她的翻译有她的特点，但如果真正让我取舍，我还是喜欢查良铮（穆旦）的译诗。在我看来，翻译普希金，翻译艾略特，翻译奥登，有人能超越查良铮吗？翻译杰出诗人的诗歌，也必须是对等的杰出诗人，然后才能有对等的语言置换。不然，那是对别人诗歌的糟蹋。半年前，王家新托人送我一部由别人翻译、他校定的《奥登诗选》，看着皇皇此书，确实钦佩别人的劳动成果，但是，这是那个才华出众的奥登写的诗吗？我翻了半天，不知道如何在书架上置放。在此，我替那位将现代派诗歌真正介绍给西南联大的燕卜逊悲哀，也替伟大的诗人穆旦悲哀。原谅我一贯的直言不讳吧。

关于诺贝尔文学奖，我不会关注那玩意儿，只有茶余饭后作为闲谈。真正的写作者，自己所感兴趣的东西，像大海般辽阔汹涌，你稍不留心，就会转瞬即逝，哪有心思去琢磨别人感兴趣的东西。只有那些鸡鸣狗盗和鹦鹉学舌之徒，总是要讨巧走捷径，去咀嚼别人的残羹冷炙，大概这也是一种爱好，那就各取所需好了。

几十年以前，我在学生时代的作品被当时就已著名的某作家一字不改全文套抄，并作了他长篇小说的骨架和提纲，但我懒得与他理论，不理论不是默认与纵容，而是不屑或不齿。

《旧约·出埃及记》禁吃发酵的食品，佛教将饮酒与杀盗淫妄并列。酒简直就是人间一切罪恶的开始，但是，随着酒精在血管中燃烧，各种欲望之门瞬间敞开之时，若能秉持神志，将那些诱惑的门洞一一堵上，门栓扣紧，在混乱中增长定力，这种品质成了另一个我学习的榜样，这也是寂寞的饮者百炼成圣的不二法门。

一年之内碰到好几部国外大家的作品被翻译成蹩脚的汉语。买回来，弃之可惜，有总比没有强，但读之不能。我只能安慰自己，向奶牛学习，吃杂草，产好奶。

因为有人将荷尔德林的诗翻译得太差，几十年前我曾从德文试译过一些荷尔德林的诗歌；也因有人将狄金森的诗翻译得南辕北辙，我曾从英文翻译过一部狄金森诗歌选集。我不认可他们俩的汉语诗歌译文，我译得最好，但就已经呈现的译本，肯定是我的译本比较好，至少我的译文，诗意是完整准确的。未来肯定有人超过我。

胡翻译，乱翻译，估计轻松愉快，所以一些人一出手就搞坏。但我翻译东西，太慢，常常细究到我自己都烦自己，没有办法的办法，那是人家的语言，非我的母语。说老实话，译一首诗，比我自己写一首诗麻烦得多。所以我不敢轻易去翻译琢磨汉语以外的作品。

雪的雪

雪就是雪，孩子们已经开始打雪仗
他们一点儿也不知道我们所想

我们将自己变成雾霾，变成不能解决的
绝望，我们哭泣，我们思念
我们之间，早已厌倦了简单的游戏
彼与此，难以混淆
我们需要一场大雪之外的大雪来覆盖

我们只能沿着未知的路线，登上
悬疑的台阶，在高层楼阁的窗玻璃旁
等待那场好像永远未下的大雪

看了某报发的所谓名家书法诗联，意思还可以，但基本的平仄都不对，读起来音韵拗口，有失汉语体面。

奖这个东西，弄不好，对行业误导和伤害太大，是刀子或匕首，只不过有一个好看的刀鞘而已。而事实上，公允的评奖几乎没有，因而，敝人以为，官方不要设立文艺类奖项，应让民间去搞，让民间拿钱，民间就会上心，就会按照自己的意愿，评出自己认可的奖来。官方只要一评奖，就会是个负数，不仅没有多大意义，而且白花纳税人的钱，几乎就是罪过。

历史上，无论多么才高八斗的文人，在帝王面前，也只能诚惶诚恐，皆无才气可言，就像老鼠见了猫，没有任何手舞足蹈的可能，遑论写诗作文。几千年的历史上只有一个半人，在宫廷里写过可以一读的作品，半个是谢灵运，他在皇帝面前，勉强可袒露心机，出了皇宫，写下他的山水玄言诗，但不久就被追杀而亡；还有待诏翰林李白，作《清平调》之后，被逐出京城，从此流落江湖。

冬天即将到来，面对人性的冷峻，所有的文学奖都显得无聊透顶，包括这个早已平庸不堪的诺奖。

诗歌图书热销可见一斑：由外文出版社 2016 年 4 月出版，我翻译的狄金森诗选《天空中的紫丁香》一书，有朋友昨天说网上已购不到。我从来无意于翻译，只不过常常为求诗意，逼得不得不去读原文，有时见好诗，就随手译出。以前读德文多一些，近些年心态变化，喜欢英文。我的译文希望逼近原文的境界，但在词义上力求精准严谨，不放过任何一处疑惑。有人与别的译诗做过对照，高下不可自论，因此我从不炒作，如果真如朋友所说卖得可以，只能说人们对诗歌的热情依然不减。

银子的茶托，用明清古残碗底做的茶托，都是一种精致的借口，想要掩饰的，是对于粗糙和美妙转瞬即逝的恐惧。

近几年，学界也有人嘲讽过《新华字典》释义的趋时特点，但新中国成立后最严谨、最简洁且最普及的工具书，依然是此书。

昨天下午，一位与我同年同月生的同事，路过我办公室的门口说他须早点回去，要陪老妈一起吃晚饭。有妈妈的人幸福啊！他走后，我将办公室的门关上，让眼泪倒流。我的母亲已不在了，但我几年来，总感觉她没有离开我。她好像出了一趟远门，可惜的是我不能再与她一起进晚餐品好酒。

思想这个东西，是最能体现人类尊严的东西，也是所有智慧的宝库。春秋战国时期，中国学术之所以繁荣与发达，主要原因并非社会混乱所形成的自由可容和空间扩张，而是由于群雄争霸需要学术与思想，谁拥有了超前的思想与学术，谁大概就可以称雄天下。最后也是学术与思想，展现为如《春秋》这样具有严格秩序的政治蓝图，拨其乱，返诸正，让分崩离析的中国社会最终走向一统。让思想自由，思想与思想之间可以相互制衡，最后是优秀的思想必然胜出。孔子说："诗三百，一言以蔽之，曰思无邪。"

哲学家里，我印象中诗写得最好的，是柏拉图、尼采，卢克莱修虽写了长诗《物性论》，但那还是属于思想或理性的东西。虽然柏拉图非常反感诗人，但他遗留下来有限的几首抒情诗简洁、辽阔、大气。而小说写得最好的，无疑是存在主义哲学家萨特和加缪。哲学家中，散文写得最好的，肯定是柏格森。

我看一些人将学位看得太重，但在学术上却一塌糊涂，写的文章就像小学生作文。别忘了，我国改革开放后的博士生基本都是本科生教出来的。我们这一代人的经历不堪回首，我当年之所以不想投在某些人的门下读学位，是因为我的上一代学者，书读得还没有我多，让他们开一个像样的书单都开不出来，我怎么能为了区区一个学位，辱没学术的尊严？

陕西有一个以"仁义"为风尚的定舟村，村民自发组织仁义社，扶弱济贫已有近百年历史。在这个村庄，人人追求惠及他人、奉献他人的精神。先圣说居必择邻，如果报道不虚，这个村庄真让余羡慕不已。

蒙昧年代，人们没有经验，几乎像一只只天然的虫子，最后被捉进瓮中，互相缠绕，互相迫害。无论谁，只要进了那个圈套就几乎无路可逃，无人幸免。不像今天，我可以清醒地选择，至少做到不害人，不落井下石。因为人们已经发现，活下去，不止一条道路，还可以有多种方式可供选择。

今日去朝阳公园书市，淘得不少书。其中香港印的黄宾虹活页一百张，怎么说都是精品，以前从未见过印制如此清晰精美的画册；日本人印制的《尺牍选》，共六册，也是精品。童书业《集外集》当然也是我一直想读的。

技艺这东西无所谓低贱与高贵，诗歌的技艺亦如此。但好的匠人"用志不分，乃凝于神"，要技艺一流，当然不能沾染功利。所以民间的错觉是，技艺一流者，品德必然一流，而品德看不见，人们容易被技艺所震撼，因此理所当然以拜技艺代替拜品德。但岂不知，大道多歧易亡羊，品德与技艺的区别永远是神与物的区别，其间有天地之差。

读《尔雅》有感：与其胡诌几句小学生式的口水诗，还不如回到几千年炼金术造就的典雅语言中，重拾脂玉和黄金般的言辞。

转一篇写杨绛的文章，写得基本朴实，看着不虚假。但我对杨绛百岁寄言中一句话不以为然，她说：人活着，与别人无关。大概如此。我看她一生都在与别人纠缠，即使晚年也根本离不开别人。如此而已。

杨绛先生这篇百岁感言的妙文，确实值得一读。但最后越来越走向自我的感慨，也让我读完此文后很长时间不能释怀。自我是什么？所谓的自我与我是什么关系？真正的自我何在？如果他人值得怀疑，那么我的所在也值得怀疑。

有礼有节是中西方文明的通理。我有一位多年以前的学生，前不久在我的微信札记跟帖中，不如实回答问题，答非所问也就罢了，竟开始以他写了多少本书来示威于老夫，更有甚者，还傲慢地夸耀自己担任过某电视台某专题片的总编撰，等等，以此显示他有多权威。用那种虚头巴脑的头衔来唬我，真不知深浅。那些旅游普及类的东西，虽字数洋洋大观，又能说明什么？如此前恭后倨，我只好忠告他，老子《道德经》只有五千言，但流传数千年，长盛而不衰，要言不烦，写东西不在字数多少。不读书思考，到处乱跑，我不知你写了那么多东西，即使几百万字，又有何价值？古圣有言："礼闻来学，不闻往教。"此生不是来学，而是想来教我，不仅失礼，而且非礼无礼，那我只好乘机再做一回老师，教育他一下。如执迷不悟，以后权当陌路人视之。

昨晚看电影《布达佩斯之恋》，在绝望的乐曲中，三角恋爱像雨水般透明，但人性的羞耻或原罪相比法西斯的残忍疯狂，已成为茫茫苦海中的诺亚方舟。

报纸可用来练字，练字的时候，可瞥一眼报纸。多日不写字，今日得空又练字，看见一张 5 月份文艺报纸，有一版谈屈原的新创电视剧《思美人》，真让人情何以堪。电视剧可以胡来，报纸与学者们也可以胡来吗？看看他们竟然和电视剧的剧名一样，也将屈原精神概括为"思美人"。这还不够，作者干脆标榜"写屈原，是自我重构的过程"。也就是说，在"自我重构"的大旗下由我胡编乱造。这满篇公共流行话语，将激发多少爱可以胡来，最后不是绝望和自杀，就是远走他乡。

仲永之伤，应是先例。早开花早结果，晚开花晚结果，但大器必晚成。哈哈，自己取舍。

《读书》是一份供人文社科阶层阅读的高端杂志，给它的稿件不能马虎。稍一大而化之就会被挑剔的编辑毙掉，第五期余一篇《甘露》可耐心阅读，在烟霞缥缈中，权作濠濮间思。

2016 年中国作协编的散文精选，所选我这篇文章终于找到一个电子版出处，其实应该更早。我觉得目前社会，谈论苏格拉底当年为什么被判饮鸩死刑，是恰当的。苏格拉底当年作为议会主席却反对底层人民的意见或呼声，而坚持自己理性的判断，因此遭难。但苏格拉底的死，却塑造了西方世界永远的优良精神与品质，这一点，不应淡忘。

清末民初的粉彩瓷"秋韵"笔筒，蹲在我的书案上已有十多年，落满了灰尘，平时根本无暇理睬，今日秋高气爽，拂去蒙尘，竟如菊怒放，雀鸟鸣枝，我心情为之一转。

　　说起笔筒，我最喜欢的，可能应是一个晚清笔筒。曾在南方一小镇杂物店与之相遇，主人用它来插筷子，上边糊满了油垢。我问他上面画的是什么，他说是北方雪景图。当时透过油腻，仔细揣摩，断定画的应是王羲之儿子王子猷雪夜访戴安道的故事情景，当时问他价格，他只是按一般的瓷器报价，我不再还价，便收入囊中。每次把玩观赏，那在雪光映照中淡淡的夜色，总能冲淡一种黑暗中的压抑与绝望，一种千年不变的人间友谊与温情，将人充满。

　　离开了多彩斑斓的书房，现实中能产生美感的时候越来越少，旅途对于我也是单调和枯燥的，从一个城市飞往另一个城市，城市与城市没有多大的差异，不同之处就是坐在一个舱箱中飞行。天空与我被绝对隔开，我只是背负了进入天空的虚名。天空确实和我没有什么关系，因此在机场候机厅，我只能漫无目的地等待。忽然发现了一本当代美国汉学家有关唐代中西交通史的著述《撒马尔罕的金桃》，堂皇的封面和隆重的介绍，让我在疑惑间买下它。以前西方汉学家伯希和、高本汉、马伯乐、舍尔巴茨基等人的书我很熟悉，不知新秀若何，还需看看再说，但此时，让百无聊赖的老夫发生了一些阅读的兴趣。

　　钱锺书与杨绛二人，晚年名扬四海，与他们一生的勤奋关系颇大。这都是值得赞赏的。但人皆有瑕疵，本不算什么，但造神和造圣者常常将人推向极致，那么，有些时候，就会有人要将神圣抹去。

　　清华老师被骗应同情，一辈子的积蓄被骗走，是多么大的伤害。不能拿她以前翻译出错的事在旧伤疤上撒盐嘲讽她。现在人心是否都是肉长的？转译，最容易译错的就是人名与地名，不能因为她译错了蒋介石就说她水平低。谁不知蒋介石啊，关键是外国人对这个名字的外语发音就拿捏不准，你再从外语回译为中文时，最容易出错。我看过许多中西交通史的翻译名著，译者大都是民国时期数一数二的学者，比如冯承钧等，有一个中国地名，从英法德文字中翻译成中文均叫"何申"，连翻译者都一头雾水，至今中西交通史学界也是一头雾水，不知所指。其实这个词，所指就是"河西"。你能说冯承钧没有学问？你能说伯希和的汉学学问不行？面对善恶，善就是善，恶就是恶。她已经被骗，痛苦不堪，你竟然还要翻出老账，猛踩她一脚，将人置之死地。你比骗子还狠，形同杀人。

今日在商场竟遇见"茶卡大青盐"，它的出产地，就是我们曾经去过的茶卡大盐湖，那里本是白茫茫大地一片真干净，你想将它忘掉，却又是如此难忘。因为盐的咸，已经渗透了我们的语言，让思想有了硬度，其他的杂质，随风坠入地球的暗面。

今日去西单图书大厦，买浙江人美仿民国版的《东坡题跋》及《查士标集》二书，竖排繁体，看了几页，竟未发现错别字，但愿校勘水平能始终如一。现在能出繁体古籍的出版社已寥寥无几。因此20世纪90年代以后的版本，古籍书我只买影印，从来不买重排本，今日也算热糊涂了，竟为例外。

今日，躲在这里，一个人静心喝一会儿茶。让阳光和水将自己灌满后，身心方才通透。人有时候就是植物，甚至比植物还低能。是故，唯有思想和语言将我与周围区分开来。但是再空旷的思想，也必须要有骨头，油滑得失去了形状的思想，既找不到我，我也找不到她，偶然引人一瞥，也只是虚无底部的浊泥，最终只能让清流弃之。

正临学生暑假与毕业，看了几天高校教师给学生的毕业赠言，发现卖弄点小学问与作秀者较多，基本都是说一套做一套的虚假浮华之辞，社会一般读者与学生不知巧言之门皆非不二。但也有致辞好的，那就是政法大学那位痛斥堕入鹰犬门的老师致辞，黑白分明，真实不虚，大义凛然，让老朽在此禁不住地再次赞美。

我小时候喜欢看《智取威虎山》的戏，百看不厌，主要是看那个英雄杨怎样在匪窝里说匪话，说得天衣无缝。假戏真做，自己毫不糊涂。真英雄。他在台上，我在台下。

没有内容的时间是空洞的，时间需要发酵，然后才需要用清浊酒来缓慢地品尝。《诗经》曰"日之夕矣，牛羊下来"，黄昏才刚刚开始，不然这个夜晚无从谈起。

自己的著作被盗，但懒得去一一比对。几十年来吾一以贯之的做法，就是不去纠缠，没有想到类似事件于我接二连三。悲哀，现在一些所谓的学人，发明创建、深思考量的本事没有，倒是靠抄袭撰写论文、摘编结撰的功力深厚，学人者，几堕为鹦鹉学舌之辈。

胡乱品评一个人，肤浅恶俗透顶。要看他的书，对他才有公论。饶宗颐早年的《楚辞地理考》我就看过，考镜源流，疏义精审。饶宗颐家藏图书丰厚，天生读书种子，学校填鸭式教育哪能与之相比？自学者，乃真学耳。大学问皆为口授心传之私学。

春天来了，猪也会画画了。这不稀奇。某天，听某人告诉某人，他出了一本诗集，我后来有机会翻了一下，恶心得余好几天动不了笔。其实猪早都在写字，有的也在写小说，还有的会写评论。狗年过去，明年才是猪年。

我想找到一本书，这本书却被众多的书埋没，这本书因此成了我书房中的未知和无限，甚至它隐藏在暗处，成为一只老虎的斑纹，或一根迷失在金黄色光线中的毛发，披在欲望之兽的身上，同样让人无法察觉，时刻准备袭击你的背影。找到它，等于擒获它，找到它，成了这个炎热天气中我最大的欲望。

以前的书有函套，也就是说，给书穿了衣服，你要看书，便须给她宽衣解带，然后才能读。"五四"后，开始裸身，大白话的洋装书似乎不需穿衣戴套，人们对她的要求是越解放越好。近二十年来，又喜欢给裸体的书系个腰带，也叫书腰。好像这样就先锋，就时髦。你说，一个裸体，系个腰带，那是一种什么打扮，要多难看，有多难看。每次看书的时候，因嫌其多余，我都会极不耐烦地将束腰（腰带）解开扔掉。

昨日黄昏在潘家园淘得一天然牛角底色玛瑙杯，上有浅粉色的水滴弥漫，或者说满杯的樱花锦簇。今早细细观看，在樱花群簇的杯底，竟然悄悄趴着一只小蜜蜂，长长的前肢上蘸满了花粉。在石头和矿脉的深处，埋藏着一个春天，埋藏着一座花园。我的心已经坐在山顶，准备随着日落而沉，也将随日出而起。

文起八代之衰的韩夫子认为，文为不平而作，按这个逻辑，那么文人皆有豪侠之气。这个推论很荒谬，许许多多文人皆不温不火，血气皆失，为蝇头名利，八面玲珑，左右逢源。所以理性靠不住，逻辑靠不住。李白所谓"十步杀一人，千里不留行"，当然他是写古代侠客。但这家伙从画像上看，确有饿虎吊睛之相，估计待诏翰林之前，是个杀人越货的主。千金散尽，那也得有千金可散，家人辛苦挣来的钱，怎可忍心去挥霍？李白这种人，也靠不住，高适当年对他六亲不认，差点斩立决，也大概认清了其狼子野心。但我欣赏他"三杯吐然诺，五岳倒为轻"，总体来看，不仅是一个狂狷之士，也是一个无行无德之徒。

真假好坏，不管是人还是物抑或作品，相信人都不傻，皆非逃勿走，只不过我平时碍于情面装糊涂。老虎打盹，以为是病猫，好，让老夫一直打着盹，这样世界太平。

一定要就事论事，千万别诅咒人，即使是敌人，也要尊重他的人格。我看有些人自称文人，但骂起别人来，文字粗俗和肮脏得惊人。世界诗歌史上，还未出现过如此低劣、野蛮的骂人诗。这哪是诗啊？这个是不可以的。我要以他为戒。

玩笑

你跟一个喜欢装的人
开玩笑
那是最尴尬的

这可能是
最大的玩笑

宠物

我看见一位丰腴的少妇
将一只丑陋的卷毛狗
抱在怀里
走一步，亲一口

我奇怪地注视着她
她恶狠狠地瞪了我一眼
意思是，你这个
讨厌的人，走开

唉，她多么有爱心
却不喜欢人

许多写作者先得鲁病，再得茅病，后来又得诺病，害得不能好好做人和写作，而许多读者，也跟着他们得病。哈哈。

我喜欢陈忠实的痛快。有一天，一位新上任的官员约见作家陈忠实，其间他为了表示与陈忠实有共同语言，大谈文学。陈忠实越听越不耐烦，那位领导却越说越来劲，正说到兴头上的时候，陈忠实站起来说："你懂个锤子。"然后转身离去。可谓一锤定音。

嘴重要

为了这张嘴
我们劳动和奔波
为了这张嘴
我们将说过的话
写成书，到处传播
不仅我们活在嘴上
整个世界都活在嘴上

但吃了不该吃的东西
你会得病，直至死亡
说了不该说的话
你要被人误解、仇恨
甚至失去自由和生命

它既是进入庙堂的大门
也是咬碎一切的钢牙
唉，这张嘴，原谅吧

> 这个我们暴露在外边
> 的唯一缺口
> 爱你的人
> 多想亲你的嘴

汉字都未认全，写点不伦不类的东西，就来卖弄，在我眼中，连大字不识的老农都不如。我敬重真读书人。真正的圣人，皆述而不作。忙着东涂西抹的家伙，到处乱跑、乱贴牛皮癣广告的家伙，哪个不是江湖术巫？

世上品格最高的荣誉和成果，是靠知识、心血与汗水得来；靠权钱色及投机运作取得者，皆为贱品。纸糊的窗户，一捅即破，有时候夜深时，最恐惧的事，就是梦见遥远的农人家简陋的纸窗户，被一阵大风刮破。

霸凌事件中，学校还是在为孩子的恶行做辩护，这怎么可以？怎么能承担起教书育人的重责？此事最终，伤害最大的仍然是被施凌者。一般被施凌者的家长为了孩子能顺利上学，都会隐忍不发，学校通常也是抓住这个弱点，即使有家长愤愤不平，他们也会威胁家长，很快平息事件。这就是学校一贯的做法。但这一次遇上了一位不愿忍耐的妈妈，将脓包捅破。这充分说明学校有问题。关键还是在学校，学校激怒了家长和社会。对于孩子来说，那两个喜欢欺凌人的恶作剧孩子，因此会受到很大的震撼与教育，估计以后会改正自己的错误，但被欺凌的那个孩子，以后还怎么与同学相处，去哪里读书？他自己和他的家长都将接受一场更大的心理煎熬。

批评别人的文学作品，甚至严厉斥责某个专业奖项，那都情有可原，仁智之见，都属于正常的文学批评或社会批评，我虽然不同意你的具体意见，但我从道义上维护你发表不同意见的权利，但如果是攻击人家的人格，贬损别人的亲情、宗庙与祭祀，且完全是臆测，那就是恶人了。

那天去孩子学校，一学生家长传授学习经验，首先亮明自己是管理学博士，然后说自己每年要读近两百本书，那就是一天多就读一本书。听得我神经紧绷了好几天，昨天晚上终于怯怯地告诉孩子，咱可不能那样读书，世界上没有那么多值得一读的书，读书既是一种学习，也是一种享受。咱是普通人，咱得慢慢来。

说说骂人。如果他骂你，你不理他，这事就没了。骂又骂不疼，真正骂人被骂疼的，是他自己，因为他要动他的嘴，动他的心。骂别人，就像吹鼓自己身上的牛皮，骂别人越厉害，自己越难受，如果别人不管，他自己的牛皮就会胀破。但如果他骂你，你马上回骂，两个牛皮鼓胀起来，就会在空中斗法，像两只气球，几乎没有对与错，对于看热闹的人，是一大满足。如果你比他厉害，你的牛皮越大，他的小牛皮就会躺在你的大牛皮上，开始利用你呼风唤雨的架势，漂洋过海，名满天下。靠一骂成名，如当今这位广西郑老先生。所有的回骂者，都是给他捧场的。

现在小区乃至整个社会养狗为患，正月过半，动物和人一样，都容易情窦大开，春心萌动，狗咬人的事件时有发生。所以出门走路，看见低头闷骚的宠物，一定要有所防备，不要让它突然之间对你腿部的一块小鲜肉发生兴趣。狗咬人的事件本来屡见不鲜，已属常态，即使有人被咬，得了狂犬病死亡，不久也会被人遗忘，息事宁人，养狗者照养依旧。但如果它咬了人，人再扑上去咬它，那就是大新闻了。怪哉。

暂且遑论对与错，有人说读《弟子规》，读的是如何走上通往奴役之路。看似有那么一点似曾相识的道理，其实也是胶柱鼓瑟，强词夺理。这个逻辑犹如你每天吃饭，那么吃饭这件事也可照此推理成让你走向衰老和死亡之路。事情没有那么简单，传统文化中伦理的力量，是人类一切秩序与契约的基础，甚至是人类文明的基础，不要将洗完澡的孩子与洗澡水同时泼掉，这个简单的道理难道还需要让人费那么多口舌吗？

观雪：那些脑残的句子不用一一列举，在隐喻中，没有对与错，也没有适当与不适当，只有想象的疯狂与拘谨。我发现，就在思想疏忽的间隙，一闪而过的漏洞皆是茫然的星辰，自我与理性黯然无光，只呈现其油腻中发白的骨骼。甚至连骨骼亦无，只有瘫倒一片的皮囊和沙幕。在荆棘中摘取玫瑰的大卫王，数千年以来，一直是幽谷中百合覆盖下，一顶早都无法捧起的王冠。王冠出自贱奴之手，贱奴和王早都化为灰烬。甘露无影，瑞雪却降，万物"莫之令而自均"。

台湾的诗人，我个人喜欢的很少，即使交往过的诗人，他们的诗歌我也不喜欢。频繁来往大陆的，可能还有其他目的。台湾因偏处孤岛，现代汉语比较夹生，小说比诗歌水平高一点。

早年我喜欢的唯一一个诗人，应该是罗门，此人已逝。

当代所谓汉学家的书确实太差，美国人大概不清楚"成"与"吉思"的匈奴语及古蒙语所指，所以随意曲解，基本概念是混乱的。现在冒出来的国外汉学及中西亚学学者，确不如百年前的那些人。

孟子所谓富贵不能淫、贫贱不能移、威武不能屈的格言，几乎是天方夜谭。我看见的情形是，许多人被贫贱困扰，一旦尝到一点富贵与威武的血腥味，他们就开始吃人了。哈哈。

传统词曲，调式容易古旧，余平时听得少。今听孟庆华兄所作《满江红》一曲，耳目一新，其激越、悲壮、辽阔，令人心神为之一震；演唱者演绎得穿云裂石、引商刻羽，听来的确令人荡气回肠。

今日与一朋友聊天，余总结文艺界现象：一、说话的人不好好说话，非要拐弯抹角地说，让人听得似懂非懂；二、写字的人不好好写字，非要将字写得歪歪扭扭，让人不好辨认；三、画画的人也不好好画画，总要糊涂乱抹，以致似像非像。此并非今人一厢情愿宁愿做作，乃人心早已背离素朴甚远，非往昔可追耳。

吃花生糖

苦啊，一言难尽
所以我一颗接一颗地吃糖
糖吃多了
要得糖尿病
那可是要命的病
但相比死亡

我更怕这没有尽头的苦
所以，整个下午
我都在咂摸甜的滋味
当停止咀嚼
我又被苦海淹没

顾准不仅是前三十年唯一的学者，可能也是后三十年见不到的学者。所谓黑暗，首先是由于精神世界的倡导者——学者们心中无灯，一个个如油滑的行尸走肉散布于大地。

余十几岁就开始读外国书，玩现代派，文字书画音乐都交替进行，各种表现手法都玩腻了，三十岁回归自己，现在喜欢平实简单。一切玄妙，在我看来，都是虚幻与流云。

现在的读者，不是因文本而情绪激荡，而是其大脑中废弃的干柴，容易被文本之外的东西点燃。近来愈演愈烈。

昨天有人来我办公室，送我一套写中国近代史的两大卷长诗，号称数万行，且公开出版发行，当时颇感惊讶。等人走后，打开急阅，真让人无语，将中国近代史课本分行抄写一遍，又胡乱添加了许多幼稚可笑的肤浅抒情，就自冠为"史诗"。连文化都没有，几乎没有任何文史方面的学术训练，就来写历史。大众文学害死历史。

除非我是一个追根究底的学者，不然，我对于历史绝不会毫无根据地胡说八道；除非我是一个预言家，不然我对于未来，也不会漫无边际地胡思乱想。但我可以言说当下，我也只能言说当下，别无选择地言说我能言说的事情。

我们甘肃人将藏獒叫"白眼狼"，此狗你对它再好，只要有一次疏忽让它不爽，以前的好全被遗忘，它只记住这一次不好，然后瞅准时机，翻脸不认主人，向主人下死口，一般一口咬断主人脖子后面的大动脉。许多人不知藏獒"白眼狼"的野性、狼性，将其当作宠物饲养，结果最后后悔不及。

让人唏嘘。十多年前李敖如旋风般来大陆，在北大图书馆题"人书俱老"，傲视一切学问，谩骂了许多权威，后去我兼任学术顾问的中国佛教图书文物馆（中国佛协），示意要遍览佛教图书与文物，当时一诚会长淡然一笑曰"可"，主持僧说："你看不懂。"李敖口出狂语反驳："在中国土地上没有我李敖看不懂的图书和东西。"主持僧不再与他语言纠缠，只是领他走进法源寺二层阁楼一间落满灰尘的小房子里，随手指了一件放在门口的明末清初汉传佛教寺庙中的法器，问他是何物，李敖摇头，后来又随手指了一件，李敖又摇头，然后主持僧说："这屋子里，阁下能认识哪件东西？"李敖茫然挠头说："不看了，不看了。"然后慌忙退出，借口离去。本来还想给法源寺题词教化众僧一番，结果反因自己的无知被当头棒喝。

常言，少不读《水浒》，老不看《三国》，这是有道理的。年少人血气方刚，容易冲动，读完《水浒》，犹如火上浇油，动不动行侠仗义、剖腹剜心、杀人放火，天下岂不大乱？老年人，生活经验已老道成熟，应解脱造业，越活越简单平静，如果仍然执迷不悟，退而不休，延续以前官场的恶习，琢磨《三国》事，诡道间谋之术日进，擅长钩心斗角，动不动给人下套使绊子，争名夺利，致使社会风气败坏，让后来者对人生失望，同样也是危害社会，让天下难以太平也。

代笔方式比较多，一般初期是亲友代笔，后期则需要大量资本维持。有人曾神秘地告诉我，某武侠宗主也是团队代笔，后来我仔细体会，应该是，只要与此人接触攀谈过，便知他根本做梦都写不出那样的作品。

很少按照别人的说教去读诗。今日偶然误信某好诗选本，听了一首重点诗歌朗读，将浅显儿歌式的一个小道理、小比喻竟当成好诗。看来人们对诗歌欣赏的标准不一样，源于学识境界与心胸格局不同。他认为的好诗，在我看来太生硬与低级。

我只相信最有水平的书单在最有水平的二人之间可以产生，当一个人忘记或遗漏时，另一个人可以提醒。除此而外，评选者越多，漏掉的好作品将越多。而一百位所谓的大家，不可能遴选出可供阅读的一百部最伟大作品，互相协调的结果只能是平庸的。

孔子说五十知天命，到了我这个年纪，还给我讲什么大道理，摆什么阔道理！如果是朋友，我因为好感与亲近，不管他们说什么，我都可以耐心倾听，因为他们的声音是多么悦耳，即使指责与批评，那也是动听的。如果与我干系不大的人，无缘无故进行刁难与蛮不讲理，不管你多阔，我至少可以不理你。李白一不高兴就喝酒，一喝酒肯定要来一句：天上明月来几时，我今停杯一问之。

据说某单位查档案，发现一些人填写的所谓学历，其实是没有学历，参加工作后一天都未脱产学习过，竟然拥有硕博头衔。因而有单位早有规定，凡拟调入人员，主要看第一学历。所谓第一学历，就是你参加工作时所持学历，这个比较真实，是重点大学还是普通大学，一眼即明。其实，这些都是多余，当年蔡元培仅凭一本薄书，聘曲学大家吴梅来北大做教授，那可是老老实实的学术著作，非许多人虚头巴脑、废话连篇的码字书。无著作、无建树何以教人？无学问，何以有学历？

听新闻，某地祭祀屈原，让大众穿汉服（为何不穿东周时楚服？），然后拜天拜地，装腔作势诵《离骚》，音都发不准，做作滑稽，丑陋不堪。

陈三立乃陈寅恪父，江西诗派殿后，父子二人诗皆好，但子不及父。

偷食不比偷情者也。偷食者让人同情，偷情者却让人嫉妒抑或恼怒。看来食与色，从来两回事也。

　　李陀长篇小说《无名指》出版。作为一位老评论家，回过头来写长篇，蓝图最难绘，且现在发表，不知能写些什么？其作品与批评估计南辕北辙。不知有多少往事，都委烟和尘。

　　师生恋，不仅是师道尊严的问题，也是事关人性的问题。两性关系中，受伤害的一方往往是比较单纯的一方，因为单纯，所以容易在爱恨交织中走向极端。这种事件，需要双方自律，别人的道德谴责无用，谴责得越猛烈者，不能说其道德就高尚，甚至谴责得越猛烈越深刻，只能说对自己剖析和谴责得越深刻。因为无论男女，世人皆逃不脱爱欲的天网。

　　道德虽然是名利和各种欲望的外衣，而一些道德低劣者，容易给这个外衣贴上各式标签，欺瞒那些单纯愚昧者，让他们上当受骗从而被盘剥。手段和商人一样。因此古圣说：君子喻于义，小人喻于利。但商人在商言商，又是内外一致，无可指责也。

　　道德就是名利和各种欲望的外衣，道德不可能本质化，道德是外在的东西。老子说道行之，德在之。那个道，是世界及自然界的最高法则，不包含在今日"道德"一词内。但老子说的"德"，大概包罗今日"道德"，但大于道德。道德如盛水的碗，如人穿的衣服，它无法成为内在，它是外在。但这种形式感，具有约定俗成的必要，因为人不可能赤裸裸不穿衣服，人在社会中，还需要遮掩和装饰。虽然可以古为今用（许多人在此方面争论不休），但终以境界高低为定论。

活到这个年纪，又一次想起，年轻时曾喜欢过怀疑论者的著作。以前是沉迷于理论，现在则是漂浮于现实。但怀疑的情结，却似乎只增不衰。那些被公开赞扬者，那些被公开批判者，那些沉默者，那些不断谄媚者，都必须怀疑他们。还有那些死去的人，他们是否真的死去？那些活着的人，他们是否真的活过？

一些陕西作家最大的问题是语言太脏，里边屎尿痰和乌七八糟的性事纠缠在一起，怎么恶心怎么写；再就是功利性太强，将作品当作脱贫致富的工具，土得掉渣，作品大都是芝麻琐事，没有大义大觉。

在诸多奖中，我唯一不反感的还是诺贝尔奖，虽然这一次因性丑闻，诺贝尔文学奖暂时中止，但我还是喜欢该奖。诺奖几乎拒绝由你自己申报，它是海选，选中你，你就是获奖者。就像上帝挑诺亚一样，他挑中你坐上了诺亚方舟，成为其选民，那是荣光的。在西方人的认知体系中，被选是他人的事，几乎不是自己的事，这就有趣。不是你想成为什么就能成为什么的。如果你申报某奖，你有幸获奖，那只能算幸运，而你想获奖，却未获奖，那也是正常。最不可理解的是，那些靠申报和要求有幸获奖的人，过于高估自己的价值，他们狂欢时忘记了还有许多优异者压根对评奖就不屑一顾，从来不会主动申报；还有那些要求获奖而未获奖的人产生埋怨与不平的情绪，这两种情形皆是无趣的。

一位朋友说，凡事不要说破，现实也就是一张窗户纸。如果是一张白净的窗户纸就好了，窗户纸的确不许捅破。窗户纸不仅隔风，而且透光，是传统中国人无玻璃的时代最常见的。但如果遮蔽现实的，是一张并不需要的灰纸，那就有必要将其揭掉。比如申报参评某奖，对于参评者，即主动要求获奖，或者说将自己的作品一厢情愿交给一帮莫名其妙的人评审和投票，如果无特殊的努力，落选是必然的。即使获奖也不光彩，落选又意味着自取其辱。如果是这样，那何必参评呢？而诺贝尔奖就不一样，大体上，不需要你自己费劲和谄媚，十八位老学究认真阅读和判断，然后不动声色随口提议，最后以多胜少，选定某人获奖。除非你用钱色（权似乎不起作用）将他们也征服，将获奖者变成你。而这种特例极少，不能说绝无。至于获奖者愿不愿意领情或领奖，另当别论。这个奖，不是一次成功才赢得了自己的声誉，而是每次的人选都几乎有着无可辩驳的理由，对于获奖者，这何其有尊严，所以此奖成了世界奖项之王。

看一位教现当代文学的教师开了一份"不必读"的书单，基本都是垃圾书，书单开得并不过分，但那些未开列进去的未必不是垃圾。但问题是，你整天读这些滥书，后来又是如何醒悟的？这个是还原悖论的关键。在垃圾堆里待久了，原本认为所有的垃圾都是宝贝，有一天终于发现垃圾又是垃圾了。所以当代人根本无法修当代史，否则都是伪史。

邻里装修，今日进去观赏，不看则罢，一看大骇。为了布电线，每面墙从头到脚都被开膛破肚，凿开约三十公分宽的深槽，将里边的钢筋砸断。为了好看平整，不计安全，让以前坚固的房屋四壁空悬，成为危房。工长说，每家都是这样装修的，物业主管前日也是这样说，看来应该是普遍情况。但细思极恐，如果每家确实都是如此装修的，整栋大楼早已摇摇欲坠。哪天楼塌了，连后悔都是多余的。

　　有人喜欢贴近得意者，我可能对此比较迟疑，我不太愿意为别人锦上添花，有，那也完全属于友情或实情。比较起来，我自己永远是失意者，所以我愿意同情失落者、弱者和受压迫者。至于其中有无利害，我不愿意多究。至于狗扯皮条、谁是谁非，那也太费脑筋，我不大过脑。失落者一定有让人同情的必要。近二十年以前，在郭沫若被人攻击得最厉害、几乎名誉扫地时，受郭沫若家属委托，由中国作协主办、某基金会支持的"郭沫若散文随笔奖"由我具体操作主持，并任组委会和评委会秘书长，李岚清、朱增泉、王德后、韩毓海等诸多作家获得过该奖，后该奖由《中国作家》杂志主动要求承办，并增加诗歌奖。后来又操作过其他奖项，但我最高兴的事就是，评奖最终虽然是大家集体协作下以平均水平呈现的奖励，但最起码无由头、分量不重的作品不应获奖。

　　人情归人情，文事归文事。有人写一篇文章，曾经要求让我指导，指导后如果写得精彩点，就算我没有白费力。发表后看，竟写得这么差，让我不得开心颜。想让自己名副其实，受余指导和授意并且直接提供资料，写了一篇大块文章，结果文章一出来，让仆大失所望，本该是天上的云雀，却变成了啃食泥土的蚯蚓。

　　冒充名人的名字最尴尬，因为让我记住这个名字的时刻是过去而不是此刻。某日，我竟然以为他是他，走上前去向老前辈致敬，并惊奇老前辈怎么年轻了十多岁，结果折腾了半天，才发现他不是他。不管你鹦鹉学舌后来变得怎样发达或后浪盖前浪，你的存在，都令人尴尬。

　　早餐后，在蝈蝈的叫声中，读书、观帖、写字，机械刻板地生活与思考，像猪一样东闻西嗅，没有什么不知足的。记得年少时读马克思的博士论文，其中论述伊壁鸠鲁关于像猪一样生活的快乐，留给我的印象比较深刻。后来一有机会，就观察猪，发现猪的敌人就是人类。有一天，在郊外，突然发现两只乌克兰种猪像两座大山一样叠加在一起，竟然在马路边，旁若无人，高大雄伟刺激，以这样的方式，公然嘲笑了人类的遮掩和猥琐，其寻求快乐的智慧，并不逊色于人类。而人类杀伐太多，对狗过于宠爱，亏欠猪太多。同时也苦了这只蝈蝈，将其囚禁在蝈蝈罐里，对其百般戏弄，仅仅为了取悦自己，当其在寒冬的暖屋中鸣叫时，仿佛让人又回到了夏秋的丛林。

瘗蝈蝈记

　　狗年秋末，我将这只蝈蝈领回，就大概能感知到它未来的命运，如果让它返回自然，在北方零下十几度的低温中，它顷刻间就会被冻僵。而将它供养在蝈蝈罐里，搁置案头，听其悦耳的鸣叫，让它取悦我，成了它命中的注定，如此这般，我既是它生命的主宰，同时又是它无奈之中的囚禁者。我倾听它箴言般的诉说，小心翼翼地将它喂养。好像它每叫一声，都是天籁对人类禁锢生活的反对。

　　猪年来临，我要出远门探亲，只好随身将它带到温暖如春的南国，它失去了抗寒的斗志，陷入温柔乡里，萎靡喑哑。经过多日的挣扎，每况愈下，终于在今日，垂下了它旗帜般高傲的龙须，全身彩色的盔甲紧裹，气息全无。我为此沉默了好长时间，不愿看着它就这样离去，也不愿相信它就这样离去。它随我从北方飞到了南方，它应该是飞过最高、最远的蝈蝈。想不到，最高和最远，竟然会让它的生命走向谷底。

也罢！活着，又能怎样？那个囚禁它的玻璃罐，虽然是它的家园，但也是它永远的牢笼，更是我每次注视它时，永远的隔阂与不快。听它"蝈蝈"叫声时间一长，尤其在幻觉中让人仿佛回到万物萧条的林间，此声乍起，一念之间，绵缠之事，不免让人愁绪非常。不如随它去吧，让它身披微风中飘飞的三角梅，像一个早已将自己献给未知与神的满腹经纶的伟大卜者，经历过高峰和极致后，又一次跌入空茫，跌入波涛汹涌的大海。

昨日冯牧百年诞辰纪念会在现代文学馆召开，我因故未能参加，但我深知这是一位德高望重的文坛领导者、文艺评论大家。当日的新闻标题是权威人士的评价："他始终胸怀群山，心向高峰"，这倒勾起了我的一番感慨。为什么他不看低处，也不胸怀其他，譬如大海之类，老要心向高处呢？大概用王临川两句诗概括最贴切：不畏浮云遮望眼，自缘身在最高层。他首先是领导，另外他父亲冯承钧先生纵横古今中外，其学问与成就比他大得多，他父亲永远是他无法逾越的高峰，但他父亲却远远没有他有名。知道者就很少了，仅限于读书人。这就是让仆感慨之处。他生自学术世家，却只有浮名，我一直为他惋惜。

冯牧去世多年，今逢老人百年诞辰。文坛至今怀念。他的散文我读过，自然朴厚，非常喜欢。在此我用南北朝大诗人谢灵运两句诗为赞：其书非世教，其人必贤哲。

有人问，你不怕被人复制抄袭吗？我说，你走在大街上，怕不怕被人抄袭和复制？如果你是一位有神论者，不管是肉体或灵魂被抄袭和复制，都是人生一大快事。我已被复制过多次了，欢迎琢磨我，复制我。

看看汉代广陵王玺、关中侯印、荡寇将军印如何工稳典雅。前几日在某街店，见一老刻字匠用刀娴熟，自称十多岁就进北京刻字厂当徒工，至今篆刻五十年。我满怀信心，相信他刀笔的功夫。挑了章料，自己篆字让他走刀。他边刻边嚷嚷："我得自个儿发挥一下，就一下。"不大一会儿工夫，三个字的堂号朱文已刻好。不料，一看印文，差点没让我背过气。他伸手一个字要一百大洋，加石料，一共四百大洋，并且口中念念有词："我不能对不住您，我刻得绝对好。"我不知如何开口与他道个明白，只能付钱走人。唉唉，刻字匠与善篆刻者区别太大，呵呵。

水平很差的人都会写文学评论。评论变成了各种讨好与交易的道场，无耻得连商业广告都不如。有一次我去社科院文学所，告诉刘所长及他的同事，中国当代文学难以进入学术的殿堂，因为依附太多，依附于权力、金钱和关系，都是各种小圈子的产物，无法独立，无法成为一门学科。那些最没有学术品格的人，都一哄而上搞当代文学研究。他们听后哄堂大笑，无一人敢反驳我。《文学评论》丑闻爆发，更加证实学术界早都烂掉了。人文社科，有些所谓成果，从开花结果的那天起，就注定是烂果。其堂奥颇深，非外行能理清，佛学六轮回亦难了结。20 世纪 90 年代，我留心过一段时间大学学报，北大学报水平很差，还不如一些不出名大学学报。我与许多学报及人文社科报刊主编有过交流，普遍的现象是，越有使用价值的刊物，关系稿越多，所以刊物就办得越差，这是规律。我亲眼所见，以前中国作协办得最好的刊物，当属《小说选刊》，因为当时该刊有位老社长柳萌，他在世时，将这本杂志盯得很紧，非常反感关系稿，以身作则，首先从他那里，就将所有的关系稿给截断了。他曾多次跟我说，其实谁不想多交几个朋友，关键是，财政不给杂志拨款，这本杂志老老少少十几口人，都要靠它吃饭。如果杂志质量下滑，订数减少，那我们就没有饭吃了。纯粹的市场竞争，反而催生了一本好杂志，至今这本杂志，应是作协诸杂志中订数最高的。

说起养宠物，我小时候由于向往远山和天空，养过鸽子和鸟，以为与它们在一起，就是贴近了天空和远山。但每次抓来鸽子或鸟，几乎没有养活过。我喜欢整天看着它们，当我看着它们，它们就耷拉着脑袋，它们整天整夜都不进食，最后都死了。有人说是气死的，有人说是饿死的。后来我体会到，我养着它们，它们并不高兴，它们是绝望的。我由于体会到它们不是人，人道对于畜道是地狱，就像畜道对于人道也是地狱一样，因此我后来永远断绝了养宠物的念头。昨日与家人去外边吃罢晚餐回来的路上，两位走在我们后边的妇女大声聊天，一位说："我们家女儿就喜欢养蛇，晚上还抱着蛇睡觉。"另一妇女说："我们家女儿不仅喜欢养蛇，还喜欢养非洲蝎子。""那多好哇，让我家女儿也养蝎子。"我赶快对家人说："快走，后边有妖精。"

犬子早晨引用《金刚经》中四偈大义，反驳其母要求他看重事物实用性的言论，认为一切有为法即梦幻泡影。佛的讲述是有层级次序的，不能停留在任何一个短暂的瞬间，不然就是

执着，无法精进。我不禁想起宗喀巴大师《菩提道次第广论》
对中观的阐述，可以为鉴：其空性见，或译为清净见，即去增
益执与损减执，虽万法皆空，但不能将空执为实有，也不能将
世界看成什么也无，以其二边中道为识，因而生成如是世界，
万象纷呈。增益执与损减执二边之间，即宗喀巴所指的中道，
即中观，此乃为正见。与子互辩。

我一看见涉学理文字就技痒。关于考古界寻找夏都事多说
两句。一、依据孟子所谓三里之城、七里之郭寻夏都，没多少
道理。孟子乃泛指古代城郭的大概规模，并非指向夏都。二、
孟子距离夏，时间太遥远，其道义泛指应类似殷鉴不远，因孔
以商文化为宗。三、从《尚书》来看，尧舜禹活动轨迹四海之
内流转不定，似无固定都城，而夏启沿袭祖制，后人要找到其
固定的城郭，可能比较困难。

随意删改我的文章，让我烦恼。我有一件汉代白玉秋蝉，
是典型的汉八刀，以前我一直随身佩戴，后来搁置，今晚找了
半天也未找见，不知所终。之所以想找见它，就是因为其刻工
之经典，多一刀就太多，少一刀就太少，简洁优美，不可更改。
如果有人突发奇想，将其更改，等于判其死刑，眼不见不烦，
那还不如将其砸碎。我以前戴着它，也算是对自己的一种提醒。
好的作品都是如此，不可更改。我也曾佩戴过一个汉代白玉工
字牌，倒角线之精致，没有任何含糊处，见者都惊叹其巧夺天
工。自然是不可更改之典型。工亦可通天也。一个成熟的编辑，
几乎都不会轻易下手改别人的作品，除非病句错字，再除非写
得太差，又照顾情面、不得不发的文字。所以我喜欢那些无法
更改的作品，我也喜欢那些不乱改别人作品的编辑。我最反感

我自己的时候，就是将别人的作品自以为是地改成类似自己风格的作品。呵呵，权当自嘲，与别人无关。

非礼莫言，非礼莫听，非礼莫视。尼山太厉害，不愧为万世师表。倒过来，只要非礼莫视，也就非礼莫听，也就非礼莫言。莫言，就只管编故事，写小说，就不会招惹现实、招惹别人。嗯哈？

有人大讲自己文化如何源远流长，有五千年，嘲笑别人才几百年，等于没有文化。看着他沉浸于自慰的奇怪表情，感觉好像回到了一个留辫子、穿黄袍马褂的时代。文化到底是什么呢？说起来我也脸红，"文化"这个词已泛化，有厕所文化、兵器文化，还有骂人文化等等，既然如此，文化就有优秀文化和腐朽文化之分。孰长孰短，当事人从来说不清楚，总以为自己比别人长也。再说下去，我也要糊涂了。

想起镜子。博尔赫斯最喜欢这东西，目盲的他越来越喜欢那些自己无法看到的事物。可望而不可即的事物几与神或魔幻同义。其实批评就是一面镜子。被人批评，顿时看见自己在别人的印象中形象丑陋，这怎么得了？那就辩驳，辩驳不过就回击，将别人在批评你时暴露出的缺陷或脱节处一一列出，证明他的无耻。他批评你是无耻的，你指责他也是无耻的，对方永远是自己的一面镜子。眼看镜子中的自己，头发花白，皮肤逐渐粗糙，五官松弛变形，但你却认为自己永远拥有一副镜子中无法呈现出的完美底板，时间只是一抹相对的存在，太阳照常升起，因此断定这面镜子是机械的、僵死的，是人造玻璃。但对于盲人博尔赫斯来说，他曾经也经历过如此一个明眼人经历过的事实，他现在什么也看不见了，他发现在想象中，他越来越喜欢那面明亮的镜子，镜子中，所有的目明者，都遭到它千百遍的嘲弄。黑暗奖赏了他，光明却羞辱了别人。

语言史上的奇葩：单独的词，皆有所指，意义自足，独立或中立。只有构成句子时才有政治倾向。历代也只有避讳之词，无禁用之词。

既然茅奖评完了，作为文学中的公共事件，接下来就应鼓励人们去关注：偶然瞥了一眼有关某获奖者的访谈文章，对引自其自语的标题，颇觉语感上别扭不通。再看访谈内容，其言理实在是懵懂与外道，庸俗浅薄得可以，这样的修炼，虽未看其获奖作品，但估计也就是镴枪头水准，就像一直干涸的一条劳民伤财的废渠，不会有多少水。子曰，非礼莫视，非礼莫听，非礼莫言。但我会腾出工夫，有机会试读。

一人得道，升天者皆鸡犬。这既是神话又是现实。约二十年前，新疆文坛执牛耳者周涛来京，约在一起闲聊。周涛文采一流，后来中学课本选他那篇《巩乃斯的马》，我儿子上中学时，有一次在他的语文课本里被我发现，逮着狠读一遍。这篇文章的确是写马范文中的佼佼者。他比我年长很多，以往和他在一起，基本是听老大哥侃。这一次，酒至微醺，他开始说出一件平时不说的事。周涛说，他父亲早年参加革命，当八路，打完鬼子又打内战，新中国成立后不久全家去了新疆，运动不断，路途且远，无暇回老家。等他成家立业，适逢社会宽松，就郑重其事陪老父回了一趟老家。初回祖地，将村里看遍，突然觉得心里不是滋味。整个村庄，除了他们父子鹤立鸡群，其余村民眼光呆滞，愣头愣脑，与他们搭话，基本是一问三不知，即使自己的近亲也如此。从村里走出来后，他终于略有醒悟，一片林子里，若一树长成，其余皆矮。与周兄多少年没有来往，但每每想起他，便记起这番话。久而久之，他的面孔越来越模糊，但这段话其中的味道却越来越简洁和抽象，最后出离为一种不是道场的道场。那犹如一种梦境般的道场，将人群覆盖。有这么一个圈子，一人得手走运，提拔了一帮走卒，在江湖上眼看一个个都翅膀见硬，但不管如何吃偏食，如何受主子奖赏，其水准皆不高，为什么呢？我想起周涛老兄，便想起，一人得道，升天者必鸡犬也，他们再怎么飞，也飞不过他们的主子。这位主子，亦自视才高八斗，怎么可能在他撑起的穹顶下，有亮过他的明星？在他关照下的那些雏鸟，在物种进化和生长的过程中，跪的时间太长，思想不自由，奴才调习以为常，干出的活必然中规中矩，难以由器进道也。当然，这与周涛兄又毫无干系，与我等皆毫无干系。

前一阵去外地，遇见一资深作家，说起他们当地有一文界混混，漂到京城，靠文商两界行走，积累了一些财富，以酒肉为军，攻下几大文学杂志的门户愁城，赢得文坛些许微名，本想再折腾，哪料想年纪不老，一命呜呼。可悲。同时还有一文坛大家，刚正不阿，与世独立，几乎同时仙逝。但更可悲的是，前者被隆重悼念，京城一文学大刊几乎倾整刊之力，悼念此人，而那位文学大家，却无人理睬。世态炎凉如是，混混们一死，几乎刷屏。在此恭送二句：拉帮结派互盗，兔死狐悲互悼。

元人郑允端赞葡萄："满筐圆实骊珠滑，入口甘香冰玉寒。若使文园知此味，露华应不乞金盘。"金盘夸张，那是古代贵族享用。昨晚家人瓷盘盛上如天露般的葡萄，难以抵御诱惑，吃了一些后，一会儿嗓子就干涩疼痛，几乎一夜不能安睡。天快亮时，终于明白，葡萄本无害，葡萄皮上怕有残留农药。我虽然吃葡萄必然吐掉葡萄皮，但农药乘机又进到口腔，防不胜防。突然想起，前晚与朋友相聚，有人说起养狗，说宠物吃了葡萄皮就会死亡，不觉后怕。

读巫宁坤先辈一篇生前写钱锺书的文章，觉得一位受辱受难那么长时间的人，应对突然发迹的钱锺书有一个基本的评判。将杜甫梦李白中的两句诗——千秋万岁名，寂寞身后事，用在钱锺书身上不太恰当，钱锺书不仅身后声名显赫，生前并不寂寞，和李白被囚时的处境大有差异，高居副部级，住部长楼，有几个当世学人或文人可比？其声名后来如日中天，所谓寂寞，那也是书生们自作多情，想入非非，以为他与他一样，其实不一样也。记住，人一旦得势，万般皆下品，唯有地位高。

往事让人唏嘘不已。我们所处的年代，可读的书虽然不多，但能称其为书的，几乎都堪称经典。想起自己的读书经历，早期是父亲书架上古今中外文史哲书籍全都涉猎，父亲规定我闲暇时背古文、古诗词，尤其《古文啳凤》及《古文观止》那两套书中的文章，几乎要求全背。但西方的书籍，让我非常好奇。1982 年高考后，暑假手抄维特根斯坦《逻辑哲学论》，高中时先后读完谢林《先验唯心论体系》、蓝译康德《纯粹理性批判》及黑格尔《精神现象学》，才算有了自证与证他的完备理性。入大学后，不仅重温中外文史哲古典，亦开始读现代哲学，从尼采、叔本华、雅斯贝尔斯、海德格尔、柏格森的《生命与自由意志》，到萨特直到弗洛伊德、荣格再到福柯的《癫狂与文明》，等等，语言分析及科学哲学也都系统研读，后来基本被概念游戏所恶心，由萨特和加缪的人道主义和自杀理论进入文学，沉迷欧美、俄国黄金时代及白银时代及拉美小说。1982 年冬用钢笔写完十多万字的抽思随笔《城堡的黄昏》，拿给高尔泰老师看，他认为是天才之作。1983 年夏日开始诗歌创作。读书生涯一直延续，重归博览古今中外文史哲，且嗜书如命，不限于哪一种，一直至今。记得在大三的时候，系里有人公开批评我不读马列，只读古代与西方，一气之下，我从书店买回四十多卷《马克思恩格斯全集》，摆满半个床铺，每天研读。本来马恩书 1983 年刚出齐 50 卷，但书店里只能买到 43 卷。读了一年，写了一篇论文《马恩在哲学基本问题上的差别》，拿给当时系里的权威看，被理论上无限上纲上线纠缠。从此之后哲学书只读不言，有感时只进行文学创作。大学毕业时，手痒难忍，写了一篇兼顾哲学与文学的论文《迷失在天上的加缪》，逻辑经验主义代表人、维也纳小组成员洪谦高足袁义江教授（著名的上海震旦大学及北京大学双学历）说他无法独立指导我，可以和北大时的校友、中文系外国文学一位教授两人共同评述，那位老师说该论文高屋建瓴，十足与完美，可打 100 分。袁老师说，概念与逻辑圆熟而无懈可击，可打 98 分。最后袁老师专门给我复述了他们商谈的情景。结果当然是优等，此文后来在一杂志公开发表，今日看来，有关加缪的论述，仍为观止之作。

看了多半天书，坐在国图前临马路的长椅上小憩。看过往人流，努力辨认他们的面孔，就像辨认每个密密麻麻的文字，不同的表情，有着不同的含义。如果确实存在一个最高的安排，我深信每个人或几个人就是一句神写成的语句，随着时间的流逝，一群一群的人流或许就是一篇篇惊天的文字。漫无边际的

人群，他们匆匆的脚步，总是指向一个未知的方向，或者就像
广阔的海洋，根本就无法识别一张脸和另一张脸的不同。他们
在混淆，在融合。

追忆顾炎武

许多事情无法搞清楚，不是年代久远
而是完美的事物，总有诡诈
何必要与别人计较，他曾经活着
几十年之后，与我一样
变成影子，无处寻觅
那些后人，重新陷入东张西望的迷茫

如果只和思想纠缠，譬如顾炎武
认为匹夫与国家的存亡没有关系
而与天下兴亡却有莫大的责任
阐述完如此想法后他成了国家的敌人
天下黑压压的黎民百姓们，拿起刀枪
恶狠狠地寻找替他们说话的人

他啊，只能在江湖上出没
隐去行尸走肉的身体，或者在众多
妇女的身体里，依次播下昆山顾亭林
的种子，然后等待天涯尽头
那一缕最后的光散去，在北上的
昏暗中，倒于马下，彻底消失

冯友兰夫人事后诸葛亮，曾指责冯友兰："天都快亮了，你在炕上尿了一泡。"让人忍俊不禁之余，又有点悲凉。想起冯友兰去世时，留遗言让我老师为其书碑，可知其心境难以复原。士可抛其元，不可辱其志也。被迫受辱，实为不得已。

我看一篇文章将那些谄媚，巴结权势，甚至倚仗主人势力对弱者龇牙咧嘴的坏人比作狗，估计爱狗人士会抗议。

某些人认为我批评某些原教旨似有不妥，其实宗教也是可以批判的，西方现代文明的真正开始就是源于文艺复兴前后对基督教义的批判，不仅是人文思想领域，也包括科学界。盲目的信仰，是偏执和愚昧的。处处设禁，不能言说，人类怎可进步？各守执一隅，以为自己所捍卫的皆神圣不可侵犯，不讲理性与常识，两千多年来，人类几乎没有多少改变。

《平凡的世界》我没有读过，是否喜欢不知道。但作为一名编辑，拿到作者手稿后，在宾馆匆匆读了个开头，觉得不感兴趣，就将人家几十万字的小说轻易否决，由此看来也就是一般读者的水平。作为编辑，估计不太够格，后又将自己失判的原因归结为那个时代，归结为受现代派的影响，太过于油腔滑调。如果真受过现代派小说的影响，文学鉴赏水平不至于此。这种说法无异于炫耀自己杀人的经历，有些无耻。

今日下班后在手机上搜看了一个纳粹时期的电影，刚看了开头一段，就没有勇气再看下去。惨不忍睹！人间的恶一直以不同的方式在持续，有的潜入人群，在人流中涌动。此时我总想混进去，试图趁机改变，但一次次预想都觉得是狂妄，结果总是被甩了出来。那就只好憋着，沉默着，天就这样越来越黑。不知冯友兰式的那泡尿，能否憋到天亮？这已经成为人们良心自问的一个隐喻。

文随时而变，这个几乎无异议。进入21世纪，手机短信普及的前十年，是段子的时代。段子短小，寓意深远，没有其他文体可以将其冲淡。但可惜无人总结编选，不然将在文学史上留下重重的一笔，大概无逊于词中小令。后数年，微信到来，进入跟帖的时代，微信所发文章倒在其次，最精彩莫过于互动跟帖，这个跟帖，难以独立，只能依附，但确实精彩、有价值，将给时光增添无量趣味。

近来，时不时看到圈里转发某人被提名诺贝尔文学奖了。且不说那就是一个游戏而已，即便真想参与，也应该知道一点人家的游戏规则。首先，诺奖揭晓前是严格保密的，除了那十几个老人以外，外人根本无从知道谁入围了；其次，即便颁奖之后，知情者也只能等到五十年之后才可以说出真相。另外，所谓提名，应该知道的是，根据诺奖推举规则，中国成千上万的文学教授都有提名权。但是，这提名是否有效，只有文学知道了。

第九章　览胜

　　参加深圳文博会，下午议程早早结束，躲开相随的人群，与吉狄马加相约，去逛深圳学术圈有名的"旧天堂"书吧。果然名不虚传，满屋子高大的书架上，塞满了经人优选的有一定品位的人文社科类图书。他老兄斩获颇多，我也淘得自己喜欢的几本书。其中有一本王永年译的博尔赫斯《但丁九篇》，让我今夜在宾馆昏暗的灯光下，感到一种旅途无法抵达的遥远和慰藉。

　　昨日傍晚我们一行进入济南，与早在目的地等候的齐鲁政要及文坛祭酒夜话天地经纬，深感人心的淳朴与厚重。后又与吉狄马加兄聊至夜半，回到房间，却不得实眠。迷迷糊糊中睡至天亮，忽然想到，昨天下榻的这个宾馆叫什么名字，至今我竟然浑然不知。透过窗外，在黎明的初光中远眺，无数的楼层与房屋中，又有多少人还在深眠或者将醒，他们与我之间有无数的道路可以到达与相通，但又因无数的道路而失散或消失。

　　昨日工作之余，游趵突泉公园，发现有乾隆的题字，有清代字圣何绍基的题联，等等，但相比之下，在所有的题字中，论笔法之精，才华之高，无有出郭沫若其右者。

与其说喜欢慢下来的生活，倒不如说喜欢静止与永远。由济南同行至沈阳的领导和朋友们据说早晨五点半就用餐，然后赶乘今日飞往北京的第一趟航班。昨晚已经说好让我睡个懒觉，他们不打扰我，等我休整一两天，再返回北京。内心宽敞和放松了，身体就开始恢复。这里比北京天亮得早，太阳好像就从沈阳升起，早晨四点多，鱼肚之白就被外边哗啦啦的清风裹挟着，已从辽宁友谊宾馆俄式建筑高大堂皇的窗子一拥而进，再厚的窗帘也难以抵挡。醒来后，精神倍增，再也睡不着。看了一会闲书，洗浴、去一楼进餐，然后沿着教堂般空旷、曲折的走廊走向楼外。此时北京已经芳菲已尽，这里却槐花正白，牡丹盛开，鸟语花香，眼前的湖水微波荡漾，仿佛不远处的沈河传来阵阵涛声。走出宾馆西门，沿街漫步，在街边一个小小的书摊上，竟淘得一本余振译、人民文学出版社 1955 年版的马雅可夫斯基著名的长诗《列宁》单行本。历史不可选择，列宁与诗人都永远消逝，但语言和语言所达到的极致，依然永在与不朽。

昭陵是皇太极陵，就在我下榻的友谊宾馆东南侧。该宾馆建在其西北方，不管阴阳，论风水西北为上。可见新时代在风水上也颇为计较。1981 年 5 月邓小平在这里宴请金日成。走出宾馆，终于进入昭陵，参谒皇太极陵墓。皇太极陵基呈半月形，由 6 米高墙围起，陵阜由黄沙、黏土、白灰三合夯成丘形，从侧面看也为半月。陵阜自然呈现金碧辉煌的整体色调，仿佛黑夜中天空的一轮皎月；丘顶的一棵榆树，拉近了天地的距离，似乎月桂一样让人浮想联翩。地下情形就不得而知。东方君主再狂妄，也没有将自己比作天或太阳，而只是自称天子，即天的儿子。这位曾不可一世的皇太极，杀伐征战，为大清奠定国基，死后也只是自比月亮，还是半轮月亮。看来，他们对天、对日月的敬畏超过中原帝王。有所敬畏就有希望。今日，我怀着对这片土地的喜爱，向曾统领过这片土地的这位主人，投去遥远的敬意。

盛京印象：我喜欢听沈阳美女说话说到高音时，那种金属般的尾音。男人说话说到高音时，容易发出破锣般的声音，只有女人才发出金属般的乐音。再就是，一群一群的女人，不管高矮胖瘦，还是年轻年长，常常都穿一种花色的紧身旗袍，她们从远处滚滚而来，完全是一丛丛移动着的牡丹，在竞相怒放。不止的风，清爽的空气，春天一般的初夏，槐花正白，鲜花盛开。相比北京的复杂热闹，这里似乎要单纯爽洁得多。傍晚，远处的沈河，发出白银般的光芒，将她的上空照亮，那光芒吸引着我。当我向她走近，她的岸边，铺满了群星般闪耀的紫色小花。亦真亦幻，犹如引领我走向天空的深处，那也是我最向往的地方，也是曾在飞机上向窗外一瞥时，让我瞬间眩晕的天堂盛景。

又一次来到海边，只有一望无际的大海，才能与故乡的荒原与沙漠相比。我转过身去，让自己的内心，沉入海底，任狂风波涛越过时间的额顶，将所有的喧嚣淹没。

白鹭与风同起，在水中叼鱼的速度却如电。她杀生前通体洁白，杀生后通体洁白，她洁白得如此永远，让我不可想象。

今日凌晨四点左右，厦门岛地震，我们住在宾馆十层，床就像一个筛子突然晃动起来，持续了十多秒钟。惊惧之余，再听周围一片寂静，无人反应，穿好衣服准备奔逃的我们，重又躺到床上，再度入睡。

正值春节来临，今晨台湾高雄 6.7 级地震，房屋倒塌，民众受难。人类最为可怜，既要受到同类的打压迫害，也要承受大自然的灭绝，因此，发仁心慈悲，善待同类，乃人类第一要事。

国内外众多诗人今夜在西昌围绕火把欢跳，但所有的舞者中，没有人能超越彝族男女青年舞姿的优雅。这个民族是一盆永不熄灭的火焰，一个与火一起燃烧、一起舞蹈的民族。即使沉默，它的灰烬，也保留了足够的火种。

我不可能在如此短的时间，再去第二个景点。许多同行者都去泸沽湖了，我没有去。到了邛海边好几天，竟未见邛海真面目，我为什么却要抛弃她又匆匆投入别的怀抱？接连几天满满的活动，几乎都是封闭在室内，虽然前天坐车沿湿地公园绕海一周，但邛海都被周边密密的大树遮挡，根本连其一角都未窥见。今天，我终于要步入草丛，穿过树林，走近海边，一睹连日来，只闻其涛声、不见其面孔的邛海。

我不喜欢匆忙的大众运动，喜欢掉队与落单，喜欢散漫与自由，喜欢缓慢地回味与无限地思量。天突然放晴，邛海以她新银子的光芒欢迎我，向我招手。

几日来阴雨连绵，今日当我走近邛海，天突然放晴，大雾向远山奔跑。旁边竟没有别人，无人能领略邛海此刻的秘密。

不知是海的心在跳，还是我的心在跳，邛海突然解开了自己的纽扣，将她的衣衫撩开，以她灰色冷静的怀抱接纳我。

远处浮萍上的一只白鹭，在苍茫的天地间，几乎错误地成为一张被折叠的白纸，但它的油脂从里到外渗透了它，让它在海水中不湿。它的身上写满了秘密，我却遗憾地不知。当它死在我们谁也不知的远方，它的秘密将被它的灵魂带走，它白纸的身体上，被天才画师刻画的羽毛不知去向。

邛海没有半点的浪花，只有微微皱起的涟漪。这片四面被山围困的海，与事实上的大海大为不同。真正的大海谁也望不到她的边际，而邛海应该是被四面高山上神奇的彝人豢养的海，是已经被驯顺了的海。你看它浩渺巨大的身躯匍匐在游人的脚下，无限的安静映衬着游人内心的躁动，无限的柔情诉说着人类的冷漠和无情。

前几日，在邛海国际诗歌周上又听吉狄马加《我，雪豹》一诗的朗诵，再一次印证了这首诗歌的精彩。佛说，见学胜己生欢喜心。想起几年前为这首诗写的评论，当时在《文艺报》发表时编辑有所删节，但全文更能全面体现我与一首诗歌并驰的心智与对其无量、自由的诠释。子曰：温故而知新。但愿在重新的回味中让我能够体验这首诗歌所包含的遥远与未知。

我去柴达木盆地海西州都兰蒙古族自治县，当地汉族县委书记（此君长相及言谈举止颇像中国作协党组副书记张健）说，蒙古族人优雅，喜欢读书。这句话让我想了好长时间。是这样的，这个曾经横扫过欧亚大陆的民族，他们的血液里已经流淌着文明的血液。

相聚柴达木。在柴达木盆地，沿着它的斜坡，语言在向它倾斜，灵魂在向它倾斜，世界在向它倾斜。

窗外俯瞰德令哈。德令哈，让诗人海子内心柔情似水的德令哈，让海子幻想戈壁尽头能出现一位姐姐的德令哈。

去过青海湖多次，但到青海湖的源头布哈河，却是第一次。布哈，是蒙古语，意思是野公牛多的地方。果然，这里虽然海拔4000多米，空气稀薄，但河山壮美，雄性十足。

青海湖的源头布哈河，就这样万古如斯，静静流淌。天是什么颜色，她就是什么颜色，她的清澈，来自上天，来自至高无上的清凉世界。我们只是匆匆过客，带着尘世的欲望，来到她的身边，在她傲慢的漠视中，只能羞愧地离开。她在天穹剧场的演唱，仍然只有上天和群山在倾听。而浑浊的岁月之河，却在反对我们，背弃我们，直至任何事物再也无法见证我们及我们的一切。

在成都摩高剧场，昨晚诗歌朗诵会，李亚伟的《我们》一诗，在两个极端不断游走，爽朗真切，穿透了我对日常生活的想象。而尚仲敏的《人民》一诗，更像一个记忆犹新的手势，在幽默的反讽间，让一种口号，从大西南开始，游走北方，掠过严寒的东北，眼光在朝鲜停留。这其实是一首霸蛮的诗歌，但正如这位老兄以同样幽默的口气告诉我，这首诗政治正确。一首好诗，与诗人的内心多么统一，幽默贯穿了诗里与诗外。

整晚诗歌朗诵会，因为这两位诗人的朗诵，让我觉得没有白听。

游杜甫草堂，一进门就看见谢无量从杜甫诗中集来的两句诗联，将杜甫原诗"此身饮罢无归处，独立苍茫自咏诗"改为"侧身天地更怀古，独立苍茫自咏诗"。让我浑身起鸡皮疙瘩。杜甫饮罢酒，内心茫然无归处，然后才不得不咏诗的抒情荡然无存，代序为假大空的侧身天地与怀古。未免说教而且平庸酸腐。此为乱改别人诗者为戒。

入蜀。今日我要安静地注视酒店门前的这条河流，不知它来自哪里，我第一眼所见的这条河流是否就是我此时所见的这条河流？昆虫用它透明的翅膀遮掩了世界的秘密，当我对周围的街道与路线还不熟悉的时候，我对远方永远缺乏兴趣。

大部分人都奔三星堆而去，餐厅里遇见的熟人只看见社科院文学所的李建军。人们都感兴趣的事物，对我没有任何吸引力。他们走了，我喜欢被他们舍弃的地方，甚至喜欢继续住在我昨晚住过的旅店，在被雨水包围的房间里，跨越再也不能跨越的距离。

昨天聚会，提前一个小时，顺便在与我有某种因缘的辅仁大学旧址一游。想起以前读过的几句诗：让我躲开世界的光芒 / 安顿下羞愧 / 我是我自己需要隐藏的东西。

今日上午去钓鱼台参加活动，园景正在维修，院里的红玉兰悄悄绽放，春天从远方飞临，我听见大地深处熟悉的脚步声，正温暖亲切地向我们走来。

八里庄鲁迅文学院，院里一棵小小石榴树上，仍然挂着的，就是去年疯狂过的石榴吗？你看她曾经水灵灵的脸庞，只经历了一年的时间，就仿佛呈现着九十岁的沧桑，现在就像一块揉成皱巴的烂纸灯笼，被风遗忘在树枝间，马上就要被春天的新芽序代。但是，你仍然不要低估这样一个事实，就在她僵死的躯体中，她文字般的种子，将越过无数的死亡，进入土地，重新长成若干的大树。灵魂将学习所有最简单的事物，将自己置放于未来某个出其不意的境界。

院里的红玉兰，刚刚绽开，就经历了乍暖还寒的惊恐，我分明看见，她幼稚的脸上，还留有昨夜梦乡中的泪痕。

面对这样一个现实，最荒诞的故事是平庸的，最热烈的抒情是苍白的，最深刻的思想是浅薄的；最纯粹、最正直、最坚强的人也经不住虚假、罪恶、肮脏的污染和坑害。

在四瓣的丁香花群中，发现一朵五瓣的花儿皇后，正如在人群中发现隐身的王者，我闻罢她奇异的香气，在欣喜中转身离去，让她自生自灭，再也与我无关。

我在每一个从嘴边滑落的语词中，都能触摸到即将凋谢的花瓣；芬芳的躯体，正沿着鼻腔的天梯，抵达苦难的殿堂。那些脆弱的纸质道路上，写满陷落的兽蹄。春风啊春风，我的酒液，再一次流进你克制的血管。

春天的心血，沿着树干上升，在枝丫的顶端，寻找着冷漠和激情，回忆起往日似曾相识的众多面孔时，她突然停了下来，她在一瓣瓣人面似的花朵中，开始绽放自己，表述自己，最激烈的思想，在战士的冲锋中，用最后一滴血，将自己染至鲜红，然后她闭紧嘴巴，开始凋落。

此地只应天上有，人间哪能几回闻。余故乡小积石山炳灵神境，古贤哲郦道元曾记之，今硕学冯其庸老又状之。

立秋第一天，携家人逛圆明园，犹如翻开秋天画册的第一页，刚打开画卷，是新奇的。这是一本有无数页码的画册。当看得疲倦了，合上画卷，一切又变得有限而平淡。

荷花以人所不知的思绪，在大地和天空间，排列自己的语言。我走向她，准备聆听她神秘而含混的叙述。

长春园中轴线北山阳坡，是乾隆当年在圆明园的书房泽兰堂所在地。大火后，残存遗址，浴火重生，几乎又回归自然，反而有另一番景致。

天下园林，论其精美绝伦，无有出皇家园林之右。其挖湖堆山，山外有山；重峦叠嶂，柳岸又新；碧水小桥，海连着海；亭台楼阁连绵不断，花树掩映，难有止境。

林花谢了春红，太匆匆，无奈朝来寒雨，晚来风。那也只是一个伤感透顶的人，在春天里的忧伤。夕阳中，走出户外，在落英缤纷中，蓝天白云下，世界在微醺的暖色中，向我走来，我也向她走去。我们都在从容地寻找对方。我似乎早已找到了她，我只想将自己融化于这葡萄酒一样的春风里，哪怕她只是世界的一个背影。惬意地散步，在人行道上，眼前突然出现了一个旧书摊，我不由得加快了步伐，好像一切都是命定，该等待的总是在任意处等待着你。我似乎发现了自己寻找的目标，果然一本书静静地躺在地上，我毫不犹豫地捡起来，是"纤云弄巧"先生的长短句，封面已被岁月的灰尘、油污染脏，但其浓郁豪华的质地，早从那一行行幽雅的竖排繁体铅版文字中朝我涌来。原价 1.9 元，现价 5 元，上海古籍 1985 年版。三十年来，其不知流落何方，今日终于以这样的方式与我相见。回家后，我用通常修复旧书的方式让其回复到以前的模样。再一次打开书页，金风玉露一相逢，便胜却、人间无数。

西长安街上，突然漫起一阵阵那种久远的、勾起人诸多思绪的、令人有点销魂的香气。回头寻找，原来人行道旁还稀稀拉拉残存着一些老刺槐。高高的树冠上，一片一片的槐花开了，她们就像一身素裹的飞天女神，在稚嫩而密集的树叶中，在蓝天的缝隙中，穿梭飞翔。

当在地面行走已别无选择的时候，以地铁为交通工具，在地洞中穿行，也没有希望，是绝望的，是人类对自己生命较为集中的一次集体模仿，是人类命运的一种象征。沿途灯光代替日光，人与人之间虽然碰撞拥挤，但事实上无任何交集，每个人都在如此的热望和冷漠机械中，快速走向终点。

去郊外茅屋，前院邻居家养了几只羊，天还未亮时，它们就开始叫唤，声音是"妈，妈"，声声似哭；到了晚上，太阳快落山时，声音是"吾儿，吾儿"，句句都是思念。司马迁写到周文王时，曾感叹其仁慈，说他眼如望羊，如王四国。只有善良如斯，才能王统四国。羊，天地间至善至美之物，却任人宰割，想起来人是如何残忍恶毒。

古圣说，不以规矩，无以成方圆。讲规矩，是为了成就方圆，而天圆地方，这是古代圣哲对大自然最基本的抽象认知与概括，因此成就方圆，就是要成为天地之才。格局不可谓不大。器物的营造，大概也如此，要么方，要么圆，要么方圆兼备，古人所造器物，很少有不方不圆的东西。近二十年以前，在前门大栅栏一小店，竟碰见这样一个小茶壶，手工绘制釉下兰草蜻蜓，关键是壶口不规则，想做圆结果未做圆，成为残次品，店主以非常便宜的价格给我，后来我将它扔在农村小院。这两日打扫久未住人的房间，又一次发现了它。洗净泡茶。在这静寂的院落，玉兰花树下，饮茶，只有风声与鸟鸣，再细细查看，这壶妙就妙在这壶口的不方不圆。不方不圆，似与不似，才是真实不虚的自然世界，不然，你可以想象，那些制瓷工人，为什么经过长期的刻苦练习，才能制作出合乎规范的产品，稍一疏忽，自然天性显露，不方不圆的残次品就会油然而生。而非方即圆，或方圆兼备，大概只能藏之于人心，成为人类理想与精心捏造的天地与世界。

早晨 6 点一起床，就发现一只壁虎趴在厅堂门外的玻璃上。想必昨夜，这可爱的家伙一直在这里守望。透过玻璃，细细观看，它也有五根手指，伸出来像一朵花，简单漂亮，比人的手好看，没有过多非分的欲望。壁虎吃苍蝇蚊子，据说是蛇的天敌。自上古以来，壁虎一直是传统文化中辟邪之物的象征，尤其汉以后的玉器上，多有壁虎坐镇。

刚刚坐在院子里一棵茂密的玉兰树下，写了一段话，一只小飞虫落在纸上，打断了我的思路，它生动的表现，开创了另外一个更加有趣的篇章。

两只蝴蝶，伪装成两片烂叶，趴在一颗烂梨上下卵，我小心翼翼地靠近，她们竟然专心到失去了警惕。顿时我有一种天然的悲哀，即刻转身走开，我怕人性对飞虫产生一种伤害。

在郊区的农庄里。山中方一瞬，世上已多时。转眼日落，天黑前必须烧菜煮饭，掌灯时必须用餐完毕，因为山人皆如此。

邻居地里种什么东西，就给我送什么东西。在山脚下，你能感到农民像土地一样的朴素与亲切，你能体会到他们像山脉一样的厚实和包容。但是，山脉也有低洼与空谷，他们的喜怒哀乐直白热烈，就连各种算计与心思，都庄严地刻在岩石般的脸上，我必须体谅他们的平凡与艰辛，他们让我敬仰的就是真实。

在北大校园，发现竟然有这样一个机构：中国画法研究院。看着别扭，还不如就叫"中国画研究院"，多么雅正。"中国书法"早已约定俗成，但"中国画法"还有点嫩，似乎不宜像书法那样沿袭套用。因为中国画法，近现代以来，已经基本不存，中国画大量借鉴了西方造型的画法，从散点透视早已改为散聚结合。因此，说"中国画"，因材料、工具的特性，勉强成立，而说"中国画法"则根本是痴人说梦。

在未名湖畔，一只蚊子，竟然可以隔着我尼龙的鞋面，穿透棉质的袜子，叮咬了我的脚丫子，竟让人无法体面地搔痒，也无法有效地防备。我断定这是一只有学问的蚊子，估计是从某个教授身边长大，飞遍各个教室，满腹经纶，又能知行合一，善于运用所学，然后潜伏在未名湖边，等待自己的猎物。

与儿子在北大未名湖畔读会儿书，等行车高峰过后，再回家。古希腊诗人曾吟诵：我出海后，起风了，然后推迟几天才能回家。其中的风浪与忧伤，非语言可以表达，而我们，只推迟一两个小时。

出北戴河安一路，在广场瀑布斜对面，一溜大梧桐树的浓阴中，有一新华书店岛上分店，堪称佳地。上下二层精心布置有错落有致的图书及非常舒适的阅览桌椅，偶然发现一个角落竟然还有一处罗汉榻，安心坐下，打开一本自己喜欢的书翻阅了一会儿，身心皆爽。再静听窗外，不远处，老虎石海滩的波涛声又会为你隐隐絮语。今日第二次去，买回第二本书。

徐州行：以前从未来过徐州。昨日从气象温和、人口稠密、高楼密集的合肥坐高铁北行一小时后初入徐州，刚一进入市区，竟然如到荒郊，有九条丘陵龙脉横七竖八贯穿城市，山峰走向低矮缓和，其中散布数个湖泊，极适合与人居互相适应，可称山水绝佳之地。此城人间少有。所以当地人形容徐州"一城青山半城湖"。

其地视野开阔，街道宽敞，干净而整洁，建筑不高，楼群疏朗。正在感叹这城市得天独厚之际，忽然大风漫天，被吹得呼天抢地，整个一下午，风将我刮得透不过气来，让你又不得不感叹两千多年前汉高祖《大风歌》的情景，我怀疑这个南方之北的城市，承接了北方所有的大风，然后将风又交给南方，是南方所有大风的故乡。今日近中午时，和徐州《大风》杂志主编、徐州大才李旭兄小游"汉王村"，进一街边酒楼，主食为最具徐州面食特点的薄饼"烙馍"，一人一次拿一张，可卷蔬菜，一张的直径不小于一尺，结实柔韧，大嚼大咽一番，会让人觉得豪爽得不行。可见在这样一个极具有慷慨悲壮之风的南方城市，漫长的历史上，徐州民风彪悍，成为南方温柔之乡的统领，一点也不奇怪。遮莫如是，然九乃老阳之数，按《易大传》说法，老变少不变，那九条天龙盘踞，徐州不仅频繁出真龙天子，而且注定历史上为兵家必争之地。

黎明四点醒来，在宾馆卧床读徐州大才李旭赠书《〈红楼梦〉的秘密》，时时被其谨严惊艳的考据波澜所淹没，其辞轹压古今，碾碎多少红楼幻梦，当今红学界，鲜有人能够企及。为李旭兄能写出这样的大著感到高兴。

在万寿路一带，每到夜幕降临，华灯绽放，那些在寒风中摇摆的高枝上，栖满了乌鸦。据说城区的西四一带也是它们过夜的一个据点。它们像一个个用墨汁书写的古老文字，密密麻麻分布在天空的书页上，等待人群散尽后，在空荡荡的城市上空，召集它们的大会，讨论明日天亮后转战郊区的哪一片垃圾场。想起三十年以前，我住在毛家湾附近，偶然有一次在清晨天不亮时起床，透过小阁楼的窗户朝西望去。那时候北京高楼很少，视线几乎少有障碍，发现黎明的远天突然被一片飞翔和鸣叫的黑云遮盖，等到黑云飞近的时候，才发现这原来是几乎遮蔽了整个天空的乌鸦。那简直是乌鸦的大军在进行一场无比壮观的挺进，当我在激动和紧张的呼叫声中刚一眨眼，再定睛一看时，乌鸦的大军突然消失了，天空安静极了，只有东方微弱的一丝光芒，像从刚刚裂开的花苞里逃出的一抹稚嫩的致意，在眼前摇曳，整个过程如一场压抑的梦魇，又如一场幻觉，但难以在人的记忆中散去。今晚见到的这群乌鸦，应该就是三十年以前那群乌鸦的大军，也是四千年前，天降玄鸟而生商的那群黑鸟。如神的大鸟，永远高出我们的世界。

应约来北池子大街，宅第仍如弈棋，偶见一处升阶纳陛，汉白玉兽首鼓墩分列，尤其木门侧墙的砖雕，牡丹姿态饱满各异，想必是个大户人家也。

一次去哈尔滨，想哈尔滨原本是金朝首都，当时叫会宁，后来金又被蒙古人所灭，估计此会宁蒙元王朝绝不会让其延续，必令其改名，哈尔滨或为蒙古语。蒙古人从东到西，留下不知多少地名，一直延续至今。而奇怪的是"会宁"这一金人都城的地名，又窜至甘肃中部，落地生根，延续至今数百年。在会宁这个汉族居住地，有一些地名依然是蒙古语，比如铁穆山等，非常典型。兰州的皋兰山，应是贺兰山的音转，那就更为久远，可上溯至古匈奴语。人名，大多乃父母所赐，地名，无疑是历史形成，篡改地名，乃篡改历史，是愚蠢的。

出外休假，带书太少，晚饭后去住所附近书店花 62 块人民币买来毛姆的一大本短篇集来读，开篇就将毛姆的自序翻译成这样？出版社是个不错的出版社，赶紧看译者何许人也，是个 80 后。我的天，再看第一篇，又发现数个词不达意的句子，这书，还能读吗？

　　起风了，大海怒吼着扑向海岸，张开它野兽的大嘴，口吐白沫，一次又一次吞咬着海边的礁石。站在它的边上，大海波澜壮阔，它铺天盖地而来，到它的边缘为止，就像在一幅油画框里，无法逾越它的边际。你一旦进入其中，你的命运，就由它决定。

　　站在海边，海的那边，风云变化如幻影。老子说治大国若烹小鲜，他相信治国若有道，神鬼圣人皆不能害民，人民当安居乐业。我觉得，道这个东西，太过虚无缥缈，即使圣人也难以把握，所以号称神圣者，也常常糟践百姓。本来许多事，以平常心待之，就正常了；以宽大心待之，就可大事化小；若以出离心待之，就小事化了。若别有用心，简单事一定搞复杂。世上本无事，烦恼自扰之。

第十章　散怀

今早梦乡中，忽听窗外一声长啸，让人魂魄震颤。醒来后这声音仍不绝于耳，才知是真实情境，并非虚幻。《世说新语》曾载阮步兵善啸，声震几里外，草木为之零落。渊明"登东皋以舒啸，临清流而赋诗"；李白更是豪放无比，"天门一长啸，万里清风来"。中国古人善啸，啸乃乐界高级境界，明人似乎有过丝不如竹、竹不如肉的断论。看来人声胜却百般乐器。而今啸声寥寥，多年来才偶然听得一两声，然后又消散于茫然沉寂的楼林、人海中，无处寻觅。事物当以稀为贵，如果人群杂处，啸聚山林，众声喧哗，那肯定另有所图，词义大变，美感几乎丧失殆尽。

这两天，干什么事都喜欢从简。读文章也一样，看见那些绕来绕去、赘了又赘的文章，总是看不下去。一个人费了半天劲，忸怩作态，搞了一堆纸花，而大片的真花只能独自凋落。罢了，各自有各自的路途，有人喜爱繁华，也有人喜欢当下冷风中萧条的枝干，抱残守缺，似乎是对这个世界最为逼真的隐喻。过多的装饰，让人没有任何思虑的空间，最高古的命指总是无比简洁。想起史蒂文斯两句诗：正是想象力的空缺，急需被想象。

对人来说，什么东西多了都会让人烦腻，今天我看到一条就某事某人发的帖子：思想有多远，你就滚多远。不恰当的所思所想有时候让睹闻者厌烦或唯恐避之不及，这也是佛家讲的智障。佛所说戒定慧三学，其中慧，便是指对思想的约束，只有有约束的思想而非胡思乱想才是慧的根本。胡思乱想正是智障。

天真蓝，太阳将黄金洒满了天空，我捡起最有分量的，给朋友和亲人，给过路的老人和孩子，给笑脸相迎的陌生人，再捡也捡不完，我只好放手，两手空空，富足而平静地走入辉煌。

以前风平浪静是好日子，现在变了，有风才是好日子，只有风，才可驱散雾霾，犹如一场风暴，洗净了天空。我承认我一天天变老，世道变得快让我不认识了，而我在他人的眼中，也几乎面目全非。

马在我们中寻找骑手，我们在马中寻找好马，马年到了，这是十二年来又一次绝佳的机会，人与马，都将称心如意。马年快乐！

没风没雨雪的日子，雾霾竟如此严重。看来风真是一个好东西，既然风是好东西，长城外不断建造的北部防护林就成了问题。本来建防护林，让风沙止步不前，让世界风平浪静，理想多么美妙，但谁知，防护林建起来了，北京几乎没有风沙肆虐了，可车越来越多，雾霾随之而来，雾霾笼罩了四野，人几乎要被窒息。这是人所始料不及的。现实比人的理想可能要复杂得多。

在这个雨夜，我突然感到了一种来自个体的巨大的荒凉。与我同居这个荒凉世界的人，正一起陷入无边的虚无，所有的人正在承受一种相同的命运！这是一个作废了的世界，相同的命运之色是共同的背景。它正在每个人的背后出其不意地否定着每个人的意义和存在。远远望去，人类的一切行为都是挣扎。地球的狭窄玻璃房子，正穿行在宇宙的无限绝望里。那是绝对的空，那是绝对的幽暗。

名利之事，不可看得太重，看得重了，得到了会忘乎所以，将自己从此废掉；得不到，就会疯狂贬低别人，几近于疯狂。将名利看淡一点，就会"云淡风轻近午天，傍花随柳过前川"，好不自在，多么快活！

喜欢追逐名利的人，容易丧心病狂。如果丧心，评委们会丧失标准，失去公正，参评者更会八仙过海，各显神通。得之者忘形，未得者骂娘。哪怕是个"狗屎奖"也有人索要、有人评审。一个要，一个给，如果大家有异议，最多也属"通奸"，不满者只能是"意见娱乐"，谁也阻挡不了人家通奸，阻挡不了人家颁奖和领奖，只能看着花落别家。平和一点，爱得谁得，全是名利中事。得了的，不见得就确实荣耀，因为现在谁都知道评奖是怎么一回事。未得的，也不要不平衡，权当你未踩中狗屎，未交上狗屎运而已。

我越来越深信，只要是你内心深处的存在，任何人、任何手段都剥夺不了它在你心中的存在。——读顾准札记所以到了我这个年纪，已无太多好奇心了，许多轻浮的东西我不看，有些人的东西我也拒绝看。宁可让大好时光愉快、自由地流淌。

好不容易早起一次，好不容易有了一点想法，开始写一篇文章，写了一半，有点得意，便开始了"间歇精神发作"，玩手机看微信，看了一会，病症平复，再回头继续写文章，竟然思绪混乱，话都写不通了。网的海洋，无限的波澜和头绪，淹没了刚才行走的路线，竟然又无迹可循。

人除了伦理之外，并无其他本质，此乃孔子所谓克己复礼之要旨，悠悠万事，唯此为大。

最自信与最原始鲁莽之人都是可怕的，自以为是者非此即彼，几乎没有选择，他们有可能放弃任何约束和规则，他们可以创造世界也可以毁灭世界。处于二者之间者，大多碌碌无为，这样的人循规蹈矩，他们是现实世界的坚守者，是世界之门的忠实看守。当我迷惘的心与他们叠加时，犹如舌尖遇见了蜜，瞬间会将所有的苦难融化。

一夜的浓睡与残酒，怎敌清晨掠过的一念秋凉？

所有喧闹的话语，被沉默收割；寒冷渐至的夜晚，黄金已在大地深处沉睡；远航的人，不想在荒芜中返回。

记忆中的冬天总是那样温暖，仿佛能进入冬天温暖的内部。可是这个冬天，当下的这个冬天，却是这般严酷，我的一位与命运和思想抗争的文友，突然中止了他的思索，过早地沉入到人生的冰河之底，除非天国将大门紧紧地关闭，将他再次打回人间。但愿奇迹发生，为他祈祷。

我从未听说，也从未看见过这个世界曾经有过圣徒，但我知道，最圣洁的人，那是在汪洋般的污浊之中，心怀纯净奋力挣扎，一直拼尽全力者，这样的人，可能已经接近圣者。

究竟谁是雾霾的制造者，原因每个人都很清楚，但每个人又都在指责别人，就是不反思自己。佛徒插上劣质的香，职员开动汽油轿车，农民点燃地里的草，村民烧炕取暖，锅炉房烧煤供暖，工厂夜间排放废气，火葬场露天燃烧逝者的废弃物，每个家庭都要定时为逝者烧纸钱，几乎每个人都在制造雾霾，都在害人，同时也在自害，有人将此种现象叫互害。

来自塞北的风一扫京城昨日沉重的雾霾，傍晚天空展示了她最多情、最妩媚的襟怀。那像在新娘床上刚刚展开的蓝缎子一样的天空，上面绽开着棉花的云朵，被一只纤细得看不见的手牵着，突然一阵浓墨重彩般的写意，一转眼的时间，又光华四射，溢彩流金，最后竟然龙云暗换日月。自然远比人类更懂得人的需求，更靠近人性或远远高于人性。

这两日牙痛难忍，今日发展到顶峰，半个头都似乎浸熬在锥扎刀割般的酷刑中，一点一点苦度时日，墙上钟表的秒针从来没有走得如此之慢，它每晃悠一下，我的心脏就被它尖利的傲慢刺痛一次。吞咽都困难，遑论咀嚼。早晨十点，在炼狱般的昏暗与迷糊中走入附近的医院，就诊，然后吃药，稍有减缓。

从医院回来，不想看书，不想动笔，对世间一切事物，就像每次病痛时一样，突然看得很淡。我觉得这不正常。我坐在楼下的花园里，打开一首歌曲，在这优美的乐音中，一边看天上忽忽而过的浮云，一边奇怪地想到历史上那无数的酷刑，并且假设，如果我被敌人抓去，在不用麻药的情况下，被施以骨肉之刑，我是否会支撑不住，我会不会还未被用刑就被吓得彻底招认？想着想着，我开始恐怖地问自己："我会吗？我会吗？"这时候我看见旁边一位老大娘指着我，竟声音不高也不低地告诉一位挨着她而坐的老大爷说："这个人有问题，估计刚从医院里出来。"我嘿嘿一笑，冲着老大娘，竖起了大拇指，然后大声地说："您真神，我是有问题，刚从医院出来。"

今日去办公室，打开窗户，一阵春风漫天扑进，将我的一幅字从墙上吹落。重新挂好，怎么看，这幅字都与我没有太大干系，它已经成为苍茫世界中一个虚幻的浮游物，一个被装潢了的过程，它已经背靠着雪白的墙，高高在上，以它最夸张的姿势，背弃了我。

历尽沧桑，唯一安慰苍生的，也只有来自兜率天这个角色戏剧般的展示，以及文字对人内心火焰的扑灭，这个过程最为悲壮，但在虚无眼中也最有喜剧色彩，或者干脆就没有任何色彩，等于漫长的寂灭。

一切事物以差别表示自己表象各异，但在其阴暗的背面，正在无分别地汇入无间隔的天地，犹如一滴水从不在大海中呈现自己的不同，只有广大是自己的未来。我也从来不蔑视任何见解的高下与低劣，但世俗的眼光，总是在区分不同的知识，从而让不同的言说者获取可笑的利益，以加速他们在忘乎所以中变为北邙尘埃。

在池塘边，一妇女一边注视池水一边告诉其子："水清则无鱼。"但浊水让人生厌。究竟水要不清到何种程度，才能保持生态平衡从而让鱼能健康生长，看来这不仅是环保者研究的问题，也是在隐喻的意义上，让政治家们最为焦灼的问题。

有一天，狗问狼：你有房子车子吗？狼说没有。狗又问：你有一日三餐和水果吗？狼说没有。那你有人哄你玩带你逛街吗？狼说没有。狗鄙视地说：你真无能，怎么什么都没有！狼笑了：我有不吃屎的个性，我有我追逐的目标，我有你没有的自由。我是孤寂的狼，而你只是一只自以为幸福的狗！

还原，乃返源、追源，原者源也，这本来无可厚非，但不知他书写得怎样？如果真能考得本意，就可任他狂妄。若能独步天下，与他人何干？杨义，也算当今学术界一狂客耳。

虽然我憎恶剥夺别人生命的人，我也不会主动去阅读像顾城这种人遗留的文字，但我愿意了解一个人怎样由茫然的生命转向魔鬼的过程，那是命运的悬崖和性灵耻辱的标记，没有什么快乐和甜蜜可言。如果谁还沉浸在这样无聊的游戏之中，在又一次的失望中，我只能轻描淡写地表示无奈与不屑。

我似乎只会沉默，几乎不会开口说话。我也从来不会揪着头发，拔高自己，那样的疼痛让人如何承受？我更不会想着要写几句好诗，生硬酸涩地说出一句格言警句，吓唬那些涉世未深者，我也不会挖空心思写出一篇惊世骇俗的奇文，以取悦浮华世界。我只是一个想说什么就说什么，想怎么写就怎么写的人，以抵御更加无聊的生活。

埋没于杂乱昏暗的万物中，一颗同样沉沦的心，必然与你惺惺相惜，那些早就被上帝拣选过的事物，一旦相遇，就再也不愿分离。

我以为英雄可以顶天立地，百邪不沾，我以为我手持阿喀琉斯之盾，暗箭无妨。但谁知啊，我还有天生怜悯他人的阿喀琉斯之踵，被流氓狠狠地一击，让我半天喘不过气来。

流氓是恶毒的，他将别人的善良宽容当作软弱，常常将带毒的污水泼向无辜者，而荣誉和羞耻，让你不可能当众脱下衣服，以证自己的清白，你也不屑于自辩和痛斥，你只能躲在无人的地方，换洗衣物，然后治疗自己受伤的身心。

深夜，我怕我睡去，黑夜却醒着；要睡，就让我与黑夜一起睡去。明天醒来时，也许是个好天气。

谁给了你黑夜，谁又给了你黎明，我一直在大作中寻找，越找越陷入疑问。这首诗让这个早晨，有了拳击的速度。

没有什么大不了的，人在世上走过，最后死去，一切都如虚空。所以做人坦荡多么舒服。正常的技术批评非常好。我自己的博客中，别人对我的赞扬我要留着，同时别人的批评或攻击，即使多么恶毒，我也必须留着，从不敢删去，甚至心存感悟或感激，作为鞭策自己的鞭子。如果我感到难受了，那么由己推人，我也就不会再去如此这般指责别人了。宽恕吧，朋友们，不要纠缠那些鸡零狗碎的东西，这世界，唯有对人的宽容，才是真正的宽容。

把自己打扮成教授、作家、记者的红女红男，不知多少。他们一旦走红，他们曾经龌龊的经历都变成了他们成长的沃土。但假的真不了，真的假不了，神一样的蓝女无处不在，他们就密布在他们的周围，一个眼神，就会大白于天下。

有一种叫豺的动物，古人见过，我至今也没有见过，据说与狼为伍，喜欢说假话空话，不仅骗别人，连自己都哄骗。有一天豺与狼都饿坏了，一个礼拜无猎物可吃，下一个礼拜只能喝西北风了。狼对豺说："饿吗？"豺说："你饿吗？"狼说："如果我不饿呢？"其实这时候狡猾的狼已有了新的主意。豺说："我也不饿。"狼说："既然一个礼拜我们都未吃东西，你还号称不饿，你那小小的身体，怎能与我相比？你肯定私藏了猎物。现在请将猎物交出来。"豺说："请老兄看看，我什么地方私藏了东西？"它将它的肚子故意鼓胀着，前爪像人一样立起来，学着富商们大腹便便的样子，向狼靠近。狼毫不客气，一口就咬开了它虚张声势的肚子。一顿纯粹是肌肉和鲜血的盛宴，肚腹中甚至连脏东西和多余的肥油都没有，非常健康的食品，让狼饕餮大餐一番。吃饱喝足后，狼抹了一下嘴说："不说假话空话，就能把你憋死？"

生命与世界，多半是被文字埋葬的。人类进入文明时期的命运，都埋藏在文字中。此乃人的遭遇。伏羲、文王设卦，将

"离"作为文明之卦，屈原离骚之"离"，那是人类唯一的烦恼和缠绕。世界的存在与毁灭都在一句话中。所以圣者曾有过警告，尽信书，不如无书，始皇帝也烧过书，但都无济于事，除非，让人闭口，不再说话，永远废弃语言。

太阳落山后，最可惜的是不敢开工干活了，以免大脑兴奋，影响安眠。只能心怀往事，任月亮升起，在荧光中翻闲书，扯闲话，或者推杯换盏，直至意兴阑珊。

非礼勿视，非礼勿听，非礼勿言。这是多么重要的三观。因为看了、听了，就要说，说了就麻烦来了。那些腌臢不看不听，还不行吗？克己复礼，唯此为大。

时间将解决所有人的问题，时间解决过残暴的王朝，解决过希特勒，解决过侵略者，时间也一如既往，解决那些余孽和杂碎。因此，无所谓绝望与希望，你完全可以保持沉默，让时间的世界，依旧来解决所有的遗憾，因为，时间如飞梭与利刃，试图独霸时间者，首先被时间解决。

快过年了，今年哪儿都不去，不想凑热闹，想安静。人都散去，整栋大楼都空了，这时候我正好进入。但故宫有一个位置空着，我却躲得远远。看了一眼窗外，三环上，车越来越少，已经稀稀拉拉的，终于能看见黑色的路面。此时，随手拿起一本杂志，试图好好读一篇小说，结果读了一篇又一篇，都无法读下去。想了想，不是我有偏见，而是故事的叙述者无故事可讲，却在生编硬造，我一次次都想诚恳地倾听他们告诉我一件有意味的事情，但他们总给我展现他们在贫乏苍白和搜索枯肠的叙述中磕磕巴巴的艰难。故事的结构和故事的内容要匹配，不是越复杂越好，而是越简洁越好。那些为难而写作的人，其实江郎才尽，以数量上的挂碍遮掩那些无意义的纠缠。

勿强迫自己成为结构，从繁琐和艰难中一跃而出，成为简洁明快，你最好像闪电一样，即使从远方划过，哪怕是一条抽象的线条，也好让我感到你的存在。在情人节，竟找不到一篇闪耀着爱情光芒的作品，能让我湛沅其中。

俯视窗外的马路，突然觉得滑稽。以前是车水马龙，路面白天黑夜都被车顶覆盖。现在路面却露出它黑色斑状的头皮，并且是蠕动的，那些黑色的斑块一会儿大一会儿小，在节日里，人们都散去了，城市却像得了皮肤病。

一个事件的酿成，完全就是一次最成功的预谋。天地皆参与其中。风水轮流转，狗年就要到了，想想，最志得意满的难道不是那些养狗的人？他们不希望将他们的狗叫狗，而叫宠物，或干脆叫汪星人。把狗当人，不知狗愿不愿意？反正它就一畜生，不管愿不愿意，就这样叫了。那就不要将狗年叫狗年了，听着的确像骂人，就将即要到来的这一年，叫汪星人年吧。如此，十二属相中，其他十一个属相，除龙为神物外，其他皆畜生，只有这一个，既是狗，又是汪星人。人狗混乱、人狗不分的一年，就要到来。

过年，成了一年来发生的最大事件。还未过年，饭馆都关门了。人们不干活了，回家了。许多人都像我一样，满街乱跑，找饭吃。这是一个饕餮大飨的节日，这也是一个让人饥肠辘辘的节日。

　　我知道过节是一件高兴的事情，但为了这件高兴的事情，过节之前，需要漫长的抑郁。巴赫金所说的节日狂欢的情结，必然是一个从低潮走向高潮的过程，绝不会是天上掉下来一个神话故事。国家和个人，都在一场大风的背面，小心翼翼地行走，就怕打破薄如纸张的平衡。

　　据说春天到来时，蜜蜂会首先追逐那些最芳香的花蕊。因为书架有限，我不喜欢的书，大概不会收藏，更不会主动去招惹。但今天在一念之差间买了一本我一直排斥的书，出于急于发现其可以归置于书架的理由，翻到最后一页，其中一句并不完整的表达，却勾起了我对事物不同方向的期待，有如不经意中，站在一个土丘上，突然发现一朵白云，化为彩虹或古老的龙爪，在世界的阴面，悠然隐去。

　　入睡之前，将自己和世界都腾空，在高山之巅，也要下到山谷之中，在最僻静之处，和彻底的遗忘中，让明天纯净的阳光，将我唤醒。

　　我无法想象那些自命不凡者，或那些自以为伟大者，在此时或稍后，竟然能比熟睡更幸福；我也不可想象，一些人的梦是黄金和天堂，而另外一些人的梦仅仅是泥土和海浪。呵呵，此时，面对我内心之外的黑暗，我已在知足中准备熟睡，等待黎明在众鸟的歌唱中到来。

　　欢乐或苦痛，永远是当下或现实，此刻能熟睡，就是最大的梦想，除此之外，漫漫黑夜中，再无其他。

有些东西只能交给时间的火焰，才能将其烧成灰烬。在开始的时候，几个人或少数人的觉醒，可以在严酷的孤独中，作为火种，自己取暖。一旦过早地外泄，就容易酿成悲剧和灾难。这是几千年来所有的不幸一遍又一遍证明了的。人的不同凡响，不在于形式上的叫嚣，而在于静默，在于长久固执的静默。

我少年时代，牛皮哄哄的，倚仗自己思维敏捷，还练过几天功夫，不仅骂过人，还打过人。有一次架不住一位朋友在特殊情形下的不断辱骂和不断挑衅，当他拿砖头砸来，被我避开，便在激愤中一拳打断了人家的鼻梁骨。当那位朋友躺在床上疗伤期间，我后悔和心疼得不行，每天去街头买郊区农民挂在猎枪管上的山鸡或野鸽子，给他煮汤喝。他的伤早已痊愈，分别多年后，第二次见面时，与我拥抱和嬉戏，将当年那一幕完全抹去。但我却不一样，随着岁月的流逝，心中最大的疤痕，就是自己曾经对别人的伤害，而别人对我的伤害，仔细查看，却没有一处，即使有，早都无一丝一毫的痕迹。

春天如期到来，花开的声音，昨晚夜深时我已听见，今日果然该打开的全都在打开。自然与人性中的那些东西，让人早已厌倦，基本没有多少新奇的，我现在想知道的是，他们都是通过什么路径，变得那样诡谲？又能通过什么方式，得以改观？

许多写作者，总是忽悠别的写作者。那些大忽悠，在我的面前，常常心虚和发抖。

心中有魔鬼，就以为自己强大和不可一世。我下午行走在天地之间，突然感到自己空了，比拂过我的一阵春风还要空茫。所以我不敢赞颂和歌唱，只有安静地倾听云聚云散、花开花落。

有人说：我为年轻人被蒙蔽忧虑得彻夜难眠。其实，我的感觉是，年轻人头脑远远比老年人清楚，他们很难被蒙蔽，他们知道，是那些上了年纪的人总想蒙蔽他们，以致到了彻夜难眠的程度。

我不怕自以为聪明绝顶的人，即使他们的形象高过须弥山，但我怕真正谦逊的人，他们属于凹进去的人，属于深渊，深不可测。

拉郎配有什么意思？弄几个名家，再将自己也加进去，弄个名作选萃，几次有人拉我入伙，我说：我很惭愧，你是你，他是他，我是我，我从来不会依附别人去给自己添彩。写作从来是个人的事，与别人有什么关系？拉帮结派于写作无益。

我在小声朗读一首悲壮的诗歌，我儿子竟然不谋而合，即兴弹起了钢琴，顿时悲怆吞噬了悲怆，茫然将茫然遮掩，声音落在声音上。

内子早晨突然剧烈腹痛，站在地上腰都直不起来。余扶她坐下，找准穴位，下手点刺，几分钟内疼痛全消，身体舒缓如常。想起十年前作代会，黄文山先生大病几日，茶水不进，上吐下泻，各种医疗手段用尽，不见好转。我遇见，立即着手为他下药，两个小时内病症全消，四小时后，正常饮食，体能恢复。这源于我早年深读《黄帝内经》之《素问》《灵枢》与《伤寒论》等医学经典，兼及熟知阴阳五行八卦天文地理之故。但医道事关人命，余只与至交亲人交流。

写完了，我也就将它遗忘了。看见有人转，那就再转读一次。诗歌的空，掏尽了我的空。

昨晚高烧不退，我躺在床上，向窗外望去，纠结了一夜的雾霾突然远去，原来真正的天际线就是地平线，那些楼群和牌匾都属于添乱。

我不得不悬浮在事物的表面，只相信棋局中的黑与白。不要想过程，不要回头，不要注视灯下的黑影，也不要思虑夜晚的噩梦。因为思想让我恐惧，我只好将思想深埋，不表露任何走向结果的道路。

天地间，有贫富相杂，但无贵贱分别。民以食为天，圣王却以民为天。如富人嫌弃穷人，那叫为富不仁，他富的日子也不会长。穷人为富人服务，各养天命，各得其安。

红黄蓝，以后不要将这三种颜色放在一起，一种邪恶的勾连，是有色世界的原色与重色，古典主义油画家在画炼狱时，常用的搭配。

平心而论，三千年古汉语化石成玉的雅言古诗，截至一百年前，已造就一座须弥山，盖令后来者无法超越。汉语新诗仍无法望其项背。可惜的是，传统的语言早被横隔，其间银河浩瀚，愿借一简陋浮槎，权作随风鼓荡，任意漂流。

谦逊地还原事物的原形，那是事物自身唯一的欲望。它不会让无限的膨胀，将自己过早地毁灭在年轻的形式里，它必将让自己消失在单一而衰老的固执之中。生命几乎在奥秘面前无任何奥秘可言，只有虚幻是它唯一的门径。在这一点上，那些无数的高僧，不惜用他们的所有时间，来打磨一句永无意义的名号。

有一天，上帝化装成一位白髯飘胸的老者，与我同乘一架飞机起飞，当升到高空，即将进入云层的时候，他指着几乎模糊的大地说："不管地球上那些多么厉害的人和事，在我的眼中，与一条狗和一只蚂蚁都一样。"我通过舷窗，朝地面瞭望，地面上的一切，确实如他所说。他毫无疑问就是通神者，当我回头准备继续与他对话时，他已不知所终。

那些拿等级待人，毫无恻隐之心，俗不可耐者，根本不懂生命的空茫和虚幻，其实也是愚蠢可怜之人。真正的明白人，应知游戏与角色的装饰之外，人皆赤裸裸来赤裸裸去的道理。有人住豪宅，余根本不羡慕，有人富可敌国，又能如何？哈哈。

冷啊冷

从来没有像这个秋天
这么冷过

前一年好友老熊走了
天就凉了一截
春天的时候那耘又走了
鲜花全都凋谢

夏天的时候
与你热了一阵
接着又凉了
现在开始变冷

甚至越来越冷
还没有到冬天
冷得我
泪水早就结成了冰

今晚散步，正好走到一段没有路灯的地方，路正中蹲一黑色卷毛狗，比夜色还黑，未看清，不小心踩上了它拖在地上的尾巴，它吼叫着转过头来扑向我。我急忙跳到旁边，我本来怕这畜生，想想别招惹人家的宠物，但它又一次朝我张开大嘴，不依不饶，惹怒了我。当它试图咬我时，我飞起一脚，踢到其脖子上，但我还是脚下留情，只用了一分力，算是吓唬一下它，若是着实用力，肯定惹麻烦。给它一下后，这家伙立马哑巴了。它的主人赶过来，抱着狗脖子，一个劲儿问："疼吗，疼吗？"狗呜呜呜地向主人撒娇。我说：问题不大，我只是警告了它一下，既然你这么爱这畜生，以后出来就应将它拴住，牵好，别吓着路人。这中年男人朝我翻了一个白眼，借远处透过的灯光一看，这人的相貌几乎和他的狗一模一样。我一下乐了起来。有人说过，谁养的狗像谁，此话竟不假。可忧的是，晚上出来，到处都是狗和狗屎，这确实成了一个扰人的问题。

人类所谓的未来，都是一种幻象乃至空想，人类没有未来，因为单体的个人只有绝望。所谓整体意义上人类对未知与技术的探索，也只是幻象和虚构，是一种大于一般游戏的游戏。人类面临的铁一样的现实只有一种，那就是脆弱的个体，而个体的真实只有肉体，肉体的终结，意味着一切将化为灰烬。故，作为人，最高尚的道德必然是对同类的怜悯，一切竞争与技术手段都是残忍的。

人类离开了个体的存在，就是虚妄和欺骗，因此哪有什么总体性意义上的未知。而个体的命运必然是已知的，是可悲的，是绝望的，只有承认了这样的现实，人才能有恻隐与怜悯，才能有善良与仁爱。某人对科幻小说的盲目吹捧，太蛊惑文学青年。

老天对人最残酷，绝没有越活越年轻、越来越青春的人，我们都将衰老，所以年轻人勿骄傲和得意；但老天却赐给人长久之物，比如酒，时间越长越醇香；比如这个普洱生茶，越放，味道越好；还有文物，越走近时间的尽头，越让人着迷。

要做一个好梦，需要黄昏太阳落山的时候，哭泣的人不再哭泣，仇恨者不再仇恨，恐惧者不再恐惧。巨大利益的攫取者、恃武者、勇士、懦夫，让我们和解吧，让我们都坐在自己的阴影中，平静而真实地迎接黑夜的到来，谁都不要捣乱，安心睡觉和做梦。人民需要休息，需要安宁。

在追名逐利的流风与旋涡中，遑论那些打着追求真理大纛的学术，所谓诗艺、画技、书法等，皆沦为类似宋代恶心人的太尉高俅领衔登场的蹴鞠。列位看官，不知是否感同身受？

晚上散步，迎面走来夫妇二人，他们身后紧跟的宠物突然蹿出，狗不像狗，却像猪，但眼睛是鼓的，有些像鲸鱼眼睛，突然堵住我的去路，它用怪异的目光死死地盯着我不放。这让我有些发怵，莫名其妙的恐惧又让我有些恼怒。接着继续恼怒的是在这车水马龙的大街上，竟然见到如此丑陋而危险的东西。我只好绕开，为这个畜生让路，估计到了机器人的时代，人们还得为那些危险的机器人让路。

就平常的阅读来说，可能我将读书当作一种庄重的过程，哪怕让时间空闲，也不愿意流逝在文字的胡扯之中。那样容易让我真正感到灰头土脸。所以，没有办法的办法，我只有对一个人建立了信任与好感，才能读一个人的书，此为"迟滞"的阅读或者说落后于时代的阅读。

这几日看的都是弱者的故事，想起以前写过的一段札记：我同情弱者，它们是苍穹中的星辰，大地上一枚即将没入土中的石子，草叶上的露水，它们用尽了全部的力量与强势抗争，那最后一点光芒，无论多么逼仄和偏狭，也足以刺穿辉煌者本质的虚无与黑暗。这是人间任何一幕悲剧最感人的片刻，也是所有伤口中长出的最后一页文字，它发出的悲叹将又一次埋在荒野与河流。

我越来越觉得，可能正义与美、善，不会在人群中普遍与均等存在，至少普遍的状态是脆弱的，因此所谓的普遍原理只是论证的假设与需要，只有在个体的身上，你才会发现那些原本难以发现的善与美多么真实与感人。

这个春天，这是个狗年的春天。刚刚冒出地面的幼芽，都让我的头颅沉重，每一阵芳香让我心痛，每一只蜜蜂为我注入毒液，每一寸土地，驱赶着让脚步不能久留，每一片天空，试图用日起日落，提醒我收紧怀抱，继续沉沦。这个春天，愁云密布，人隐豹雾，却不见雨水落下。

多少蜜蜂和人心，经不住花骨朵的诱惑，被她绚烂的瞬间蒙住了双眼，在落日的余晖中，关于花开花落，争吵不休。我好像在很早以前的梦中，梦到过这样的场景，我只听见开头的一句，就断无兴趣，转身离去。

谁如果将春天当作春天，在一阵芳香中志得意满，明日的寒风中，我怕你在花落的时候，会涌起我今日漫天的伤感。

要把一篇文章写得貌似艰涩深刻，好像闹着玩儿一样，甚至越艰涩越容易。但不一定深刻。而要让我写一篇大话套话的文章，我的个天啊，此道之难，难于上青天。大话套话写得有趣，又别有洞天，宦海深处的大鱼可为之。

宁静的时刻，好像罍篚连角之外，在一阵序曲的阴面，春天向盘根错节的深夜，正缓缓靠近。

和春天站在一起是多好的事，非要被一堆恶臭的垃圾所裹挟。所以我说，只有花开的消息是新闻，其他的，不堪一睹。古圣教导：非礼莫视，非礼莫听，非礼莫言。

个别优秀者除外，人在文坛名气大小取决于运作和炒作，运作就可获奖，炒作就可名闻圈内圈外。书画的价格高低，也取决于炒作和运作。

离开故乡之后，在他乡，他的内心干净，他的笔墨也就干净了，所以精神的故乡在远方。

如果碰到一位话多的，那么你再带一位话更多的，先前那位话多的，就无话可说了。不说话，也是一种说话，最有趣的是，他偶然说出的话，就像我经过深思熟虑后想要说的话，就这样他突然成了我的代言人，变成了另一个在话语中艰难行进的我。

那些贪婪者、所有鸡毛蒜皮的利益、个人脓包般的小小膨胀、难以言说的私情，相比一个被活埋了几千年的民族，在绝望中要寻找的通天之路，那能算事吗？被活埋而不自知，在一只飞鸟看来，我们只是那成堆的蚯蚓。

难得闲心，早起草诗，将"空翠"写为"空山"，虽词句别扭，然不愿废弃。

他做他的天公梦，我读我的黄绢幼妇辞。走了 3 公里路，直奔一新华书店，看到一本德国人埃尔克·海登莱希的短篇故事集，腰封是高兴推荐，我相信这位老兄的眼光，自然买回，顺便又买了几本杂书。从另一条路返回，步行共 6.5 公里。歇息、读书。高窗上有点阳光，我就知足，甚至灿烂。

从春天到秋天

关于春天的故事
讲述者准备了多种版本
翻过精彩的一页
还有更加精彩的下一页
它封面的书名是青春年少

这些人，与过去的我们一样
常常能将湛蓝的天空
掀起一个角，他们就这样
沿着一个古老的胡同
朝着我们缓缓走来

与春天大不一样
秋天似乎走到了悬崖边

前边是冰封的深谷
冻结了人类所有的伤痛

只要你回头
她没有任何悬念的艳丽
是那样热烈和赤裸
她将在冬天的内部
燃起熊熊的火焰

感觉弱，杨柳怨春风，不能怨笔墨纸砚。但好笔好纸好墨，的确省一多半力道。写了一天字，竟无一支能用的毛笔，遑论纸与墨。不是学生用来写大楷的毛刷就是画画的斗笔，拿来让人写字，哈哈，古人看见现在人写字的毛笔，估计都得吓傻。

不闻不见，不看不转，勿行于道，而隐于豹雾，只在恍惚间，湛沅自若，如此如履薄冰，夕惕若厉，再有好事者，老子不依耳。哈哈。

在寒风中行走，发现路边的树上，仍然挂满许多红色的小果。有一棵树，竟妖艳得不能自已，她泛起的胭脂，卷走了我漫天的冰凉。

真实有可能是残酷的、恶心的，但我只喜欢优美的真理。它们以自己隐秘的方式，曾向我盛开，我却在无奈中，常常与它们擦肩而过。

老天先让你热得脱脱脱，穿短袖，然后突然变脸，寒风凛冽，冰冷刺骨。就按它的意思，穿回到十多天以前的衣服，还不管用，突然看见一件母亲在二十多年前为我手织的毛背心，母亲去世后一直舍不得穿，现在却神奇地出现，我生怕将其弄坏，小心翼翼套在身上，才止住了哆嗦。清明即到，就让我穿在身上吧，让母亲的温暖再一次传遍全身。

刚才的大风，在窗外不断地抽打，大楼在颤抖，就像成吉思汗的马鞭，即将让整个大陆塌陷。突然风停了。但我的轻松不仅来自天气好转，同时，也来自一篇文章最后落定。

我常想，如果一个人饥饿难忍的时候，而别人却大嚼大咽，他会无动于衷，还是伸手去要？如果别人不给，他会不会去偷去抢？当然，他如果是个聪明的人，他就会削尖脑袋，投机钻营，混个脑满肠肥。但笨人傻子，他们没有多少曲径通幽的能力，他们愚蠢得只剩下直来直去。小时候，一小偷被抓，在大街上游行，所有人都推搡他，并往他脸上吐唾沫。我也上去朝他吐唾沫。回到家里，母亲问我："你也吐他唾沫了？"我说："是的。"母亲又问："他偷什么了？"我说："他偷了学校大灶上一个馒头。"母亲又说："别人可以吐他，你不能吐他。"我问："为什么？"母亲沉默了几秒钟，然后愤怒地扇了我一记耳光。有很长时间，我百思不得其解。后来我问过母亲，为什么要偏袒一个小偷？母亲说，她有一次巡回医疗，在赶回住地的路上，正碰上大雪封山，天快黑了，却发现迷路了，正在焦躁不安的时候，就是那个小偷的姐姐在雪地里发现了背着出诊包的母亲，并将她领回村庄。那是一个家家都穷得揭不开锅的村庄，他们听说来了一位城里的医生，大家东凑西凑才给她做了一顿能够吃饱的晚饭，第二天，小偷与他的姐姐和爸爸三人将妈妈送回到住地。而这个小偷，专门偷吃的，偷得远近闻名。

　　我对别处没有兴趣，我踏在每一块土地上，所有的土地都会向我走来，每一条路都与我走的路相连，我俨然是从古至今一位不变的人，皇帝或大臣，或者山阴道上潮湿闷热中一位可怜的儒生，但每一个人，与另一个人缠绕之后，却分崩离析、背道而驰。

追忆

冬夜，我站在一个凋敝的
花园里等人，那些蜷缩在土里的
根须，终于等来了从时间长廊
走来的过客，我徘徊在它们孤寂的
额头上，我深知是我，一次又一次
惊扰了它们，践踏了它们

它们才是久居大地心腹的主人
它们沉浸在山川河谷的梦幻中
以闪电和狂风的雏形
在攥紧、纠结和延伸
它们是雨水的收集者，制造树冠的
唯一工厂，漂泊者最后的
收留所，主宰所有绿色生命的
上帝，如果蝴蝶效应依然存在
它们将掌控着大地的每一次起伏

它们是春天里蜜蜂飞翔的秘密
花蕊初颤的原动力，包括此时
让我久久等待的人，她向我
走来的每一阵步履，都是那样
迟缓而深沉，仿佛是它们的节奏

遥致神的使者：我虽然不断质疑神，是由于我不断在靠近神，就像我一开始就质疑真理，那是由于我一直在试图寻找真理。但是信仰神的越多，人类可能变得越来越神圣，越来越可靠，因为真理，越来越没有形状，越来越难以被描述，而那些内心虔诚的信徒，却可以给你温暖和启示。

在地铁上

只经历了这一天
我好像就衰老了卅年
我已经将自己变成一片废墟
那就让我在地下穿行
让黑洞迎我而来

大部分有信仰者，都更懂道义，更宽容异己，譬如曹兄。但也有人，心目中只有可拯救自己的神，无拯救受难众生的神，自私狭隘，连常识与起码的良善都没有，他们求神拜神的目的，就是保全自己，做人世故圆滑，口吐皆莲花，比普通人还善于投机钻营，这样的朋友，敝人也终于要疏远之。

用脑袋和心讲道理，应是常理，脑加心讲不通的，肯定是歪理。有些人退化到用脚去丈量，那是一种最原始最民间的方式，以前古人常用，现在基本可免除。还是从头开始的好。但那些用屁股来决定自己意志的人呢？还有用拳头和利器灌输给你思想的方式呢？这种丑陋与野蛮几乎与人类共生，且越来越强大。甚至科技越发达，某种丑陋野蛮的手段就越高。他们倾全力对付的，都是善良之辈。思来想去，让老夫茶饭不思也。

我们已过知天命之年，现在几乎对许多事都绝望了。但我希望年轻人能比我们有出息，青年都是国家未来的希望。就像一个家庭，兄弟之间打架，总归是家庭内部矛盾，绝不是你死我活的矛盾。可以再理性一点，就更好。本是同根生，相煎何太急？文化与习惯不一样，慢慢来化解矛盾，只要善意，总会冰释。

有人说，你根本不知道他们是如何操作的。你只是看客，但云山雾罩，看不清其中的奥妙。不同的圈子有不同的语法，这种语法可以让所有的语言消解在他们既定的句式中，所有的参与者都会沉默，没有人跳出来。如果偶然有人出格，那就会彻底被淘汰，被出局。在贼船上，不能蹦跶，只能看着自己正在风口浪尖上，任其浮沉。如果侥幸到岸了，如同噩梦中醒来。

烦恼的少年

我看见街头坐着一位少年，双臂抱头
将脸埋在两腿之间，眼睛盯着
滚烫的地面，一只蚂蚁在他的视线中
爬来爬去，有好几次，它不厌其烦地攀上
他的裤脚，都被他弹了下去
他一直在衡量，他与它冥冥之间的距离

这只蚂蚁，仿佛从他高处的烦恼中掉下
他前不久爱上了一位丁香花一般的女孩
他将自己柔软的心呈给了她
他终于成了她眼中可怜的蚂蚁
那位铁了心的姑娘
用无形的脚，数次将他残忍地踩踏

她呵，一定有过类似的经历
才变得这样傲慢，你看她的瞳仁中
隐藏着同样一只黑色的蚂蚁
执拗而无知，它一直在爬行
从许多人的眼皮下，艰难地奔逃

想到此，他流下了忧伤的泪水
他开始目送这只蚂蚁
从他的阴影中出发

甚至像他一样站起来，在人群中消失

世道艰难，难于上青天，那只是幻境，最终的艰难可终结
于唯识。老子说上善若水，如果顺延玄思之道，好东西一般都
是湿的、软的，而坏东西一般都是干的、硬的。因而坏东西更
有力量，更具破坏性。无论对一个集体或个人，坏东西比好东
西更容易被大众所接受，也更容易影响一个民族，就像一个事
物变好不容易，而变坏容易。变好是逆向的，变坏是必然的。
恶这种东西，在对正常秩序的颠覆与破坏中，能释放巨大的能
量。就像烟花作为爆炸物，在爆破的瞬间，尤其让亲自操作者
产生巨大的快感。快感就是人们为其辩解的原动力。顺其自然，
对恶的维护，也必然具有快感，不管填满炸药的烟花对环境造
成多么大的危害，依然受到大众的欢迎。有人信奉谎言重复千
遍即真理，所以不停地重复谎言，以至于将其上升为一种执着
的精神，并给其贴上正能量的标签。如果有人质疑，那无疑会
被判定为负能量。

我并不反感傲慢的人，我怜悯他们，因为他们内心过于卑
微，又怕这种卑微泄露出来，他们要将自己封闭起来，免得我
发现他的秘密。

思想遭遇问题与现实时，也是危险的。所以思想需要修辞
之神助。但思想必须清晰，所以神棍们最怕真正的思虑者。